CAVALE

HOLLY GOLDBERG SLOAN

Traduit de l'anglais
par Nathalie Peronny

GALLIMARD JEUNESSE

Pour Gary Rosen…
qui est toujours là
Et pour Max, Calvin, Madeline et Alex…
qui sont mon inspiration.

1

Les jours de la semaine ne signifiaient rien pour lui.

Sauf le dimanche.

Car le dimanche, il avait droit aux grandes orgues et au piano.

Lorsqu'il était chanceux, il y avait aussi un carillon, des percussions ou une boîte à rythmes pour accompagner les gens qui chantaient, parfois en tapant dans leurs mains ou en marquant la cadence du pied avec leurs belles chaussures.

Tous les dimanches, où qu'il soit, quand cela lui était possible, Sam Border se levait de bonne heure, enfilait son tee-shirt sale le plus propre et partait à la recherche d'une église.

La religion, ce n'était pourtant pas son truc.

À moins que la musique puisse être considérée comme une religion. Car s'il existait, Dieu n'était sûrement pas de son côté.

Sam arrivait toujours après le début de la messe. Et il repartait avant la fin. Il s'asseyait au fond, histoire de mieux entendre la musique. Et de chiper un donut ou un cookie sur le chemin de la sortie.

Si quelqu'un voulait entamer la conversation avec lui, Sam hochait poliment la tête et, au besoin, se fendait d'un «Que la paix soit avec vous» du bout des lèvres. Mais il était passé maître dans l'art de se rendre invisible. Même lorsqu'il était tout gamin, personne ou presque ne venait jamais lui adresser la parole.

Des dizaines et dizaines de villes dans lesquelles il avait vécu, il n'avait retenu que les sons.

Même Junction City, où il avait passé un hiver entier et où il s'était fait un ami, n'avait laissé aucune trace particulière dans sa mémoire, excepté le crépitement de la pluie sur le toit métallique de l'appartement donnant sur la contre-allée où venaient se garer les camions de la mairie.

Trois ans avaient passé depuis. Trois ans et quinze villes. Cela semblait une autre vie.

Après Junction City, ils avaient passé quelque temps aux abords de Reno. Puis dans un mobile home qui grinçait comme si chacune de ses vis et de ses plaques de métal rouillé allait lâcher à tout moment.

C'était sur la péninsule de Basse-Californie, au Mexique. Sam avait eu l'impression de vivre dans une boîte en carton, l'un de ses cauchemars récurrents. Mais il avait apprécié ces cinq mois passés au sud, hors des États-Unis.

D'emblée, son statut d'Américain avait fait de lui un étranger. Pour la première fois de son existence chaotique et brisée, il s'était senti apaisé. Il était différent des autres : pour une fois, c'était normal.

Mais se faire accepter grâce à sa différence ne dure jamais très longtemps.

Son père leur avait fait quitter le Mexique pour retourner aux États-Unis juste au moment où Sam commençait à parler espagnol et à savoir nager.

Pendant des semaines, profitant du sommeil de son père et de son frère, Sam s'était rendu à l'aube sur la plage pour se jeter dans les vagues. Il faut du courage pour apprendre une nouvelle discipline tout seul, surtout lorsque la moindre erreur peut vous être fatale.

Au début, il n'était entré que jusqu'aux genoux. Puis, peu à peu, il s'était aventuré de plus en plus loin, remuant ses bras dans l'eau glacée comme il avait vu faire les autres en les observant depuis la rive.

Il se faisait l'impression d'un parfait idiot.

Mais il réussissait toujours à regagner la plage de sable brut, même ce fameux matin où l'océan était soudain passé à la vitesse supérieure et avait commencé à l'entraîner au large. Sur des kilomètres, ou presque, il avait battu des bras et des jambes au milieu des vagues tout en avalant de pleines gorgées d'eau salée.

Car même lorsqu'il se sentait à deux doigts de tout lâcher, quelque chose en lui le poussait à ne pas renoncer.

Depuis ce jour-là, Sam se considérait comme un sacré bon nageur. Mais il se doutait qu'il finirait par oublier les bénéfices de cette expérience, comme tout dans cette vie que lui imposait son père. Tant de choses demeuraient pour lui un mystère. Voilà ce qui arrive quand on n'a jamais dépassé le CE1.

L'avantage, au moins, c'est qu'il n'avait pas conscience de ce qu'il ignorait. Du coup, ça rendait les choses plus faciles.

Emily Bell était collectionneuse.

Et l'objet de sa passion, de sa fierté et de son attention ne la quittait jamais, où qu'elle aille.

Car ce qui fascinait Emily, c'était la vie des autres.

Sa grand-mère avait dit un jour qu'elle aurait pu être la plus grande espionne au monde… si le job d'une espionne consistait autant à garder les secrets qu'à les exhumer, bien sûr. Car la muraille protectrice qu'Emily avait érigée autour d'elle était transparente. Elle ne cachait jamais rien à personne, pourquoi les autres le faisaient-ils ?

C'était déstabilisant.

Son intérêt pour les histoires intimes des autres la rendait sensible à leurs émotions les plus profondes. Comme si elle possédait une sorte d'aimant capable d'attirer l'âme de quelqu'un, souvent quand cette personne s'y attendait le moins.

Et cet aimant, qui devait sûrement avoir la forme d'un fer à cheval, donnait spontanément envie aux gens de s'ouvrir à elle rien qu'en la voyant.

Un don pareil, ça n'avait pas de nom.

Emily elle-même avait du mal à comprendre.

Elle savait juste que la cousine de l'employé de la supérette avait glissé sur son tapis de bain avant de tomber du troisième étage par une fenêtre ouverte et qu'elle avait eu la chance d'atterrir sur un vieux matelas abandonné par terre.

Mais ce qui l'intéressait surtout, dans cette histoire, c'était que la cousine avait rencontré un homme pendant ses séances de rééducation et que cet homme l'avait présentée à son demi-frère qu'elle avait épousé, puis renversé un an plus tard avec sa voiture au terme d'une violente dispute. Or c'était lui, apprit-on par la suite, qui s'était débarrassé du vieux matelas dans la cour de son immeuble.

Il avait sauvé cette femme pour qu'elle le rende infirme.

Emily n'y voyait pas tant de l'ironie qu'un sujet de fascination.

Car à ses yeux, tout était lié.

Du haut de ses dix-sept ans, elle s'interrogeait surtout sur la place qui était la sienne au milieu de tout cela. Quel serait l'incident mineur censé bouleverser le cours de son existence ? Jusqu'ici, tout s'était déroulé sans accroc. De bons parents. Un petit frère supportable. Le chien le plus excellent de la terre. Une meilleure amie digne de confiance.

Sa vie était une ligne droite sans le moindre virage en épingle à cheveux. Ni vraiment d'obstacle à proprement parler.

Mais elle avait toujours vécu dans la même ville, et elle savait à quel point les plus petits détails pouvaient entraîner de grandes répercussions. Pour elle, chaque individu était le maillon d'une réaction en chaîne.

Et c'est la raison pour laquelle elle croyait au destin.

Du moins est-ce l'explication qu'elle se donnerait par la suite.

Emily mordit dans son toast de pain complet et regarda par la fenêtre. Elle n'avait rien d'une soliste. Elle savait chanter, mais ça s'arrêtait là.

Alors pourquoi devait-elle interpréter un solo pendant la messe?

La réponse se trouvait assise devant elle, en train de boire son café.

Tim Bell enseignait la musique à l'université. Mais le dimanche, il était depuis peu le chef de chœur de la paroisse. Et tout en avalant sa tartine, Emily parvint à la conclusion que son père ne devait vraiment pas tenir à ce nouveau job pour imposer à tout le monde d'écouter sa fille chanter *I'll be there*.

Ce n'était même pas un chant religieux, en plus.

C'était un morceau pop rendu mondialement célèbre par les Jackson 5, un tube que les gens connaissaient par cœur et qu'ils avaient vu et entendu chanter à la perfection des centaines de fois.

Sa version à elle n'en serait que pire.

La théorie de son père – car il avait des théories sur tout – était qu'une chanson d'amour interprétée dans un lieu de culte pouvait prendre une dimension spirituelle. En tant que professeur, il savait que le meilleur moyen de faire naître l'émotion chez l'auditeur était de lui faire entendre un air familier.

Bref. Pour Emily, c'était surtout un hold-up affectif.

Tim choisissait des chansons qui rendaient les gens heureux. Le seul problème, dans son plan, c'était sa fille. Il n'avait pas à en faire le cobaye de sa petite expérience.

Pendant toute la semaine, Emily avait supplié sa mère, qui était la sagesse incarnée. Mais Debbie Bell était aussi infirmière urgentiste. Et comme elle disait toujours, son champ d'expertise était la souffrance, pas la poésie; la musique n'était donc pas son affaire, mais celle de son mari.

Désespérée, Emily avait même tenté d'influencer son petit frère Jared. Âgé de sept ans de moins qu'elle, il lui obéissait généralement au doigt et à l'œil. Mais même Jared semblait penser qu'il n'y avait pas de quoi en faire un plat.

Emily ferma les yeux et imagina le son de sa propre voix,

accélérée comme celle d'un personnage de dessin animé, chanter : « *I'll be there. Just call my name. I'll be there*[1]. »

Le cauchemar total.

Elle n'aurait qu'à serrer les dents et tenir bon jusqu'à la fin.

Mais pouvait-on seulement serrer les dents et chanter en même temps ?

---

1. « Je serai là. Tu n'as qu'à dire mon nom. Je serai là. » *(NdT)*

2

Clarence Border, le père de Sam, entendait des voix.

Les voix de gens réveillés à des heures improbables et vivant exclusivement dans sa tête. Les voix de gens dont le boulot consistait surtout à le prévenir en cas de danger – des dangers parfois réels, mais le plus souvent imaginaires.

Quiconque rencontrait Clarence Border pour la première fois comprenait aussitôt qu'il ou elle avait affaire à un homme sous pression. Son corps mince semblait vibrer d'électricité. Ses doigts s'agitaient dans tous les sens quand il parlait, comme s'il jouait d'un piano invisible posé sur ses cuisses maigres.

Ce n'était pas un problème de tic nerveux. Il se contrôlait suffisamment pour ça. Il était plutôt du genre à prendre la fuite en un quart de seconde.

Avec vous sous son bras.

Clarence était un homme séduisant aux cheveux noirs épais, et aux mâchoires solides. Son sempiternel jean sombre d'une propreté toujours impeccable cachait le serpent noir tatoué sur l'intérieur de son mollet gauche. Il se l'était fait lui-même, et ça se voyait.

Avec son mètre quatre-vingts, il avait l'air de quelqu'un sachant user de ses poings – et n'attendant pas qu'on lui demande pour le faire.

Il avait la voix grave et harmonieuse, ce qui mettait plutôt ses interlocuteurs en confiance, jusqu'à ce que ses doigts se mettent à danser et qu'il ressemble alors à un illuminé recevant un message de l'au-delà, non d'un circuit endommagé de son lobe frontal.

Sa vie aurait pu prendre des directions très différentes. Il aurait pu rester en Alaska, près du vieux chalet en bois qui l'avait vu naître, à chasser, à pêcher et, de temps en temps, à détourner des choses qui n'étaient pas à lui pour les revendre. Mais il s'était fait prendre la main dans le sac, en train d'essayer de refourguer un moteur de hors-bord à un policier en civil.

Cette arrestation révéla quantité d'autres petits larcins, et Clarence fut condamné à trois années de prison alors qu'il avait tout juste vingt-deux ans. Une fois libéré, il quitta l'Alaska en jurant de ne plus jamais atterrir derrière les barreaux.

Ce qui ne voulait pas dire qu'il comptait mener une vie honnête. Loin de là. Son vœu n'avait rien de moral. C'était juste une question de survie et de désespoir. Il était capable de faire n'importe quoi à n'importe qui pour avoir toujours un cran d'avance sur les autorités.

Pendant un temps, il mena une vie relativement paisible dans le Montana, où Sam vit le jour. Il avait rencontré Shelly dans une supérette Buttrey, lorsqu'elle avait surgi au bout d'une allée au moment où il s'apprêtait à cacher une boîte de crackers au fromage sous son gros blouson d'hiver.

Shelly avait dix ans de plus que lui. Il avait tout de suite compris qu'elle était sous le charme. Son prénom était inscrit sur son badge, il ne manquait donc plus que son numéro de téléphone… qu'elle lui donna sans même qu'il lui demande.

Six semaines plus tard, Shelly était enceinte de Sam et vivait avec Clarence au-dessus du garage de ses parents. Il enchaînait les petits boulots sous le regard vigilant de sa belle-famille et, même si personne n'était vraiment heureux, la situation n'était pas encore trop catastrophique.

Donn, le père de Shelly, était électricien. S'il avait eu plus de chance dans la vie, il aurait pu devenir ingénieur. Il ne s'y connaissait pas seulement en branchements, en courant et en tout ce qui touchait à la mécanique, il s'y connaissait aussi en informatique.

La première fois qu'il rencontra Clarence Border, Donn sut que ce type avait le disque dur sérieusement bousillé. Il tenta d'avertir sa fille, mais Shelly tomba enceinte avant qu'il puisse faire quoi que ce soit.

Donn opta alors pour une autre méthode. Il apprendrait un métier à ce serpent. Mais au fil des mois, son projet se modifia. S'il ne pouvait pas faire de Clarence un électricien, il pourrait toujours l'électrocuter sur son lieu de travail.

Mais le serpent frappa le premier.

Il ne pouvait ignorer les voix dans sa tête et, ce matin-là, ses voix lui dirent qu'il devait réagir quand on l'avait offensé.

Donn ne le laissait jamais fumer dans la fourgonnette. Lorsqu'ils arrivèrent à la Weiss Sand and Gravel Company, ils furent accueillis par un panneau indiquant que la zone entière était non-fumeurs.

Furieux, Clarence déchargea le matériel. Quelqu'un devrait payer pour ce qu'il endurait.

Donn était sur le toit, en train de fixer un nouveau transformateur sur le poteau, quand Clarence débrancha le câble de terre. Le vieux fut grillé en une seule décharge fulgurante qui lui fit traverser la moitié du toit pour le projeter contre l'antenne parabolique. Son cadavre fumait.

Clarence se contenta de lever les yeux vers le panneau non-fumeurs et ressentit une immense satisfaction.

Après l'accident, le jeune couple quitta le garage pour emménager officiellement dans la maison, et la mère de Shelly, accablée de chagrin, cessa d'adresser la parole à Clarence. Plus tard, il repenserait à cette époque comme à une période de calme et de réflexion.

Alors que Sam avait quatre ans et demi, Shelly tomba à nouveau enceinte et Riddle arriva avec un mois d'avance. Le bébé pleurait beaucoup. Ses petits sanglots finirent par insupporter Clarence, qui partit se réinstaller dans le garage.

Le nourrisson souffrait de coliques. Et d'autres maux, aussi. Son nez coulait en permanence et il plissait les yeux comme pour se protéger du soleil, même les jours de pluie. Shelly le prénomma Rudolph[1] à cause de sa bouille toute rouge, mais il devint Riddle à la seconde où son père le prit dans ses bras et où il poussa son premier cri.

Quand les garçons furent âgés respectivement de sept et deux ans, la maison croulait sous les hypothèques. Les huissiers ne se contentaient plus de téléphoner : ils venaient frapper directement à la porte.

La mère de Shelly n'en pouvait plus. Elle avait beau s'être attachée à ses petits-enfants, elle partit s'installer en Louisiane avec sa sœur malentendante. Avant son départ, elle promit d'envoyer de l'argent mais personne ne la crut. Clarence n'avait plus de travail depuis des lustres, et Shelly finit par retourner garnir les rayonnages de la supérette Buttrey.

Un soir pluvieux du mois de mars, elle rentra du travail à vingt heures trente pour trouver la porte de la maison grande ouverte. La fourgonnette n'était plus dans l'allée, et le tuyau d'arrosage posé près de l'entrée du garage avait disparu. Clarence avait emporté ses fils, ses outils, une valise de vêtements et une collection de vieilles pièces d'un penny appartenant à Shelly, qui la tenait elle-même de son grand-oncle Jimmy.

Sam était alors en CE1, considéré comme le meilleur élève de sa classe, au point qu'il lisait déjà des livres de niveau CM2. Dix ans plus tard, il se souvenait encore avec exactitude de sa salle de classe.

---

1. Dans la tradition populaire américaine, Rodolphe est le neuvième renne du Père Noël et, grâce à son nez rouge et lumineux, il l'aide à distribuer les cadeaux *(NdT)*.

Il n'en avait pas revu d'autre depuis.

Depuis qu'ils avaient quitté le Montana, le père de Sam racontait toujours la même histoire. Sa femme était morte en mettant le petit dernier au monde, et lui-même avait perdu son entreprise. Riddle avait toujours l'air de sortir d'un rhume ou d'en commencer un. Il plissait sans arrêt les yeux, et les gens se sentaient naturellement désolés pour ces pauvres petits privés de leur maman.

Clarence prétendait avoir travaillé dans les pièces détachées. C'était un domaine que peu de gens connaissaient. Heureusement d'ailleurs, car lui-même n'y connaissait rien du tout.

Il expliquait qu'il n'avait jamais pu payer les primes d'assurance santé de ses employés, mais qu'il n'avait jamais fait passer ses bénéfices avant son personnel. Il avait tenu bon tant qu'il pouvait, jusqu'au jour où le gouvernement était venu fourrer son sale nez dans les livres de comptes de l'entreprise.

La première fois qu'il entendit cette histoire, Riddle avait deux ans et crut que des gens étaient vraiment venus essuyer leurs nez sales dans les livres de son père. Cela expliquait pourquoi Clarence détestait tout ce qui touchait aux livres, aux professeurs, aux études et à l'école.

Clarence croyait surtout en l'école de la vie. Voilà ce qu'il expliquait à ses fils. Et voilà pourquoi il ne les laissa jamais retourner à l'école après leur départ.

Mais les garçons n'étaient pas seulement déscolarisés parce que Clarence détestait les professeurs. Il haïssait le système dans son ensemble.

Depuis des années, les deux garçons avaient pris l'habitude de se lever tard. Maintenant qu'ils avaient grandi, leur père ne se donnait même plus la peine de les nourrir, si bien qu'ils avaient toujours faim au réveil.

Clarence leur interdisait de sortir durant les heures d'école car les gens devenaient toujours trop curieux en voyant deux enfants traîner seuls la journée. Et puis, mieux valait attendre que les fast-foods soient ouverts et que leurs poubelles se remplissent pour mettre le nez dehors.

Ils prirent donc l'habitude d'attendre que le soleil soit bien haut dans le ciel avant de s'aventurer à l'extérieur, et de répondre qu'ils étaient scolarisés à domicile si on leur posait la question. Mais le dimanche, c'était différent. Le dimanche, ils avaient le droit d'être dehors à n'importe quelle heure.

Et le dimanche, il y avait de la musique.

Sam enfila ses chaussures et observa son petit frère, qui dormait sur un matelas sale posé à même le sol dans un coin de la pièce. Il avait le souffle rauque, comme d'habitude, et sa congestion chronique semblait prendre des allures de énième infection des bronches.

Sam songea d'abord à lui remonter sa tête un peu plus haut sur l'oreiller, car cela l'aidait à mieux respirer, mais il prit un stylo par terre et inscrivit en lettres majuscules sur un bout de papier :

JE REVIENS

Sam avait repéré la Première Église unitarienne le jour même de leur arrivée en ville.

Y en avait-il aussi une Deuxième, une Troisième ? Était-ce une sorte de concours entre églises ?

Car maintenant qu'il se tenait devant l'édifice en briques rouges sur Pearl Street, il voyait bien que cette église était bien plus chic que celles qu'il connaissait jusque-là. Clairement, ces Premiers Unitariens avaient raflé la mise. Le parking, quasi complet, regorgeait de voitures bien neuves et bien propres. Ce n'était pas son milieu social habituel.

Cette église se trouvait dans le plus beau quartier de la ville. Elle n'avait rien de misérable ou de délabré. Ce n'était pas un endroit pour lui.

À ses yeux, moins les gens étaient riches, plus ils jouaient d'instruments de musique pendant l'office et servaient à manger. Et plus il se sentait à l'aise parmi eux.

Mais Sam avait déjà exploré son quartier de fond en comble et, sans Riddle sur ses talons, il avait marché plus vite et plus loin que d'ordinaire.

En entendant l'orgue résonner depuis le trottoir, sa curiosité fut plus forte que lui. Sans compter que les portes en bois de la Première Église unitarienne étaient grandes ouvertes.

Il pourrait aisément entrer et sortir.

Et, peut-être, apercevoir l'instrument qui produisait ce son incroyable.

Mais c'était plus facile à dire qu'à faire.

À peine avait-il franchi l'entrée qu'un type surgit de nulle part pour refermer l'énorme porte derrière lui, et Sam eut l'impression qu'on scellait un caveau.

Il se glissa discrètement sur le banc au dernier rang. Presque aussitôt, l'orgue se tut et un prêtre fit son apparition. Il portait une cravate sous sa soutane. Se penchant vers le micro, il commença à parler. Sam n'écoutait jamais ce que ces gens disaient à l'église. Il préférait examiner la déco.

Pour lui, un endroit propre où flottait une vague odeur de bougies et de fleurs était un lieu à la fois exotique et effrayant. Sam se sentit totalement fasciné.

Les panneaux en bois qui recouvraient les murs ressemblaient à du cuir. À l'avant, l'immense lustre qui pendait du plafond contenait plusieurs rangées de bougies minuscules qui se révélèrent de simples ampoules d'imitation. Ce serait plus joli avec de vraies bougies, songea-t-il. Mais impossible de les allumer sans une haute échelle. Et puis, la personne perchée là-haut risquerait de tomber sur les gens, ce qui serait très douloureux pour tout le monde.

Les bancs en bois n'étaient pas très confortables. Mais c'était toujours comme ça, à l'église. Si vous voulez que les gens soient attentifs, mieux vaut qu'ils ne soient pas trop à leur aise. N'était-ce pas ce que disait son père ?

L'homme au micro s'arrêta enfin de parler, et un chœur se leva sur le côté. Ses membres, de tous les âges et de toutes les formes, étaient vêtus d'une tunique blanche. Sam trouvait qu'ils ressemblaient à des oiseaux. Il ne s'y connaissait pas très bien en ornithologie, mais il avait déjà vu pas mal d'oiseaux dans sa vie. Il devait forcément exister quelque part une race de grands oiseaux aux plumes immaculées avec une touffe de poils sur la tête.

L'orgue se remit à jouer. Sam vit alors une fille se détacher du groupe. Elle avait à peu près son âge, se dit-il. Et à sa manière de s'avancer vers le micro, il était clair qu'elle avait le trac.

Emily transpirait à grosses gouttes et frissonnait en même temps. C'était ridicule. Son père, qui se tenait sur le côté en agitant la main droite d'une façon censée signifier quelque chose, faisait tout pour éviter son regard.

Une fois en place devant le micro, elle mit au point sa stratégie.

Elle allait se concentrer sur le dernier rang.

Tout au fond.

Là où s'asseyaient les gens qui consultaient leurs e-mails et lisaient les résultats sportifs. Les derniers bancs de l'église étaient toujours remplis de gens qui n'étaient pas vraiment là. Ceux qui n'écoutaient pas.

Et c'est pour eux qu'elle chanterait.

Ou plutôt… pour lui.

Parce que, en relevant la tête, elle s'aperçut qu'il y avait une seule personne assise au dernier rang.

Emily prit son courage à deux mains et se mit donc à chanter directement pour lui :

You and I must make a pact
We must bring salvation back

Where there is love,
I'll be there[1].

Elle entendait le son de sa voix. Mais elle ne s'entendait pas chanter. Et c'était la seule bonne nouvelle de la journée. Emily connaissait les paroles par cœur :

I'll reach out my hand to you
I'll have faith in all you do
Just call my name and I'll be there
I'll be there to comfort you
Build my world of dreams around you
I'm so glad that I found you
I'll be there with a love that's strong
I'll be your strength, I'll keep holding on
Let me fill your heart with joy and laughter
Togertherness, well that's all I'm after
Whenever you need me, I'll be there[2].

Ces mots, elle les chantait à un garçon qu'elle n'avait jamais vu de sa vie.

Il semblait grand et mince, avec les cheveux châtain foncé en bataille, bizarrement coiffés. Comme si on les avait coupés n'importe comment.

L'inconnu avait le teint bronzé de quelqu'un qui était beaucoup resté au soleil alors que l'hiver ici touchait tout juste à sa fin.

Emily réalisa alors qu'il semblait mal à l'aise. Comme s'il ne

---

1. Toi et moi devons sceller un pacte/Nous devons faire renaître le salut/Partout où il y aura de l'amour, je serai là *(NdT)*.
2. Je te tiendrai la main/J'aurai foi en tout ce que tu fais/Dis mon nom et je serai là/Je serai là pour te rassurer/Bâtir un monde de rêves autour de toi/Je suis si heureux de t'avoir trouvé/Je serai là avec un amour fort/Je serai ta force, ton soutien/Laisse-moi remplir ton cœur de joie et de rire/ L'unité, c'est tout ce que je recherche/Chaque fois que tu auras besoin de moi, je serai là *(NdT)*.

se sentait pas à sa place. Exactement comme elle, debout sur la petite estrade.

Et il la regardait fixement.

Tout le monde ou presque avait les yeux rivés sur elle.

Mais soudain, seul son regard à lui avait de l'importance.

Parce qu'elle non plus ne le quittait pas des yeux. Elle s'était fait cette promesse, et elle devait aller jusqu'au bout.

Dans sa bouche, les paroles de la chanson prenaient assurément un autre sens, désormais. N'était-ce pas ce que voulait son père? Une interprétation passionnée et sincère?

Était-elle en train de vivre une expérience de sortie hors du corps?

Ses lèvres bougeaient, des sons en sortaient, mais rien de tout cela ne lui semblait réel.

La seule chose vraiment réelle se trouvait au dernier rang.

Elle ne savait pas vraiment chanter juste.

Ça non.

Mais elle était captivante. Vulnérable, exposée, incapable d'atteindre la note juste. Et elle chantait pour lui.

Pourquoi?

Ce n'était pourtant pas le fruit de son imagination.

La fille aux longs cheveux bruns se tenait debout, ses deux petits poings serrés de chaque côté. Et était-ce parce qu'elle chantait faux, ou parce qu'elle le regardait droit dans les yeux en semblant ne s'adresser qu'à lui? En tout cas, il était magnétisé.

Dans sa chanson, elle lui disait qu'elle serait là.

Or personne n'était jamais là pour lui. Les choses étaient ainsi faites. Qui était-elle pour lui promettre une chose pareille?

C'était trop intime. Et soudain trop douloureux.

Pas seulement pour elle.

Mais aussi pour lui.

Bien trop douloureux.

3

Longtemps, Sam crut que sa mère viendrait les sauver, son frère et lui.

En constatant leur absence, elle appellerait la police, les pompiers (ne venaient-ils pas aider les chats à descendre des arbres ?) ou encore Mrs. Holsing, sa maîtresse de CE1. Voire même les voisins. Ceux qui s'appelaient les Natwick, dans la maison bleue au bout de la rue, et qui le saluaient toujours quand il passait devant chez eux. Les gens partiraient à leur recherche. Il en était sûr et certain.

Ce qui fut le cas au début, bien sûr. Mais Shelly n'était pas du genre à mener les troupes. Il ne lui manquait pas seulement la détermination, mais aussi les capacités d'organisation d'un chef. Et ce n'était pas sa faute.

Lorsqu'elle était encore tout bébé, sa mère l'avait un jour posée sur le plan de travail de la cuisine en revenant des courses. Elle ne lui avait tourné le dos qu'une seconde, mais la petite en avait profité pour se dégager de la coque en plastique qui, à l'époque, était l'ancêtre du siège auto. Les bretelles étaient trop compliquées à mettre. À quoi bon ?

Le crâne de Shelly heurta le sol avec un bruit mat comme une batte de base-ball frappant une pastèque. Elle demeura inconsciente pendant cinq bonnes minutes et ne revint à elle que sur le parking des urgences, dans le break de ses parents.

Les médecins la gardèrent toute une nuit en observation et conclurent qu'il n'y aurait sans doute pas de séquelles. Sa famille reconnaissait que c'était une enfant aimante, calme et facile. Mais à compter de ce jour, elle ne disposa plus du potentiel pour égaler l'intelligence de son père ou les aptitudes musicales de sa mère. Pour comparer son esprit à un ordinateur, disons que cette chute sur le sol de la cuisine supprima des portions entières de son disque dur.

Quand Clarence disparut avec les garçons, Shelly commença à se rendre au Bureau. L'attraction principale du lieu était sa porte à tambour, la seule du genre dans toute la ville. Ce morceau de verre et de métal, récupéré à l'entrée d'une ancienne banque de Denver, vous donnait vraiment l'impression de pénétrer dans un endroit intéressant.

En réalité, l'intérieur communiquait avec le minimarché adjacent, et le seul effort de décoration pour faire ressembler les lieux à un bureau était la rangée d'armoires à classement qui formait le comptoir du bar.

Shelly s'y rendait directement après le travail, histoire de mieux supporter le moment le plus difficile de la journée. Ses fils lui manquaient particulièrement à l'heure du dîner. Quand elle ne buvait pas, elle se retrouvait à faire la cuisine pour des gens qui n'existaient plus.

Au Bureau, Shelly s'asseyait toujours face à la porte en sirotant des Shirley Temple[1] parce que cela lui rappelait ses enfants. Sauf qu'elle y ajoutait deux shots de vodka.

Clarence était parti depuis six semaines quand Shelly se fit renverser par une voiture. Elle rentrait chez elle à pied après une demi-douzaine de cocktails sucrés quand, d'après le rapport de police, elle se jeta en pleine circulation. Impossible de savoir s'il

---

1. Le Shirley Temple est un cocktail sans alcool à base de soda, de jus d'orange et de grenadine, nommé d'après l'actrice américaine Shirley Temple devenue star à l'âge de six ans dans les années 1930 (*NdT*).

s'agissait d'un suicide, d'une tentative maladroite pour traverser, ou des deux. Sa mort fut prononcée sur les lieux de l'accident, mais on la transporta quand même à l'hôpital.

L'infirmière de garde était la même qui, quarante ans auparavant, l'avait accueillie bébé aux urgences. À l'époque, c'était une jeune infirmière fraîchement diplômée. Aujourd'hui, c'était une sexagénaire souffrant d'arthrite aux genoux.

Mais elle n'avait pas oublié.

Sur le certificat de décès, elle inscrivit la mention *traumatisme crânien* et, à la dernière minute, ajouta entre parenthèses : *blessure préexistante*. Elle tenait à être précise.

Six mois plus tard, le chef de la police locale prit sa retraite. Son remplaçant était un parfait inconnu qui s'attacha à répondre aux besoins immédiats des habitants. Sans personne pour réclamer des nouvelles des deux enfants disparus, le dossier finit par disparaître de la pile des priorités.

La mère de Shelly succomba à une attaque l'année suivante. Même si on avait retrouvé les garçons, ils n'avaient désormais plus de famille pour les accueillir. L'enquête pour retrouver les enfants Border n'était pas officiellement close, mais le dossier était déjà classé.

Mais Sam ignorait tout cela.

Il imaginait sa mère dans leur ancienne maison, en train de les attendre. Même dans ses rêves les plus fous, Shelly ne partait jamais à sa recherche. Elle demeurait assise près du téléphone, le regard tourné vers la fenêtre, à attendre qu'il ouvre la porte et vienne se jeter dans ses bras.

Avec le temps, cette image s'estompa, comme le souvenir du visage de sa mère. Bientôt, lorsqu'il pensait à elle, ce qui n'arrivait plus très souvent, elle se tenait toujours dans l'ombre, le visage caché. Au fil des années, la maison elle-même perdit ses contours et s'assombrit dans sa mémoire.

Mais ce jour-là, assis sur son banc au dernier rang de la Première Église unitarienne, il fut envahi par un sentiment familier.

Sa mère était là, quelque part, la main tendue vers lui. Comme pour lui indiquer le chemin de la maison.

Car cette chanson, sa mère ne l'avait-elle pas souvent écoutée ? Ne la lui avait-elle pas chantée ? Cela expliquerait-il pourquoi il la connaissait si bien ?

Quoi qu'il en soit, à ce moment-là, le poids qui lui pesait au fond du ventre depuis tant d'années s'envola.

Emily se sentit toute rouge.

Rouge comme une tomate. Elle expliqua à ses copines qu'il s'agissait d'un phénomène chimique – hérité de l'un de ses parents originaire d'Europe du Nord – lié à la pression artérielle. Sa meilleure amie, Nora, avait lu dans un magazine que les personnes qui rougissaient avaient plus de risques d'avoir un cancer de la gorge au cours de leur vie.

Mais peut-être avait-elle inventé ça de toutes pièces.

C'était à n'y rien comprendre. Cela dit, Emily n'y comprenait déjà plus grand-chose.

Ce garçon, cet inconnu assis au fond de l'église, la déstabilisait complètement. Était-ce à cause de lui, ou était-ce en elle ? Ces sensations étaient-elles réelles ou imaginaires ? Chanter, n'était-ce pas le meilleur moyen de mettre son âme à nu ? Et son âme n'était-elle pas déjà suffisamment à nu comme ça ?

Le reste du chœur se joignit à elle pour chanter une dernière fois les paroles *I'll be there*.

Puis, soudain, ce fut terminé.

L'orgue émit la note finale. Mais au lieu de faire un pas en arrière et de regagner sa place, Emily passa entre les choristes, grimpa une volée de marches et quitta le sanctuaire. Puis elle s'engouffra dans le couloir sombre caché derrière l'autel, ouvrit l'unique porte donnant sur l'arrière de l'église et sortit dans la lumière blanche du jour.

Sam la vit prendre la fuite.

Il comprenait totalement.

N'avait-il pas lui-même passé sa vie à fuir ?

La fille à la voix imparfaite, aux longs cheveux châtains brillants et aux yeux humides était partie. Le chœur continua sans elle et enchaîna sur une autre chanson. Mais Sam était déjà debout. Et tant pis si la porte en bois grinçait. Il poussa la lourde barre verticale en cuivre, et sortit.

Quelques secondes plus tard, il avait contourné l'édifice et se tenait devant la jeune fille, qui semblait très mal en point. Il mit sa main sur son épaule. Elle avait les larmes aux yeux. Il ne voulait pas qu'elle pleure. Si elle pleurait, il y avait de fortes chances qu'il pleure, lui aussi. Pourquoi risquer d'en arriver là ?

Mais il avait appris à enfouir ses émotions. Il était même devenu expert en la matière. Alors que faisait-il là, planté derrière cette église ?

N'était-il pas censé être invisible ?

Il s'entendit alors prononcer les mots suivants :

– Ça va aller, crois-moi… Ne t'inquiète pas…

Il la consolait. Cette fille qui avait chanté faux devant tout le monde. Sa longue tunique blanche était ouverte. Elle s'en débarrassa d'un mouvement d'épaules, et Sam vit qu'elle portait un pantalon noir surmonté d'un chemisier blanc imbibé de sueur.

Sam eut brusquement envie de la soulever de terre pour l'emmener à moto – pourquoi pas – loin d'ici. Sauf qu'il ne savait pas conduire une moto. Il avait juste vu ça dans un film à la télé. Le type portait un uniforme de l'armée, la fille le connaissait bien et mourait d'envie qu'il la prenne dans ses bras.

Mais soudain, tandis qu'elle le regardait, c'en fut trop. Elle se détourna violemment. Et le toast, les œufs et le bacon de son petit déjeuner firent leur seconde apparition de la matinée.

Car cette fille ne le connaissait pas. Et si elle le connaissait, elle ne voudrait sûrement rien avoir à faire avec lui. Elle l'avait regardé longuement, intensément, et cela, en plus du chant, avait suffi à lui retourner l'estomac. Sans réfléchir, il tendit la main pour retenir ses longs cheveux en prévision du prochain geyser de vomi.

Il regrettait de ne pas avoir un chiffon ou un mouchoir sur lui pour qu'elle puisse s'essuyer la bouche. Mais c'était comme ça. Tout à coup, une femme sortit de l'église par la porte de derrière.

– Emily, tu te sens bien ?

Sam lâcha ses cheveux, fit un pas en arrière, et le charme fut rompu.

Fini.

Terminé.

Il tourna les talons et s'éloigna d'un pas vif, mais sans courir.

Loin.

Loin d'elle.

Emily se détourna de sa mère pour regarder par-dessus son épaule gauche, puis son épaule droite, et réalisa que le garçon avait filé. Parti, envolé. Une nouvelle crise d'angoisse l'assaillit. Où était-il ? Et surtout, *qui* était ce garçon ?

Sa mère la rejoignit, ramassa la tunique blanche tombée à terre et s'en servit pour essuyer le visage de sa fille, qui était rouge et dégoulinant de sueur.

You and I must make a pact
We must bring salvation back
Where there is love, I'll be there

Elle ne savait même pas comment il s'appelait. Elle ne savait rien de lui.

Emily ferma les yeux. En un flash rouge et orange, sous ses paupières, elle visualisa le parking et l'église. Peut-être avait-elle tout imaginé. Elle avait le don d'inventer des histoires surgies de nulle part. Il lui suffisait de lire l'expression des gens pour s'imaginer toutes sortes de choses. C'était son truc à elle. Curiosité? Imagination trop fertile? Léger décalage avec le reste du monde?

Elle rouvrit les yeux. Là-bas, au loin, sur le trottoir qui remontait vers Cole Street, une silhouette s'éloignait. Il existait pour de vrai.

Il avait bien été là.

4

Sam rentra retrouver son frère. Mais dans sa tête, il ne cessait de revoir ce visage. Cette fille. Avec ses yeux rivés sur lui. La fille qui chantait faux.

La présence de Riddle mettrait un terme à ce flot d'images. Rien de tel que son petit frère pour remettre les choses en perspective. Avec ses yeux gris et son souffle rauque, le pauvre avait besoin de lui. Les deux frères avaient beau n'avoir que cinq ans d'écart, leur différence d'âge leur semblait bien plus importante – à eux et au monde extérieur.

Autant Sam était grand et maigre, autant Riddle était petit et râblé. Sam était très brun de peau. Riddle avait le teint pâle, comme délavé. Il ne comprenait que les détails d'un objet tandis que Sam, lui, voyait les choses dans leur ensemble. Et c'était fondamental, car cela lui permettait de savoir quoi faire pour survivre jour après jour.

Riddle en était incapable. Il passait son temps à faire des dessins compliqués représentant l'intérieur des objets, d'étranges schémas mécaniques qu'il traçait de la main gauche, les doigts bien serrés autour du crayon. Il n'avait pas besoin de papier blanc pour satisfaire ses envies de dessin, et c'était tant mieux, car il en avait rarement.

Depuis deux ans, Riddle était l'heureux propriétaire d'un annuaire de la ville de Memphis dont chaque page était ornée d'un dessin. Intérieur d'une radio. Grille de radiateur d'un vieux camion. Toaster cassé vu par-dessous. Et tous ces dessins recouvraient les listes de numéros de téléphone, les publicités pour les magasins de matériel de plomberie ou les restaurants italiens.

Riddle ne parlait jamais, ou presque. Il s'appuyait sur Sam pour exprimer ses idées à sa place, surtout quand leur père était là. Leur père n'aimait pas écouter les autres, si bien qu'avoir un fils quasiment muet en permanence lui convenait tout à fait.

Les deux frères s'exprimaient d'une seule voix – celle qui sortait par la bouche de l'aîné. Clarence ne réfléchissait pas beaucoup. Pas étonnant qu'il ait appelé son deuxième fils Riddle[1].

Sam s'engagea dans l'allée du garage en terre battue et contourna la vieille fourgonnette. Son père dormait sur la banquette avant. Le véhicule était déjà chargé avec toutes ses affaires dedans, mais Clarence était satisfait comme cela. Il voulait être capable de déguerpir à tout moment. Il ne prenait jamais la peine d'emporter les choses auxquelles tenaient ses fils.

Quand les voix à l'intérieur de sa tête le prévenaient de l'imminence d'un danger, il prenait une couverture et dormait sur la banquette avant. Il se tenait en état d'alerte maximale. Le plus souvent, il restait éveillé toute la nuit avant de tomber de fatigue au petit jour.

Sam jeta un coup d'œil à travers la vitre de la portière. À en juger par l'angle de la tête de son père, il dormait profondément depuis des heures. Tant mieux.

En entrant dans la maison délabrée, Sam trouva Riddle occupé à dessiner, comme toujours. L'enfant plissa les yeux et esquissa un sourire en apercevant son grand frère. Debout dans l'encadrement de la porte, Sam lui proposa :

---

1. *Riddle* signifie « énigme » en anglais (*NdT*).

– Restes de pizza ou paquet de tortillas entamé ?

Comme à son habitude, Riddle haussa les épaules et se moucha avec les doigts. Sam répondit à sa place :

– On ira inspecter les bennes avant d'aller au minimarché.

De sa poche, il sortit quelques pièces de monnaie. La plupart d'entre elles étaient vertes et émoussées.

– Je les ai ramassées dans la fontaine, devant la banque. On a donc l'embarras du choix.

Riddle eut un large sourire, cette fois. Il ramassa un vieux sac à dos en loques qui traînait par terre, y glissa son annuaire téléphonique ainsi qu'un stylo, et emboîta le pas à son frère.

Personne ne savait qui c'était.

Mr. Bingham, le videur autoproclamé de la Première Église unitarienne, déclara qu'il s'agissait de Nick Penfold. Quand Emily lui expliqua que ce dernier était en Floride à l'enterrement de sa grand-mère, Mr. Bingham se contenta de se gratter la tête.

Emily poursuivit son enquête. Aucune nouvelle famille n'avait rejoint la paroisse dernièrement. Mrs. Herlihy, qui travaillait au secrétariat, confirma cette information. L'inconnu n'était pas élève au lycée Churchill, en tout cas. Et il n'y avait qu'un seul autre lycée en ville.

L'après-midi, Emily demanda à son copain Remi de la conduire au lycée César-Chávez. Elle avait entendu dire que chaque dimanche, on y organisait des matchs de basket attirant une large foule. Sur place, en faisant semblant de s'intéresser au match, elle passa en revue tous les visages des spectateurs, un par un. En vain.

Le lendemain, elle se confia à sa meilleure amie Nora :

– OK, devine pourquoi j'étais malade à l'église, hier ?

Nora lui répondit sans même quitter des yeux l'écran de son téléphone portable :

– Parce que t'as chanté.

– Exact. Mais il y a un détail que je ne t'ai pas raconté.

Emily ne faisait jamais de cachotteries, d'habitude. Nora daigna enfin se désintéresser de son téléphone.

– Lequel?

Emily prit une grande inspiration.

– J'avais l'estomac en compote…

Nora l'observa de biais. Elle adorait tous les trucs médicaux.

– Parce que t'avais le trac?

– Non. À cause d'un garçon.

Son amie parut intriguée. Emily n'était pas du genre à aborder ce genre de sujet.

– Qui ça?

Emily sentit ses joues s'enflammer.

– Je ne sais pas qui c'est.

– Reprends au début. J'ai dû louper un épisode.

– C'est l'inconnu à qui j'ai chanté ma chanson. Il était assis au fond. J'ai chanté seulement pour lui, et il m'a écoutée.

Nora dévisagea son amie. Elle semblait inquiète, à présent.

– Et c'est pour ça que t'as vomi?

– Attends, j'ai pas fini!

– OK, désolée…

– J'ai senti un truc entre nous.

Nora attendit la suite, mais Emily semblait avoir terminé.

– Tu te sens bien? Le virus de la grippe circule pas mal, en ce moment.

De toute évidence, elle n'avait rien compris.

– Écoute, fit Emily, je sais que ça peut paraître bizarre, mais…

Nora fronça les narines. C'était le signe que quelque chose la tracassait.

– Vous vous êtes parlé?

Cette fois, Emily se sentit sur la défensive.

– Il est venu dehors pour m'aider. Il m'a retenu les cheveux. Il a mis sa main sur mon épaule. Il m'a dit que ça allait s'arranger.

Nora avait l'air de s'ennuyer, à présent.

– Et?

Cela faisait quatre mois qu'elle sortait avec Rory Clerkin. Avant Rory, il y avait eu Terrance Fishburne. Elle avait de vrais petits amis. Voyant qu'Emily hésitait à répondre, elle poursuivit :

– Tous les mecs craquent pour toi. Ça ne t'intéresse pas. Mais un inconnu débarque pour te regarder vomir, et tu tombes amoureuse de lui ? Bobby Ellis est trop canon. Je ne comprends pas pourquoi tu ne veux pas de lui.

Cette fois, ce fut au tour d'Emily de prendre un air dégoûté.

– Je ne vois pas ce que Bobby Ellis vient faire là-dedans !

– Ben si, justement. Si tu avais un vrai copain, tu ne te mettrais pas dans tous tes états parce qu'un mec cool s'est montré gentil avec toi.

Emily ne retint qu'un seul mot de cette phrase.

– Cool ? Je n'ai jamais dit que c'était un mec cool.

Nora haussa les épaules.

– C'est Cate Rocce qui me l'a dit. Il paraît qu'un mec cool est sorti de l'église dès que tu as eu fini de chanter.

Emily écarquilla les yeux.

Cate Rocce l'avait vu ! Dire qu'elle n'avait même pas pensé à l'interroger. Il faut dire qu'elle n'aimait pas trop Cate Rocce. Elle était plutôt du genre peste. Mais elle l'avait trouvé « cool ». Peut-être même qu'elle le connaissait ? Emily ne put s'empêcher de sourire.

Hélas, lorsqu'elle finit par croiser Cate Rocce en cours de sport, une heure plus tard, celle-ci ne savait rien.

Le dimanche arriva enfin.

Depuis son solo calamiteux, Emily avait été autorisée à quitter le chœur. Son père avait dû finir par comprendre qu'il n'avait transmis son talent musical à aucun de ses enfants, car son petit frère chantait encore plus mal qu'elle. C'est comme ça.

En montant dans la voiture, elle réalisa qu'elle avait compté les jours. Belle ironie de penser que la messe, qui était le moment le plus ennuyeux de la semaine, focalisait désormais toute son attention.

Mais l'inconnu n'y était pas.

Pendant une heure et demie, elle garda les yeux rivés sur la porte du fond tout en se faisant honte elle-même.

L'après-midi, elle s'efforça de penser à autre chose. Ne confondait-elle pas l'émotion de s'être ridiculisée en public avec autre chose ? Que lui arrivait-il, au juste ? Elle était en train de devenir comme toutes ces filles qu'elle ne supportait pas.

Mais si elle éprouvait de tels sentiments envers un parfait inconnu, elle devrait être capable de ressentir quelque chose pour quelqu'un qu'elle connaissait..

Non ?

5

Le lendemain matin, avant les cours, Emily retrouva Nora devant son casier.

– J'ai réfléchi à ce que tu m'as dit.

– À quel propos ?

– Bobby Ellis. Il n'est pas si mal, au fond.

Nora eut un large sourire et prit son amie par le bras.

– C'est vrai ? Oh, j'ai hâte de raconter ça à Rory ! On pourrait organiser une sortie à quatre… un ciné ! Ou bien se prendre un truc à manger et mater un film chez Rory – si sa mère n'est pas là, bien sûr – ou alors…

Emily lui coupa la parole.

– Minute. J'ai juste dit que je le trouvais sympa…

La déception se lut sur le visage de Nora.

– Tu as dit que tu le trouvais pas mal. C'est l'un des meilleurs potes de Rory. Il serait parfait pour toi !

Emily s'efforça de prendre un ton enthousiaste.

– J'aimerais le connaître un peu mieux. C'est tout ce que je dis…

Nora retrouva le sourire.

– Très bien. Faisons les choses à ton rythme. Je vais dire à Rory de dire à Bobby de t'appeler.

Emily acquiesça, mais une vague de terreur l'envahit. Elle

devrait peut-être changer de numéro ou perdre son téléphone d'ici la fin de l'heure suivante.

La perspective d'avoir une conversation avec Bobby Ellis arrivait en deuxième position sur sa liste de pires cauchemars, juste après s'asseoir à côté de lui dans une salle obscure. Qu'est-ce qui clochait, chez elle ? La plupart des filles craquaient pour Bobby Ellis. Elles n'avaient pas dû remarquer qu'il riait chaque fois que quelqu'un ouvrait la bouche. Ou qu'il avait tendance à vous coller un peu trop quand il vous parlait.

Elle avait lu quelque part que les bons souvenirs chassaient les mauvais. Mais est-ce que ça ne marchait pas dans l'autre sens, aussi ? Et si les mauvais souvenirs chassaient les bons ?

Bobby Ellis l'avait toujours agacée. Difficile de penser que cela pourrait changer.

Sam envisagea de retourner à la Première Église unitarienne. Mais c'était impossible.

Quand vous avez passé dix ans à être invisible, quand vous ne savez plus où vous êtes né et n'êtes même plus trop sûr de la date de votre anniversaire (c'était forcément l'été, parce qu'il avait vaguement le souvenir qu'on mangeait de la crème glacée et qu'on jouait avec l'arroseur automatique de la pelouse), quand votre père a changé votre nom de famille et que vous ne vous rappelez plus très bien à quoi ressemblait votre mère, une pièce remplie de parfaits inconnus vous terrifie autant qu'un lit rempli de couteaux.

Est-ce donc une simple coïncidence s'il emmena Riddle se faire couper les cheveux gratuitement chez Superior Cuts ? Une pancarte dans la vitrine du salon disait qu'on recherchait des volontaires. S'étaient-ils déjà portés volontaires pour quoi que ce soit ? Ils n'étaient pas censés adresser la parole aux gens. N'était-ce pas la règle ?

Leur père leur coupait les cheveux quand ils étaient petits. Il les tailladait comme de la ficelle. Depuis deux ou trois ans, les garçons se débrouillaient eux-mêmes avec la paire de ciseaux que Clarence gardait dans la boîte à gants. Quelle importance s'ils faisaient ça n'importe comment ?

Sam ne fit aucun lien entre sa rencontre avec la fille et son envie de changer d'apparence. C'est seulement en se voyant dans les vitrines des magasins qu'il réalisa que son frère et lui avaient une drôle d'allure. Et tout à coup, il y accorda de l'importance.

Aucun d'eux n'avait jamais mis les pieds dans un salon de coiffure. Du moins, pas dans leurs souvenirs. Quand Sam expliqua qu'ils voulaient se porter volontaires, on commença par les prendre en photo avec un appareil numérique.

Riddle mit aussitôt Crystal, la jeune apprentie, très mal à l'aise. Il ne croisa pas son regard et ne répondit pas une seule fois à ses questions. Sous sa tignasse rebelle, raide et blonde, il fixait ses pieds lorsqu'elle prit sa photo « avant ». Son attention, comme toujours, était focalisée sur Sam, qui se tenait à côté de lui, tel un parent anxieux.

Ça n'allait pas être simple.

Riddle fit bien comprendre à sa manière qu'il n'était pas question qu'on lui lave les cheveux. Et quand Crystal appuya sur la pédale de son fauteuil pour le rehausser, il fit un bond. Il avait déjà eu assez de mal à supporter la blouse en plastique qui s'attachait à l'arrière et non à l'avant.

Sam s'isola avec lui dans un coin du salon, où ils échangèrent des messes basses devant la porte des toilettes. À leur retour, Sam expliqua que son frère n'avait pas besoin d'une coupe de cheveux particulière ; il voulait qu'on lui rase la tête.

Loin de le prendre mal, Crystal fut enchantée. Elle lui rasa le crâne en moins d'une minute, et un Riddle méconnaissable sortit son annuaire de son sac pour aller dessiner dehors en attendant.

Sa photo « après » fut prise sur le trottoir, devant le salon. Il plissait les yeux devant l'objectif avec son duvet jaune pâle sur la tête. Puis il passa l'heure suivante à reproduire le schéma compliqué des pompes hydrauliques au pied de chaque fauteuil.

Vint ensuite le tour de Sam.

Maintenant qu'elle était débarrassée de Riddle, Crystal prit tout son temps. Elle commença par lui laver les cheveux, non pas une fois, mais trois fois de suite, en lui malaxant le cuir chevelu, bien penchée au-dessus de lui. Un bouton de sa blouse était ouvert, et Sam ferma les yeux pour ne pas regarder son soutien-gorge rose rembourré. Soudain, il se sentit comme Riddle ; il avait juste envie de sortir de là.

Mais Crystal ne parut rien remarquer.

Après lui avoir lavé les cheveux pendant très longtemps, elle lui appliqua de l'après-shampoing, toujours en lui massant le crâne. Puis, après l'avoir installé sur un fauteuil, elle s'attela à lui couper les cheveux comme si sa vie en dépendait. Sam mit un petit moment à réaliser que les deux autres coiffeurs du salon la regardaient faire.

Il avait une chevelure sombre, épaisse et ondulée. Par le passé, il avait déjà essayé de les couper exactement à la même longueur. Mais Crystal avait une autre idée sur la question.

Elle lui dégrada le devant et une partie de l'arrière. Elle désépaissit, tailla et biseauta. Pendant quarante-sept minutes, elle travailla avec une concentration et une application totales. Quand elle eut terminé, il n'aurait pas été exagéré d'affirmer que cette coupe était la plus belle réussite artistique de sa carrière.

C'est alors que le patron du salon entra en scène. Il appliqua un linge humide sur le visage de Sam et l'enduisit de mousse à raser onctueuse. Il produisit ensuite le rasoir à main le plus acéré que Sam avait jamais vu, si bien que l'adolescent crut sa dernière heure arrivée.

Complètement impuissant, il ferma les yeux. L'homme prit sa lame et entreprit de raser le léger duvet qui lui tapissait le menton, les joues et une partie de la nuque.

À l'instant où il crut que le coiffeur allait lui trancher la gorge, Sam s'était senti gagné par une sorte d'apaisement résigné qui le fascina. Il n'avait même pas cherché à se débattre.

Le patron prit lui-même la photo « après », insistant pour que Sam se tienne devant un miroir afin de montrer le devant et l'arrière de sa coupe. Puis il lui fit signer un papier appelé une décharge.

Sam n'avait pas la moindre idée de ce dont il s'agissait, mais si cela signifiait qu'il pouvait partir, il ne voyait aucun inconvénient à griffonner son nom en bas d'un formulaire. Il commençait à se sentir vraiment mal à l'aise. Tout le monde semblait maintenant s'intéresser à lui.

Pendant que le patron finissait de remplir les papiers, Crystal prit un sac en plastique qu'elle remplit de « produits », pour reprendre son expression. Elle y mit au moins deux douzaines d'échantillons – shampoings et après-shampoings, gel coiffant, et même une sorte de lotion capillaire. Sam ne dit rien. Il se frottait parfois les cheveux au savon mais, le plus souvent, il les mouillait sous la douche en espérant que ça les laverait tout seul.

Crystal lui tendit d'autorité sa carte professionnelle avec le sac d'échantillons, auxquels vint s'ajouter un paquet de rasoirs jetables.

C'est seulement une fois rentré chez lui que Sam vit son numéro de téléphone tracé à l'encre violette au dos de la carte avec les mots : *Appelle-moi.* En dessous, à côté de la signature de son prénom, elle avait dessiné un petit cœur raté. Sam jeta la carte à la poubelle.

Comme il fallait s'y attendre, leur père fut moyennement ravi en les voyant revenir. Ce n'était pas tant le crâne rasé de Riddle que la nouvelle coupe branchée de Sam qui lui posait problème. L'adolescent avait l'air normal, tout à coup. Et même mieux que ça. Ce qui avait de quoi agacer un esprit déjà survolté.

Sam fit de son mieux pour ignorer les élucubrations de son père. Mais quand ses hurlements devinrent trop insupportables, il prit sa vieille guitare et emmena son frère dans les bois. À leur retour, la nuit était tombée depuis des heures et Clarence avait disparu.

Ce n'est que le lendemain après-midi, lorsqu'il sortit avec Riddle pour chercher de quoi manger, qu'il réalisa que leur père avait peut-être raison.

Désormais, ils n'étaient plus invisibles.

Dès que les deux frères eurent quitté le salon, Rayford, le patron, offrit à la jeune apprentie sa propre unité de travail. Cette Crystal avait du talent. Ça ne faisait aucun doute.

Puis il relut les décharges. Le grand avait signé de son nom : Sam Smith.

Quand Sam était ressorti du salon, il avait l'allure d'un mannequin de magazine de mode européen. Son jean usé et son tee-shirt délavé trop grand pour lui ne faisaient que parfaire l'ensemble. Ce gosse avait un style incroyable.

Rayford avait l'œil pour ce genre de chose. N'avait-il pas vécu à Manhattan pendant trois ans ? Si Sam Smith vivait dans une grande ville, les gens tenteraient de l'exploiter. Mais ici, dans cette petite ville universitaire de province avec ses deux scieries fermées et son taux de chômage à deux chiffres, pas vraiment.

Il n'y avait donc pas à hésiter. Il fit paraître une pub avec la photo « avant » et « après » de Sam dans la gazette commerciale gratuite distribuée chaque vendredi dans les boîtes aux lettres des quartiers chics au nord de Main Street.

Les gens étaient tellement prévisibles. Rayford était prêt à parier son bras gauche que pas un garçon, dans un rayon de cinq cents kilomètres, n'avait le look de Sam Smith, mais que la plupart d'entre eux comptaient sur une bonne coupe de cheveux pour lui ressembler.

Tout ce temps passé livrés à eux-mêmes en compagnie d'un fou les avait rendus un peu marginaux, son frère et lui. Sam en était conscient.

Les gens avaient du mal à comprendre l'obsession de Riddle pour le dessin. Personne ne lui avait jamais expliqué qu'il y avait une bonne et une mauvaise manière de dessiner, ni conseillé de s'intéresser à autre chose qu'aux objets mécaniques. Sam n'était pas aussi déconnecté du monde que son petit frère, mais il savait que son comportement le trahissait, parfois.

Voilà ce qui se produisait quand vous ne mettiez jamais les pieds à l'école et que vous n'aviez pas l'occasion d'observer comment vivaient les autres. Vous n'aviez aucun moyen de savoir si vous faisiez les choses de travers.

Peut-être cela expliquait-il pourquoi la plupart des airs que Sam jouait sur sa guitare ne ressemblaient à rien de ce qui passait à la radio, bien qu'il ait appris très tôt à reproduire des chansons après les avoir seulement entendues trois ou quatre fois.

Sam était un bon lecteur, et l'on n'imagine pas le nombre de choses qu'on peut apprendre en lisant les journaux et les magazines. De même que l'on n'imagine pas le nombre de choses intéressantes que les gens jettent à la poubelle.

Chaque jour, dans les bennes à ordures, il dénichait des catalogues, des lettres ou des manuels. Grâce au tri sélectif, le papier était généralement jeté dans une poubelle à part et c'est là qu'il exhumait ses plus beaux trésors, comme des livres de poche ou des bouquins grand format sur tous les sujets possibles. Les gens se débarrassaient de leurs cahiers d'exercices, de leurs annuaires scolaires, de leurs vieux almanachs et même de leurs carnets à dessin.

Quelle que soit la ville dans laquelle ils se trouvaient, Sam et Riddle partaient au moins deux fois par semaine explorer les décharges publiques. À leurs yeux, il ne s'agissait pas de déchets. C'était juste des choses dont les gens ne voulaient plus… et que personne ne vous accuserait de voler si vous aviez envie de les récupérer.

Riddle partait toujours à la recherche d'objets mécaniques. Sam, lui, restait dans la zone de dépôt. Les gens, épuisés par une longue journée de travaux, arrivaient avec leurs camionnettes remplies de trucs à jeter ou avec les restes d'un meuble qu'ils n'avaient pas réussi à réparer.

Sam allait à leur rencontre pour leur donner un coup de main. Le plus souvent, c'est même lui qui faisait tout. Quand les gens avaient des livres ou des choses intéressantes, ça ne les dérangeait pas qu'il les mette de côté. Et la moitié d'entre eux au moins sortaient quelques dollars de leur poche pour le remercier de son aide.

De temps à autre, une âme charitable lui remettait un billet de cinq ou dix dollars, surtout quand la personne avait vu Riddle et compris que ces deux-là formaient une paire bien malheureuse. Dans l'ensemble, les gens se montraient plutôt gentils.

Mais après la coupe de cheveux, ils le devinrent encore plus. Beaucoup plus.

Les mères de famille aux grandes voitures remplies de vieux meubles de jardin et d'appareils électroménagers usagés se mirent à lui sourire en lui donnant de l'argent. Les types âgés au tee-shirt graisseux et aux épaules voûtées lui tapaient dans le dos pendant qu'il déchargeait des plaques de plâtre de leur camion, et déclaraient que rien ne valait un petit boulot après l'école pour apprendre à se débrouiller dans la vie.

Soudain, c'était comme s'il avait franchi une frontière invisible. Il était passé de l'autre côté. Le monde semblait s'être élargi.

Était-ce donc ce qui se passait quand les gens se mettaient subitement à vous voir ?

Riddle ouvrit son annuaire pour regarder ses dessins. Un papillon brun se posa sur le papier jaunâtre. L'enfant l'observa, laissant dériver ses pensées.

Il y a des choses qui naissent avec des ailes. Comme les papillons. Ou les oiseaux.

Et ces choses peuvent voler.

Certaines ont des pattes. Comme les araignées. Mais elles en ont plein, pour courir très vite et se cacher. Quand on a deux jambes, c'est dur de se cacher.

La lumière bouge tout le temps. Même juste un tout petit, tout petit peu.

La lumière fait des formes.

Je sens le goût des baies sauvages. Rien qu'à les regarder.

J'écoute. Toujours. Quand on ne dit rien, on entend bien plus que les choses qui font du bruit.

Je vois l'intérieur des choses. Les trucs qui bougent. Même les morceaux cassés, je les répare.

Je commence par le bas.

Ça fait mal, mais c'est toujours intéressant, à l'intérieur.

Soudain, Riddle referma violemment son annuaire en écrasant le papillon.

Puis, lentement, il le rouvrit pour examiner l'insecte aplati, désormais réduit à une tache sans vie entre deux pages. Et ses yeux se remplirent de larmes.

6

Bobby Ellis avait le droit d'emmener ses amis dans sa voiture.

Malgré ses dix-huit ans, il était au même niveau scolaire qu'Emily. Ses parents lui avaient toujours raconté qu'il avait attrapé les oreillons avant sa rentrée en maternelle et raté les trois premières semaines, si bien qu'ils avaient attendu l'année suivante pour le réinscrire. Il n'était pas en retard. Il avait juste connu un faux départ.

Le plan avait été décidé depuis le début de la semaine. Bobby passerait prendre Rory. Ensemble, ils passeraient prendre Nora. Puis, tous les trois, ils passeraient chercher Emily. La jeune fille avait secrètement espéré que ses parents lui interdiraient de monter en voiture avec Bobby Ellis. Mais dans le cadre de leur nouvelle philosophie pédagogique, depuis son solo à l'église, ils avaient décidé de lui accorder plus de liberté.

Hélas.

La jeune fille prit une douche après les cours et opta pour un petit pull simple et joli. L'idée était de bien présenter sans pour autant en faire trop.

Une fois habillée, elle mit sa chanson préférée et l'écouta trois fois de suite. D'habitude, c'était pour elle le meilleur moyen de se mettre de bonne humeur. Elle se donnait beaucoup de mal pour s'intéresser à cette soirée. Mais ça ne marchait pas. Vingt minutes avant l'heure du rendez-vous, elle descendit avaler un yaourt.

Ses parents étaient partis assister à un récital donné à l'université. Son frère avait invité un copain, et ils jouaient à un jeu vidéo horripilant où l'on criait beaucoup.

Le courrier du jour était posé sur le plan de travail. Il n'était généralement constitué que de factures, si bien qu'elle l'ignorait la plupart du temps, sauf lorsqu'il y avait un catalogue à feuilleter. Ce qui ne semblait pas être le cas pour cette fois.

Elle prit une cuiller et sortit un yaourt à la pêche du réfrigérateur. Puis elle consulta l'horloge. Plus que onze minutes avant leur arrivée. Son livre était resté dans sa chambre. Jared et son copain insupportable monopolisaient la télé.

Elle se tourna donc vers la pile de courrier. La gazette locale était posée sur le dessus, avec ses pubs pour toiletteurs canins et agences immobilières. Emily se mit à tourner distraitement les pages… et tomba soudain en arrêt devant deux photos.

– Oh mon Dieu…

C'était lui.

La première photo le montrait tel qu'elle l'avait rencontré : débraillé et vulnérable, comme s'il cachait quelque chose. Mais sur la seconde, il avait un look parfait. Et il était beau à couper le souffle. Sous sa photo, la légende indiquait : *Sam Smith, AVANT et APRÈS. Avec Superior Cuts, découvrez le nouveau vous !*

– Sam Smith…

Il avait un nom.

Au même moment, la sonnette de l'entrée retentit.

Emily avait emporté la page avec elle. Il lui fallut des trésors de volonté pour ne pas la ressortir de son sac et la regarder tandis que la voiture repartait de chez elle.

Elle voyait bien que Bobby Ellis avait autant les yeux rivés sur elle que sur la route. Assis à l'arrière, Rory et Nora se tenaient collés si près l'un de l'autre qu'elle semblait assise sur ses genoux.

Elle gloussait et se comportait d'une manière qu'Emily ne lui connaissait pas.

L'autoradio était allumé. Dieu merci. Emily crut que cela empêcherait Bobby Ellis de parler.

Erreur.

Elle l'entendit soudain lui demander :

– Alors, c'est quoi tes projets pour le week-end ?

Emily était encore sous le choc de la découverte de la photo. Elle avait perdu toute capacité à se concentrer. Ou du moins, à se concentrer sur autre chose que Sam Smith et cette publicité pour Superior Cuts. Elle fit de son mieux pour ignorer la question de Bobby en feignant d'examiner l'ongle de son index gauche.

– T'as des trucs de prévus ? insista Bobby.

Emily sentit son corps tout entier se raidir. N'avait-il pas appris qu'il était censé regarder devant lui ? Et s'ils avaient un accident par sa faute ? Elle ne retrouverait jamais Sam Smith. D'une toute petite voix, elle répondit :

– Non, je reste chez moi.

Avec un peu de chance, voilà qui devrait mettre un terme à cette conversation. Emily se replongea dans ses pensées. Sam Smith. Avant. Après. Superior Cuts.

– T'as raison. Les gens ne réalisent pas à quel point c'est important de ne rien faire. Avec mon père, on va pêcher au Blue Lake demain.

Il s'était remis à jacasser. Elle continua à regarder fixement par la vitre. Tout ça était au-dessus de ses forces. Serait-ce mal élevé si elle montait le volume de la radio ? Elle n'osait pas le faire.

Le silence gêné qui suivit fut brisé par Nora, qui pépia depuis la banquette arrière :

– Emily adore la pêche.

Emily se retourna pour la foudroyer du regard.

– N'importe quoi !

Nora fronça les sourcils.

– Mais si, tu y vas tout le temps avec ta grand-mère !

Emily expira longuement. Pourquoi Nora cherchait-elle à la faire passer pour une fan de pêche ? Bobby Ellis et elle n'avaient rien en commun. Et pourquoi cette conversation avait-elle débordé sur la banquette arrière ?

– J'aime le canoë. Rien à voir. Et j'aime passer du temps avec ma grand-mère. Je n'aime pas la pêche. Mais alors *pas du tout*.

Elle prononça ces trois derniers mots avec une telle intensité que même Rory y alla de son petit commentaire. Il pouffa de rire et marmonna :

– Ouah, calmos.

À l'avant, Bobby Ellis se pencha et augmenta le volume de la radio. Toute conversation était désormais impossible. Emily se sentit à la fois soulagée et humiliée.

Sur le chemin du multiplex, Nora et Rory se tenaient la main. Bobby et Emily marchaient à quelques mètres derrière eux, mais il garda ses distances. Une fois les billets achetés, Nora expliqua aux garçons qu'Emily et elle avaient besoin de se rendre aux toilettes. Dès qu'elles eurent disparu derrière les portes battantes, Bobby se tourna vers son ami.

– Pfff… elle me hait.

Rory ricana.

– Ah ouais, on dirait.

Bobby s'appuya contre le mur.

– Le plus bizarre, c'est qu'elle est très sociable, d'habitude. C'est ce qui me plaisait chez elle. Elle a toujours l'air de s'intéresser aux autres. Pas comme toutes ces langues de vipère.

Rory haussa les épaules.

– Faut croire que tu ne fais pas ressortir le meilleur d'elle-même.

Bobby esquissa un demi-sourire.

– Ouais.

Aux toilettes, Nora demanda à Emily :

– À quoi tu joues, là ?

Emily ouvrit son sac et en sortit la publicité de Sam pour la montrer à Nora.

– Regarde. C'est lui... Monsieur Rangée du Fond !

La lumière était très forte, il y avait pas mal d'allées et venues, et certaines des filles qui passaient jetèrent ostensiblement un coup d'œil aux photos.

– Il est mannequin ? demanda Nora, perplexe.

Emily lui reprit la publicité des mains.

– S'il était mannequin, pourquoi irait-il chez Superior Cuts ? Il s'est fait couper les cheveux. Ils ont juste pris sa photo avant et après.

– En tout cas, on dirait un mannequin, insista Nora.

Au ton de sa voix, il était clair que ce n'était pas un compliment. Elle poursuivit :

– Emily, tu es là avec *Bobby*, pas avec un type que tu ne connais même pas et qui fait de la pub pour Superior Cuts...

– Je ne crois pas qu'on soit payé pour...

Nora lui coupa la parole.

– Tâche de reprendre tes esprits. Maintenant. Tout de suite. Tu me fais honte !

Elle semblait très en colère. Emily baissa les yeux et se sentit ridicule, tout à coup.

– Je suis un peu sous le choc. Je venais de tomber sur ces photos quand vous avez sonné à la porte. Avant, je ne savais même pas son nom. Et maintenant...

Nora l'interrompit d'un ton dur.

– Tu ne sais toujours rien sur lui. Alors oublie-le.

Emily replia la page et la rangea dans son sac.

– Désolée...

Mais Nora repartait déjà vers la sortie.

– Va dire ça à Bobby, pas à moi.

Une fois tout le monde installé dans la salle, Emily présenta ses excuses. Elle sourit trois fois à Bobby durant les bandes-annonces et s'efforça de se détendre.

Le film parlait d'un tueur psychopathe déguisé en nonne/clown, et Emily eut le souffle coupé par la violence de certaines scènes. À un moment, elle détourna le regard et enfouit accidentellement son visage dans l'aisselle de Bobby.

Ce qu'il parut apprécier.

À la fin, elle était trop lasse pour se sentir énervée. Comme ils regagnaient le 4 × 4 flambant neuf de Bobby, Rory proposa d'aller manger des pancakes.

Le restaurant IHOP se trouvait à l'autre bout de la ville, au-delà de River Road, dans une zone industrielle à deux pas de l'autoroute et de la fac. On y trouvait surtout des garages automobiles et des magasins de carrelage ou de moquettes bon marché. Chaque fois qu'Emily pensait à River Road, elle revoyait le panneau *Crémations discount* sur la façade du bâtiment en béton situé à une rue du refuge animalier où ils avaient adopté leur chien.

Elle mourait d'envie de rentrer chez elle, mais elle fit un effort et répondit que c'était une très bonne idée. Le restaurant était à un quart d'heure de route, et alors ?

Une fois sur place, ils trouvèrent une table tout au fond, juste à côté de la vitrine. Nora se montrait à nouveau gentille avec elle, et Bobby Ellis était en train de raconter une histoire où il était question de jeter des pétards sur des corbeaux.

Emily constata avec plaisir qu'il semblait du côté des volatiles, mais elle n'écoutait que la moitié de ce qu'il disait. Le regard tourné vers la baie vitrée, elle était en train de se demander si la serveuse ne pourrait pas lui apporter ses pancakes à la confiture d'airelles et l'addition en même temps.

C'est alors que deux silhouettes passèrent dehors, sur le trottoir.

La première était petite, crâne rasé, et portait quelque chose ressemblant à un annuaire. La seconde était grande. Même dans le noir, à une vingtaine de mètres, derrière une vitre fumée, Emily sut.

Elle se leva aussitôt de sa banquette.

– Je reviens.

Nora commença à la suivre.

– J'ai bu trop de Coca Light. Je t'accompagne.

Mais Emily était déjà partie dans la direction opposée des toilettes.

– Hé ! l'appela Nora.

Elle ne se retourna pas.

Dehors, il s'était mis à pleuvoir. Emily contourna un couple de retraités en train de se débattre avec leur parapluie et se retrouva sur le parking du restaurant. Elle parcourut la rue du regard. Ils étaient déjà loin, à présent.

Elle allait le perdre.

Dans le restaurant, le silence régnait autour de la table quand la serveuse apporta leurs commandes.

Bobby Ellis mordit dans son pancake. Rory renversa la moitié de la bouteille de sirop sur sa gaufre. Nora plongea sa cuiller dans la crème Chantilly qui recouvrait sa crêpe. Le silence se prolongea.

Alors Bobby Ellis regarda dehors et vit Emily passer en courant sous la pluie. Il se tourna vers ses amis, et déclara :

– Elle me déteste.

Arrivés au carrefour, les deux frères commencèrent à traverser la chaussée. Un bus arrivait dans leur direction. Comptaient-ils le prendre ? Il fallait qu'elle les en empêche. Emily piqua un sprint et s'écria :

– Sam !

Il se retourna. Il la vit. Et s'arrêta.

Il pleuvait vraiment, à présent. En quelques secondes, Emily se retrouva devant lui, au beau milieu de la rue. Elle ouvrit la bouche, mais seul un mot en sortit :

– Je…

Voilà. Pas un mot de plus. Rien que ce « Je ». Il avait plongé son regard dans le sien. Et il finit par répondre :

– Tu..

Apparemment, se dit-elle, ils ne pouvaient se parler qu'en prononçant une syllabe à la fois.

Le petit garçon qui accompagnait Sam glissa son annuaire un peu plus haut sous son pull pour le protéger de la pluie. Il gardait les yeux baissés vers le sol. Sam lui jeta un regard rassurant et posa doucement sa main sur son bras.

Lorsqu'il releva la tête, Emily reprit la parole et dit alors la chose la plus sincère qu'elle avait jamais déclarée à un garçon :

– Je… je… t'ai cherché partout.

Il acquiesça. Et à en juger par l'expression de son visage, il semblait comprendre parfaitement ce qu'elle voulait dire.

7

Rory occupait maintenant le siège avant. Bobby conduisait, bien sûr. Emily, trempée, était assise à l'arrière avec Nora, qui l'ignorait copieusement.

Enfin, ils s'arrêtèrent devant chez elle. Il pleuvait toujours, mais beaucoup moins fort, et les essuie-glaces couinaient sur le pare-brise.

– Merci, balbutia Emily. Désolée de n'avoir pas… d'avoir été si…

Bobby se tourna vers elle. Il n'était même pas en colère. À vrai dire, il paraissait surtout interloqué.

– T'inquiète, dit-il.

La jeune fille fut soulagée. À son côté, Nora semblait moins décidée à passer l'éponge. Elle était en train d'écrire un SMS. À l'avant, Rory regarda son téléphone. Il venait de recevoir un message.

– Bonsoir, lança Emily au petit groupe.

Sur ces mots, elle ouvrit la portière et s'éloigna d'un pas vif. Elle crut entendre quelqu'un marmonner : « Toi aussi. » Elle n'en était pas très sûre.

En ouvrant la porte, Emily trouva sa mère plantée dans le vestibule à la moquette râpée. Debbie adressa un sourire fatigué à sa fille en se donnant beaucoup de mal pour ne pas ressembler à toutes ces mères incapables de s'endormir tant que leur petit n'est pas rentré.

– Ça s'est bien passé ? lui demanda-t-elle.

La réponse d'Emily fut on ne peut plus sincère :

– Cette soirée a changé ma vie.

Et elle monta dans sa chambre.

Ils avaient tout prévu.

Elle le retrouverait le lendemain soir devant le restaurant au toit bleu à dix-neuf heures. Sam savait lire l'heure, mais ça n'avait aucune signification pour lui. Il n'avait pas de montre. Ni téléphone portable ni ordinateur ou autre appareil susceptible de lui indiquer l'heure. L'horloge sur le tableau de bord de la fourgonnette était cassée depuis des années, mais Clarence était content comme ça.

Pour Sam, le passage du temps était lié à la position du soleil. À la faim qui lui rongeait l'estomac. À la température juste après le lever du soleil. Ça n'avait rien à voir avec les minutes ni même les heures. Le temps était rythmé par l'enchaînement des journées et des saisons, l'apparition des animaux et des insectes, des plantes et des fleurs.

Le temps se mesurait au nombre de pages dessinées dans l'annuaire de Riddle. Au pantalon de Sam devenu trop court depuis qu'il avait grandi de quatre centimètres.

Quasiment rien dans la vie ne lui avait été prémâché et expliqué.

Mais là, les yeux rivés sur une tache d'humidité marron en forme de santiag au plafond, il se sentait inquiet.

Sam chassa ces pensées et se remit à songer à la fille. Elle avait surgi en pleine rue. Elle l'avait appelé par son prénom. Elle le connaissait. Or personne ne le connaissait, d'habitude.

Elle lui avait dit s'appeler Emily.

Emily Bell.

Il la revoyait, debout sur le trottoir, ruisselante de pluie. Et à cause d'elle, il devait maintenant faire des projets.

Il irait faire une lessive le lendemain. Il rassemblerait quelques vêtements pour les porter à la laverie automatique. Riddle adorait ça. Une salle remplie de grosses machines en activité était sa vision du paradis. Oui, ils iraient à la laverie.

Cela faisait près d'un mois qu'il n'y avait pas mis les pieds. Stupéfiant de constater combien de jours d'affilée on pouvait porter le même vêtement avant qu'il vous dégoûte franchement. Il en profiterait pour laver leurs deux serviettes de bain grises, aussi.

Sam réalisa qu'elle ne se contenterait peut-être pas de le retrouver devant le restaurant au toit bleu, mais qu'elle voudrait aussi y entrer. Et commander quelque chose à manger. Sam n'était allé dans ce genre d'endroit qu'en de très, très rares occasions, et uniquement pour utiliser les toilettes.

Il lui faudrait donc de l'argent. Il ignorait combien, au juste. Le mieux à faire serait de se rendre à la déchetterie de bonne heure pour aider les gens à décharger leurs cochonneries. Il ne pouvait pas se permettre de venir au rendez-vous sans un sou en poche pour payer.

Tout devenait si compliqué, d'un seul coup.

Emily se demanda s'il savait conduire.

Comme elle l'avait vu à pied ce soir-là, elle en conclut qu'il n'avait pas encore son permis. Elle pouvait très bien marcher jusqu'au restaurant IHOP, mais il lui faudrait se mettre en route environ deux heures avant le rendez-vous.

Emily se mit soudain à regretter qu'ils n'aient pas choisi un endroit plus près. Mais ce qu'elle regrettait surtout, c'est qu'ils n'aient pas échangé leurs numéros de téléphone, leurs e-mails et leurs adresses.

Car à ce stade, elle ne pouvait même pas l'appeler ou lui envoyer un message instantané pour modifier leur plan.

Elle pourrait y aller avec son vélo, mais elle devrait alors se le coltiner toute la soirée. Et elle n'avait aucun moyen de lui dire de venir à vélo, lui aussi.

Elle espérait qu'il aimait le VTT. Elle adorait grimper sur les sentiers de montagne et redescendre le long du ruisseau. Les pistes étaient rocailleuses, tout en virages, et il fallait se tenir presque debout sur les pédales, les doigts crispés autour des poignées comme si votre vie en dépendait. Parce que c'était vrai, en quelque sorte. Du moins tel qu'Emily concevait la pratique du vélo.

Elle se dit qu'il ne devait pas être du genre à jouer aux jeux vidéo toute la journée, parce qu'il était bronzé et que les *gamers* ont plutôt l'air pâlots et fébriles d'habitude.

Il devait pratiquer plusieurs sports. Peut-être jouait-il au football. Emily se réjouit de faire encore partie de l'équipe de foot féminin du lycée, même si elle n'était pas très douée.

Elle le voyait bien faire du ski. Pour sa part, elle préférait le snowboard. Elle espérait qu'il serait du même avis.

Sa famille n'allait faire du ski que cinq ou six fois par an, mais toujours dans la même station depuis qu'elle était petite, si bien qu'elle connaissait toutes les pistes par cœur. Ce qu'elle préférait par-dessus tout, c'était prendre le télésiège et contempler la cime des sapins enneigés en se prenant pour un oiseau qui survolerait la montagne.

Mais elle ne l'avait jamais dit à personne.

Comme la plupart des choses qu'elle ressentait, d'ailleurs. De peur d'alarmer ceux qui pouvaient observer un tableau sans éprouver l'envie de grimper à l'intérieur pour rencontrer les personnages représentés dessus. C'était plus fort qu'elle.

Elle se mit à penser à la famille de Sam. Aimaient-ils les activités en plein air ? Allaient-ils camper, faire du bateau ? Était-ce le genre de famille très portée sur l'art ou, par exemple, la collection de minéraux, comme les Shiff, qui vivaient au coin de la rue, et y consacraient tous leurs week-ends ? Ils se passionnaient surtout pour le quartz.

Ou peut-être aimaient-ils voyager. Elle l'espérait, en tout cas. Elle adorait prendre l'avion, partir loin. Peut-être que les parents de Sam aimaient ça, eux aussi, et que lorsqu'ils la connaîtraient un peu mieux, ils l'emmèneraient en voyage avec eux.

Soudain, elle se demanda avec angoisse si ses propres parents la laisseraient partir.

Se mettraient-ils à crier en lui disant que c'était hors de question ? Sa mère insisterait-elle pour appeler celle de Sam et régler le moindre détail avec elle ? Emily imaginait d'avance la honte. Si les choses évoluaient bien, elle ferait en sorte que leurs deux mères s'en tiennent exclusivement à une communication par e-mail.

Emily ferma les yeux et poussa un long soupir.

Tout devenait si compliqué, d'un seul coup.

Parfois, Clarence prenait conscience que respecter la loi au quotidien ne lui demanderait pas plus d'efforts que son mode de vie actuel. Pensée qu'il chassait aussitôt de son esprit. Certes, vivre comme un voleur demandait un boulot énorme.

Mais il était habitué à se battre.

Pour toujours avoir des papiers d'immatriculation valides, il arrachait régulièrement les vignettes autocollantes sur les plaques minéralogiques d'autres voitures. Il se servait dans les boîtes aux lettres : factures, mandats bancaires, échantillons gratuits… Son butin préféré ? Les relevés de cartes de crédit avec chèques pré-remplis à encaisser.

Il se faisait appeler John Smith depuis des années. Smith étant un patronyme très répandu, tout le monde se trompait systéma-tiquement dans les papiers administratifs. John Smith. *C'est pas parce qu'un Smith est pourri qu'ils le sont tous, bébé.*

Certains de ses larcins étaient vraiment mineurs – vols de magazines chez les marchands de journaux ou de cageots de produits frais au marché. Mais il savait aussi viser beaucoup plus gros.

Il rôdait sur les chantiers déserts pour emporter outils et matériaux de construction. Il fracturait les voitures pour rafler les sacs à main, les téléphones portables et les cartes de stations-service. Il entrait dans les bowlings et repartait avec les chaussures des clients. Il piquait le savon et le papier hygiénique dans les placards des toilettes publiques. Il allait prendre les chiens dans les jardins et les ramenait à leurs propriétaires en demandant une récompense. Il volait les jardinières, le bois de chauffage, les pneus.

Et puis, dès que l'étau se resserrait autour de lui, il pliait bagage et fichait le camp. Voilà pourquoi il ne déchargeait jamais la fourgonnette. Toujours prêt à partir.

Il avait subi tant d'interrogatoires de la police qu'il ne pouvait même plus les compter. Il avait passé la nuit en garde à vue dans un nombre incalculable d'endroits. Bon sang, il y avait même des mandats d'arrêt contre lui dans une demi-douzaine d'États. C'est pour ça qu'il avait quitté le pays. Il avait cru qu'il suffisait de passer la frontière pour s'en sortir, mais ces Mexicains avaient leur propre sens de la justice. S'il était resté là-bas plus longtemps, il se serait retrouvé avec une balle dans chaque genou – ou pire encore.

Les enfants lui fournissaient un bon alibi. Les gens avaient pitié d'un père célibataire. Et il avait fait ce qu'il fallait pour ses fils. Il leur avait appris à survivre, et c'était la plus importante des leçons. Il n'avait que très rarement à les frapper, désormais.

Depuis que l'aîné avait autant grandi, il avait la main beaucoup moins lourde avec lui. Mais impossible de le convaincre de venir faire des coups avec lui. Le gamin refusait, purement et simplement. Même quand il était petit. Même avec une bonne gifle.

Quant au second, c'était un drôle de numéro. À se demander ce qu'il avait dans la caboche. Quand il avait quatre ans, Clarence l'avait vu manger des sauterelles dans un pré. C'est là qu'il avait compris que le môme avait une case en moins. Il n'était pas très bavard, mais il savait dessiner. Des trucs de dingue. Dommage qu'il n'y ait pas de fric à se faire avec ça.

Parfois, les voix dans sa tête lui disaient que Riddle allait le dénoncer. Il laissait donc le grand gérer son petit frère. Clarence avait appris les choses à la dure. Ne jamais faire confiance à qui que ce soit. Surtout pas aux membres de votre propre famille.

Il ne se voyait pas traîner encore dans le coin bien longtemps. Il avait arnaqué l'agence immobilière et, bientôt, on viendrait lui réclamer les loyers impayés pour la maison. S'il était encore là, c'est parce que les villes universitaires étaient remplies d'étudiants insouciants et pourris gâtés, et qu'on y trouvait toujours plein de choses à voler. Mais il avait déjà failli se faire prendre plusieurs fois. Les gens s'intéressaient un peu trop à ses affaires.

Un de ces quatre matins, il mettrait ses gamins dans la fourgonnette et ils ficheraient le camp d'ici.

8

À son réveil, Bobby Ellis réalisa qu'il pensait à Emily. En voilà une drôle d'idée.

Il aurait dû se sentir furieux contre elle. Or pas du tout. La vérité, c'est qu'il ne s'était jamais vraiment intéressé à Emily Bell avant que Riley Holland, le mec le plus populaire de la classe, lui fasse remarquer qu'elle ressemblait à la petite meuf mignonne de la pub pour les minitacos diffusée pendant le Super Bowl.

Riley Holland avait bon goût. Bobby le savait très bien. Et donc, une fois que Riley lui eut ouvert les yeux, Bobby avait commencé à s'intéresser à Emily. De loin, sans trop le montrer.

Il se repassa mentalement tout le film de la soirée. Il n'avait rien fait de mal. Elle était déjà bizarre en montant dans la voiture. Alors qu'elle s'était montrée sympa avec lui toute la semaine. Il l'avait appelée trois fois et ils avaient parlé des devoirs, des potes, de musique et même de trucs idiots comme la météo. Elle l'avait écouté avec attention, et lui avait même posé des questions.

Qui était donc l'autre personne qui était montée avec lui en voiture, hier soir ? Et pourquoi cette autre Emily, cette inconnue si étrange, l'intéressait-elle plus que la fille douce qu'il connaissait ?

En voilà une drôle d'idée.

Emily dit à ses parents qu'elle avait rendez-vous avec un certain Sam rencontré à l'église. C'était on ne peut plus vrai. Elle leur dit qu'ils avaient prévu de se retrouver devant le restaurant IHOP situé sur River Road. C'était on ne peut plus vrai. Elle demanda à son père de l'y conduire et lui dit qu'elle se débrouillerait pour rentrer ou qu'elle l'appellerait pour qu'il passe la prendre. Là encore, c'était on ne peut plus vrai.

Mais elle dit aussi à ses parents que le rendez-vous était à dix-huit heures trente. Et ça, c'était faux. Elle ne voulait pas que Sam la voie descendre de la voiture de son père, et elle était prête à poireauter une demi-heure pour s'éviter cette honte. Non pas qu'elle n'assumât pas son père – disons pas plus que n'importe qui – mais elle avait dix-sept ans, quand même.

Sam arriva en avance, lui aussi. Il ne comprenait vraiment rien à cette histoire d'horaire. Ça n'avait pas été simple de quitter Riddle, mais il lui avait rapporté un sandwich aux boulettes de viande et un Coca de chez Subway. Et il lui avait même fait un cadeau surprise : un vieux radio-réveil cassé avec les chiffres qui défilaient sur de petites languettes automatiques au lieu d'être affichés par cristaux liquides.

Sam avait retiré le haut du boîtier pour que Riddle puisse tout de suite examiner les fils et le petit circuit électrique à l'intérieur. Puis il lui avait dit de rester bien sagement à la maison, le temps de réaliser deux nouveaux dessins, et qu'il serait de retour à ce moment-là.

Une fois arrivé devant le restaurant, Sam s'installa sous un arbre, sur l'étroite bande d'herbe qui traversait le parking. Une voiture grise s'arrêta le long du trottoir. Assise à l'intérieur, Emily échangeait quelques mots avec le conducteur – son père ? –, qui lui sourit lorsqu'elle sortit du véhicule.

Malgré la lumière déclinante et la distance, Emily l'aperçut aussitôt. De si loin, comment pouvait-elle être aussi sûre d'elle ?

Elle vint à sa rencontre. Il se leva et lui sourit. Elle lui rendit son sourire et parvint à articuler :

– Hé…

Il lui répondit « Hé », aussi.

Ils passèrent ensuite aux mots de deux, puis de trois syllabes, puis à des phrases complètes. Et ils en vinrent enfin à formuler des idées et à exprimer leurs pensées.

Tout était à l'opposé de ce qui s'était passé la veille dans la voiture de Bobby Ellis. Bobby parlait de tout et de rien, et Emily avait du mal à se concentrer sur ce qu'il disait. Sam parlait peu, mais tout ce qu'il disait était intéressant.

Ils n'entrèrent pas dans le restaurant. Ils se mirent à marcher, sans but précis. Elle avait des tonnes de questions à lui poser, mais elle s'efforça de ne pas passer en mode interrogatoire.

Il s'était juré, si possible, de ne rien lui dire sur sa vie, mais quelques petits détails filtrèrent quand même.

Il venait d'emménager en ville. Il avait un frère. Tout le monde l'appelait Riddle. C'était le jeune garçon qui marchait avec lui dans la rue, la veille au soir.

Emily raconta qu'elle avait un frère, elle aussi. Qu'elle allait au lycée Churchill. Qu'elle regrettait que Sam n'y aille pas. Il lui répondit que lui aussi, mais qu'il était scolarisé à domicile et que son père ne croyait pas aux institutions. Emily ne voyait pas trop ce que cela voulait dire, mais elle devina au long silence qui suivit qu'il valait mieux ne pas poser de questions.

Il s'efforçait de lui répondre sans montrer qu'il ne comprenait pas la moitié de ce qu'elle disait. Elle ne comprenait pas vraiment ses silences et prit son embarras manifeste pour de l'introspection.

Elle se dit qu'elle n'avait jamais rencontré quelqu'un ayant une telle capacité d'écoute.

Lorsqu'elle lui parla d'un truc appelé arithmétique, il crut qu'il s'agissait d'un médicament. Elle était inscrite depuis l'âge de cinq ans à une sorte de club baptisé AYSO[1], même si, précisa-t-elle en riant, elle n'avait jamais été très douée.

Douée pour quoi ? se demanda-t-il.

---

1. AYSO : American Youth Soccer Organization, l'équivalent américain de la Fédération française de football pour les jeunes (*NdT*).

Il lui expliqua qu'il avait vécu cinq mois au Mexique et que sa famille déménageait beaucoup. Il lui parla des endroits qu'il avait vus, lui raconta qu'il avait dormi dehors et parcouru quarante-cinq kilomètres à pied dans la même journée avec son frère et son père quand leur fourgonnette était tombée en panne dans le désert.

Elle lui dit qu'elle adorait voyager et qu'elle avait un peu honte de l'admettre, mais qu'elle espérait que sa famille aimait ça aussi.

C'est alors qu'ils se retrouvèrent devant chez elle.

Ils venaient de marcher douze kilomètres, et Emily avait machinalement pris le chemin de la maison. Elle l'invita à entrer, mais il refusa. Il lui dit qu'il devait partir. Il ajouta qu'il n'avait pas de portable, mais elle lui donna son numéro et il promit de l'appeler.

Elle lui demanda s'il était libre le lendemain, mais il répondit qu'il y avait peu de chances. Il avait l'air inquiet, tout à coup. Il avait beau être encore là, avec elle, il semblait à des années-lumière.

Emily n'aurait jamais imaginé rencontrer un garçon comme Sam. Il n'avait rien à voir avec ceux qu'elle avait connus. Il n'essayait pas de lui raconter des blagues immondes ou des histoires invraisemblables pour vanter ses pseudo-exploits. Il ne prétendait pas avoir bu toute la vodka de ses parents avec ses potes ou fait le mur pour monter un canular pendant toute une nuit. Il ne sortait pas son portable devant elle pour vérifier ses messages, pas plus qu'il ne jouait les caïds.

Pour Sam, Emily était comme un être venu d'une autre planète. La planète Satisfaction. Elle était pleine d'énergie et d'enthousiasme. Et elle n'avait sans doute jamais vu les mêmes choses que lui, parce qu'elle était ouverte et semblait faire confiance aux autres.

Sam n'avait pas la moindre idée de ce qui allait se passer ensuite.

Il se sentait complètement perdu. Planté au bord de l'allée du garage, qui était recouverte d'un dallage en briques à motifs de chevrons, il n'avait plus qu'une envie : partir. Fuir. Stopper le trop-plein d'émotions qui l'envahissait.

Il lui prit alors la main et l'effleura délicatement de ses lèvres avant de déposer un baiser au creux de sa paume. Puis il murmura :

– Je n'oublierai jamais cette promenade avec toi…

Il la relâcha et pivota sur ses talons. Immobile, elle le regarda s'éloigner le long du trottoir, tourner au coin de la rue et disparaître dans la nuit.

Sam ne l'appela pas.

Emily attendit en vain de ses nouvelles.

Rien le lendemain, ni le surlendemain, ni le jour d'après.

Elle devint comme toutes ces filles. Elle se mit à vérifier constamment son téléphone. Cela devint une névrose. Une obsession. Elle était furieuse contre lui et contre elle-même. Elle avait littéralement du mal à se concentrer. Comment cela avait-il pu lui arriver à elle ? Pourquoi ? Et comment faire pour que ça s'arrête ?

Au bout de deux jours, elle se mit à sa recherche. Elle se rendait au restaurant IHOP après les cours, s'asseyait à une table et regardait par la vitre. Au troisième jour de ce nouveau rituel, le manager lui proposa un job de serveuse. Elle n'y remit plus jamais les pieds.

Emily connaissait le nom de famille de Sam, mais elle n'était guère plus avancée. Elle ignorait son adresse. Il lui avait dit qu'il n'allait pas au lycée. Qu'il déménageait beaucoup.

Avait-il quitté la ville ? Même s'il avait été contraint de partir, poussé par une quelconque urgence, pourquoi ne l'avait-il pas appelée pour la prévenir, lui dire au revoir ? Ou juste lui *parler* ?

Sa déception fit boule de neige. Et l'avalanche emporta tout sur son passage.

Nora et elle cessèrent de s'adresser la parole après s'être disputées pour une broutille. Son père, qui ne comprenait rien à rien, crut qu'elle était de mauvaise humeur parce qu'il l'avait for-cée à chanter à l'église.

Mais sa mère savait ce qu'était le cafard. Et elle comprit tout de suite que sa fille, d'habitude si joviale, était en pleine déprime.

Puis Emily rêva que Sam avait été blessé. Renversé par une voiture. Fauché en pleine nuit alors qu'il rentrait chez lui. C'était arrivé à un de leurs voisins, Pep Kranitz, lors d'un séjour dans le Nebraska, et il avait frôlé la mort.

Elle appela les deux hôpitaux de la ville à la recherche d'un éventuel patient nommé Sam Smith. Il n'y avait personne de ce nom-là au Sacré-Cœur, où travaillait sa mère. Mais un Sam Smith figurait bien sur la liste de l'hôpital Kaiser. Chambre 242.

Elle l'aurait parié.

Emily mit une robe et acheta un bouquet de jonquilles. (Était-ce normal d'apporter des fleurs à un garçon à l'hôpital ? Difficile à dire. Mais pas question de demander à sa mère.) Sur place, en sortant de l'ascenseur, elle se fit indiquer au guichet l'emplace-ment de la chambre 242, située tout au fond du couloir. *Smith Sam,* pouvait-on lire écrit au marqueur sur le tableau blanc à côté de la porte.

Emily retint son souffle lorsqu'une grosse infirmière sortit de la pièce et posa délicatement sa main sur son bras en murmurant :

– Il nous a quittés.

En entrant dans la chambre, Emily découvrit un vieillard sque-lettique allongé sur un lit en métal, relié par des perfusions à toutes sortes de tubes et d'appareils de surveillance. Ses yeux jaunâtres aux iris bleu pâle étaient grands ouverts et fixaient, immobiles, les dalles d'insonorisation au plafond.

Une dame âgée se tenait penchée au-dessus du lit, agrippée au drap. En voyant Emily, elle la prit dans ses bras et réprima un sanglot. La jeune fille lâcha son bouquet de jonquilles, qui tomba sur le lit, et pleura avec la vieille dame.

Plus tard, elle apprit que Mr. et Mrs. Smith étaient ensemble depuis cinquante-neuf ans.

C'était une autre première dans la vie d'Emily. Un décès. Un homme mort appelé Sam Smith.

Créer un lien avec quelqu'un peut se révéler l'expérience la plus flippante de votre vie.

Sam venait de le découvrir.

Il avait frôlé des serpents à sonnette. Sauté d'un pont pour éviter un train. Passé des nuits entières à frissonner de fièvre sans le moindre médicament pour le soulager. Il s'était fait emporter par le courant en pleine mer. Il avait esquivé les coups de son père. Un nombre incalculable de fois.

Mais ça, c'était bien plus effrayant.

Tellement effrayant qu'il ne se sentait même plus capable de la revoir.

À son retour chez lui ce soir-là, les choses s'étaient mal passées. Clarence entendait ses voix et lorsqu'il vit que Riddle était tout seul, elles ne firent qu'empirer. Où diable était passé Sam ?

Quand son père commença à cogner les murs, Riddle s'enfuit par la porte de derrière. Il courut se réfugier dans le bois voisin, et Sam passa une bonne heure, à minuit passé, à rechercher son frère. Quand il le retrouva enfin, Riddle tremblait de froid, tapi comme un petit animal blessé. Ce qu'il était, songea Sam.

Le lendemain matin, en sentant qu'il allait devenir fou s'il ne retournait pas la voir, Sam décida de brûler son numéro de téléphone. Mais ça ne l'empêcha pas de penser à elle et à sa maison.

C'était une bâtisse jaune à un étage, tout en bois, avec les finitions extérieures peintes en bleu foncé. On aurait dit une image de brochures pour gens heureux. Il y avait une grande pelouse verte avec des fleurs, et deux voitures à la carrosserie parfaite stationnées dans la petite allée. Tout au fond, un panier de basket était accroché à la porte du garage. Sur le perron, on voyait des meubles en rotin garnis de coussins propres.

Les gens devaient s'asseoir là, l'été, pour boire de la limonade ou autre chose dans de grands verres pleins de glace pilée et grignoter des pâtisseries maison.

Au bout de trois jours, Sam finit par y retourner. Mais uniquement tard le soir, à la nuit tombée. Il savait d'expérience que, dans les villes d'une certaine taille, seuls les ivrognes, les voleurs, les insomniaques et les gens qui entendaient des voix traînaient dans les rues après la fermeture des bars. À présent, il pouvait ajouter une nouvelle catégorie : les cœurs brisés.

Sam passait par les petites rues et les allées, en prenant bien soin de rester dans l'ombre. En arrivant, il trouvait la maison plongée dans l'obscurité, à l'exception parfois d'une lueur derrière le rideau transparent d'une des fenêtres du rez-de-chaussée.

Il observait la maison. Il s'imaginait la chambre d'Emily, la visualisant dans son lit, dormant d'un sommeil paisible, et il se disait alors qu'il avait pris la bonne décision. Il l'avait protégée du chaos de sa vie à lui.

Sauf que la chambre vers laquelle il levait les yeux n'était même pas celle d'Emily. C'était celle de son frère. Et ce que Sam ignorait aussi, c'est que bien souvent, le soir, elle non plus ne trouvait pas le sommeil. Elle ne dormait pas tranquillement sous un édredon de plume ; elle était éveillée, et elle pensait à lui.

Au bout de quatre jours, Sam avait tant gratté les cordes de sa guitare qu'il en avait des durillons et des crevasses au bout des doigts. Il devait absolument se trouver une autre occupation, hormis fouiller les poubelles et inventer de nouvelles suites d'accords.

Il se lança donc dans une nouvelle activité. Quelque chose dont il ne soupçonna même pas le lien avec Emily, au début.

Il se rendit à la rivière avec son frère. Ensemble, ils ramassaient des bouts de bois. Riddle aimait bien venir là. Il cherchait des bouteilles recyclables et observait le menu fretin qui grouillait autour des pierres visqueuses.

Les petits poissons se déplacent comme des nuages de fumée.
Mais de la fumée sous l'eau.
Ils restent ensemble et prennent les virages en même temps.
Parce qu'ils sont plusieurs mais qu'ils ont compris la même chose :
Il faut rester unis.
Je ne vois pas de petit poisson argenté nager tout seul. Je cherche.
Mais je n'en vois jamais.

Sam rapporta des brassées de petits bâtons jusqu'à leur maison, et les disposa par terre pour dessiner des formes. Dans le tas d'ordures de l'allée, il trouva un morceau de contreplaqué déchiqueté ressemblant à un cœur. Il y avait un message, là-dedans.

À l'arrière de la fourgonnette, Sam prit de petits clous dans l'une des boîtes de conserve rouillées où son père rangeait les boulons, les écrous et la menue ferraille. Il les enfonça à coups de marteau dans le cœur en contreplaqué afin que les pointes ressortent de l'autre côté. Ensuite, il aligna les petits bâtons par ordre de taille sur le dessus du cœur en les fichant sur les pointes des clous.

Au final, il obtint un cœur constitué d'une infinité de bâtons vermoulus, battus par le vent et la pluie, l'écorce arrachée depuis longtemps révélant le bois tendre, comme des branches d'arbre.

C'était un cœur à nu.

Alors ce fut plus fort que lui. Au beau milieu de la nuit, il le déposa devant la porte de derrière de chez Emily.

9

Chaque matin, c'était lui le premier levé. Il remontait le niveau du thermostat pour mettre un peu de chauffage dans la maison, préparait le café et faisait sortir le chien.

Et ce jour-là, il rapporta également un cœur en bois constitué d'exactement cent soixante-dix-huit petits bâtons pressés les uns contre les autres comme autant de doigts marron et gris.

Tim enseignait la composition et la théorie musicale à la fac. Mais il avait obtenu son diplôme de l'université de Californie à Davis avec option arts plastiques. Il contempla la sculpture en bois entre ses mains.

C'était incroyable.

Il la rapporta dans la cuisine et la posa sur la table. Cinq minutes plus tard, il ne l'avait toujours pas quittée des yeux quand Debbie entra, vêtue de son uniforme bleu d'infirmière. En voyant son mari parfaitement immobile, elle s'arrêta net. De là où elle se tenait, elle ne distinguait qu'un gros tas de bois. Sans doute des dégâts provoqués par un animal sauvage, songea-t-elle.

– Qu'est-ce que c'est ? demanda-t-elle, un peu crispée.

Tim lui fit signe d'approcher.

– C'est fantastique… Voilà ce que c'est !

Debbie s'avança vers lui en écarquillant les yeux au fur et à mesure qu'elle découvrait la chose. Stupéfaite, elle resta plantée à côté de son mari.

Ils n'avaient pas bougé d'un pouce quand Emily les rejoignit dans la cuisine. Ils se retournèrent tous les deux en même temps.

– Quoi ? demanda la jeune fille.

Son père désigna la table.

– Je crois que quelqu'un a laissé ça dehors à ton attention…

Mais ils l'empêchaient de voir de quoi il s'agissait.

– Comment savez-vous que c'est pour moi ?

– Parce qu'il y a ton nom gravé dessus, répondit son père.

Debbie s'écarta, et Emily vit enfin ce qui était posé sur la table. Elle vint contempler le cœur ; des heures et des heures de travail avaient été nécessaires afin de ramasser ces bâtons et de les assembler pour créer une œuvre digne de figurer dans un musée d'artisanat. Pour la première fois depuis des jours, elle eut un sourire. Immense. Radieux. Total.

– Sam…

Ses parents échangèrent un regard. Était-ce le début, ou la fin des tracas de leur fille ? Ou bien n'était-ce que la fin du début et n'avaient-ils encore rien vu ?

Emily prit le cœur entre ses mains. Il était lourd, si lourd qu'elle pouvait à peine le soulever. Son père s'avança.

– Tu veux que je t'aide ?

Elle se tenait sans bouger devant la table, mais sa joie était telle qu'on la sentait presque rebondir contre les murs de la cuisine.

– Non. C'est bon.

Et comme elle remontait l'escalier vers sa chambre, elle entendit son père glisser à sa mère :

– Elle est tombée amoureuse d'une sorte d'artiste…

Sam n'était donc pas parti.

Une fois dans sa chambre, Emily retourna soigneusement le cœur pour en examiner l'envers. Gravé sur un bâton, en lettres minuscules, on pouvait lire : *Emily – Pour toi.*

Et sur le dernier bâton, sa signature : *Sam.*

Au lycée, Emily alla présenter ses excuses à Nora en lui disant qu'elle s'était mal comportée vis-à-vis d'elle. Nora lui répondit qu'elle lui avait beaucoup manqué et qu'elle était très heureuse de se réconcilier enfin avec elle.

Emily fit des efforts pour participer en cours et adressa même un sourire à Bobby Ellis, qui était désormais complètement obsédé par elle. Elle donna son devoir de maths à Pierre Ruff après le déjeuner parce qu'elle pouvait le refaire en cinq minutes alors que, pour lui, c'était un cauchemar insurmontable.

À la fin de la journée, elle ne rentra pas tout de suite chez elle. Elle resta en salle d'étude pour finir un devoir d'histoire en retard. Elle jeta de vieilles boulettes de papier qui traînaient depuis des siècles au fond de son casier et courut les douze tours de stade que l'entraîneur avait conseillés aux joueuses de l'équipe de foot en guise d'entraînement hors championnat.

Elle était redevenue elle-même, à une exception près : elle avait un secret.

Il reviendrait. Elle le savait.

Et cette fois, elle l'attendrait.

Emily régla l'alarme de son téléphone portable sur deux heures du matin. Sam était bien capable de venir aussi tôt. Elle mit son jean préféré assorti d'un tee-shirt à manches longues et se coucha.

Trois heures plus tard, la sonnerie de l'alarme la réveilla en sursaut. Elle se leva sans bruit, enfila un pull et ses bottes doublées de mouton, et sortit dans le couloir.

En passant devant la chambre de Jared, elle aperçut Felix, leur chien âgé de neuf ans, endormi profondément sur son lit. L'animal remuait compulsivement les pattes et la queue dans son sommeil.

Au rez-de-chaussée, Emily prit une épaisse couverture de laine rouge sur l'étagère supérieure du placard de l'entrée avant de se glisser dehors. Là, pelotonnée dans la couverture, elle s'installa sur la chaise longue et attendit.

Bizarrement, elle n'avait pas vraiment sommeil. Au contraire. Elle se sentait incroyablement vivante. La nuit était glaciale, mais le printemps n'était plus très loin. Lorsqu'elle exhalait, son souffle explosait dans l'air en un petit nuage blanc.

Au début, c'était comme si le monde entier était mort ou assoupi. Ce silence… Puis elle s'aperçut que ce n'était pas tout à fait vrai. Un oiseau chantait dans l'arbre des voisins. Une chouette, peut-être?

Un autre animal non identifié était en train de manger quelque chose – ou de creuser un trou – près du garage. Un train passa au loin. Quelque part, un chien aboya.

Emily demeura parfaitement immobile, sans vérifier l'heure une seule fois. Elle réalisa qu'elle vivait ici depuis dix ans mais qu'elle n'avait jamais fait l'expérience de sa maison, de son jardin ni même de sa rue, à cette heure-ci.

Voilà ce que lui apportait Sam, songea-t-elle: une vision nouvelle de son propre univers.

Et puis, au beau milieu de ce moment de sérénité nocturne au temps suspendu, elle prit conscience que la chouette avait cessé de hululer. Le rongeur avait cessé de creuser.

C'est alors qu'elle le vit. Tapi dans l'ombre, sur le trottoir d'en face, il marchait en direction de sa maison. Emily ne bougea pas d'un pouce. Elle le suivit du regard. Il ne l'avait pas encore vue.

Malgré la température, il portait un simple pull sans même une veste par-dessus. Ne sentait-il pas le froid qui aiguisait l'air humide de la nuit? Il avait les cheveux en bataille, les épaules voûtées, mais il était encore plus beau que dans ses souvenirs.

Sam frôla le halo de lumière projeté par le réverbère. Les mains enfoncées dans ses poches, il regardait fixement par terre. Il était loin de se douter qu'elle l'attendait. Lorsqu'il s'engagea dans l'allée du garage, Emily se leva et il se figea net.

Mais elle venait déjà à sa rencontre.

Elle descendit les trois marches du perron, franchit la petite allée, traversa la pelouse et, en quelques secondes, se retrouva juste devant lui. Plongeant son regard dans le sien, sans un mot, elle écarta les pans de sa couverture pour l'inviter à l'intérieur et le serra contre elle.

Ils se tenaient debout l'un contre l'autre, la couverture telle qu'un cocon de laine rouge autour d'eux. Les yeux clos, elle l'enlaça un peu plus fort, et il céda.

Il n'avait pas le choix.

À son réveil, Emily sut qu'elle n'avait pas rêvé car elle avait les joues rouges comme si elle avait skié sous la neige sans cache-nez.

Elle manquait de sommeil en descendant prendre son petit déjeuner, mais sa bonne humeur fit plaisir à ses parents qui, bien sûr, ignoraient tout de sa nuit. La jeune fille avala une cuillerée de flocons d'avoine et déclara:

– Mon ami Sam va passer ici, après les cours. Je pense qu'on ira faire un tour. Se balader, quoi.

Debbie Bell acquiesça en s'efforçant de masquer sa surprise.

– Tu peux l'inviter à dîner, si tu veux.

Emily se contenta de sourire, mais son regard trahit la joie immense qu'elle ressentait.

– Merci, une autre fois.

Jared, qui semblait toujours là quand on ne l'attendait pas, vint se mêler à la conversation:

– C'est le garçon qui l'avait laissée tomber?

Trois têtes se tournèrent vers lui. Dire qu'il avait tout suivi dans son coin!

Étrangement, Tim Bell réalisa que cette discussion le mettait mal à l'aise. Qui était ce garçon? Il avait déjà fait parler de lui, en tout cas. Tim se demanda ce que l'avenir réservait à sa fille.

C'était très démodé, comme manière de penser, mais il espérait que ce jeune homme était issu d'une bonne famille.

10

Depuis la soirée au cinéma, Bobby Ellis avait modifié son trajet pour rentrer chez lui après les cours. Le plus logique pour lui était de descendre Fairmont et de prendre Skyview, mais il se mit à bifurquer plus tôt, sur Agate Street, afin de passer devant chez Emily.

Il se sentait comme une midinette.

Ou un obsédé sexuel.

Il n'avait jamais aperçu Emily devant chez elle, ni même derrière les fenêtres. Heureusement. Mais il tenait quand même à faire le détour, parfois jusqu'à trois ou quatre fois par jour, chaque fois qu'il prenait sa voiture.

Cette façon de garder un œil sur elle était sans doute un réflexe héréditaire. Son père était avocat, sa mère détective privée. Ils partageaient le même bureau et les mêmes clients.

Bobby provenait d'une famille de sceptiques. Ses parents connaissaient la face sombre de l'être humain et, à leurs heures perdues, s'intéressaient aux théories du complot. Ils étaient toujours en quête d'indices, et ils en trouvaient toujours. Ce qui expliquait sans doute pourquoi Bobby s'attacha autant à Emily après leur unique rancard catastrophique.

Avant ce soir-là, Emily était juste une jolie fille bien entourée. Mais elle ne dégageait aucun mystère. Ce n'était pas la plus belle fille de la classe. Ni la plus populaire ou la plus en vue. Or Bobby Ellis aimait se lancer des défis.

Et puis, il l'avait vue courir après un beau mec sous la pluie. Il s'était renseigné, mais personne ne connaissait le gars en question.

C'est là que le mystère avait commencé.

Bobby Ellis savait faire la différence entre le banal et l'extraordinaire. Emily Bell était différente. À présent, il voulait qu'elle le remarque. Il voulait attirer son attention. D'habitude, c'était facile pour lui.

Il n'avait jamais manqué de succès auprès des filles du lycée.

Le problème se situait plutôt de son côté.

Bobby les trouvait ennuyeuses. Les rares qui ne l'ennuyaient pas n'étaient pas assez mignonnes pour lui. Et la plupart des sujets qui passionnaient les jolies filles l'ennuyaient à mort. C'était son sentiment, en tout cas.

Mais Emily était à part.

Il le savait, désormais.

Car en plus de faire des détours pour passer chaque jour devant chez elle, il s'était attelé à ce que sa mère appelait le travail sur le terrain.

Il avait épluché ses relevés de notes, ce qui était pour lui un jeu d'enfant puisqu'il travaillait deux jours par semaine au secrétariat du lycée pendant ses heures creuses. Il avait recopié tous les mots de passe de la base de données après les avoir trouvés dans un dossier posé sur le bureau du sous-principal.

En accédant au système, il avait pu constater qu'Emily Bell était aussi bonne élève que lui. Comme lui, elle semblait obtenir de bons résultats sans se donner trop de mal.

Il savait qu'elle jouait dans l'équipe de foot féminin, bien sûr. En revanche, il découvrit sur le Net qu'elle avait suivi des cours de sculpture au Centre d'art chaque samedi pendant trois ans, et qu'elle avait même gagné un concours grâce à l'une de ses œuvres exposée au musée de la fac. Ou encore qu'elle s'était cassé la clavicule lors d'un accident de vélo (il avait également eu accès à son dossier médical, document obligatoire pour s'inscrire aux activités sportives du lycée). Si la connaissance, c'était le pouvoir, il était dans son intérêt de mettre tous les atouts de son côté.

Devrait-il attendre sagement son heure ou se montrer plus pressant ? Qui était cet inconnu dont elle semblait si amoureuse ? Et pourquoi personne n'avait-il jamais entendu parler de lui ?

Toutes ces questions se bousculaient dans sa tête lorsqu'il rentra chez lui, le jeudi soir. Sa mère était occupée à la cuisine. Elle avait rapporté de son travail une pile de dossiers posée sur la table du salon. Bobby y jeta un coup d'œil. Il y avait là, entre autres, le dernier bulletin hebdomadaire de la police concernant la criminalité en ville. Ses parents le recevaient par e-mail au bureau chaque jeudi, et sa mère le rapportait toujours à la maison pour le lire. Cela lui permettait parfois de trouver de nouveaux clients.

– Alors, quoi de neuf en ville ? lui demanda-t-il.

– Les vols ont augmenté. Cela fait plusieurs mois que ça dure. Il doit y avoir un petit escroc très actif dans les parages.

Le bulletin hebdomadaire de la police s'accompagnait également d'un plan de la ville émaillé de petits points jaunes pour signaler l'emplacement des incidents. Bobby adorait les statistiques et les cartes. Il examina attentivement celle-ci.

La plupart des points jaunes étaient regroupés dans le même quartier. Au sud. Près de River Road. Bobby se rendait rarement là-bas. C'était le quartier pauvre de la ville, car situé aux abords du fleuve et aux premières loges en cas d'inondation. Cela arrivait rarement, de nos jours. Mais le risque existait et les gens le savaient.

La dernière fois qu'il s'était retrouvé sur River Road, c'était le soir où ils avaient mangé chez IHOP. Quoi de plus logique que des voleurs habitent ce quartier ? C'est là qu'il se trouvait quand quelqu'un avait volé le cœur de la fille qui lui plaisait. Ça, il pouvait en témoigner.

Le lendemain, après les cours, Jessica Pope lui proposa d'aller boire un café. Il réfléchit. Malgré le fait qu'il la trouvait ravissante dans sa minijupe rose, il déclina l'invitation. Jessica Pope n'était pas Emily Bell.

Il prétexta un petit boulot à faire pour sa mère. L'excuse marchait à tous les coups. Les gens pensaient qu'il travaillait sur un truc mystérieux et important. Mais en mentant à Jessica, Bobby réalisa que c'était une excellente idée.

Sans trop savoir pourquoi, il avait gardé le plan de la ville, rangé dans son sac à dos. Il le ressortit, monta dans son 4×4 et décida d'aller vérifier par lui-même certaines des adresses où l'on avait signalé des problèmes.

Les fameux points jaunes.

Bobby roulait sur River Road vers le sud, en cet après-midi nuageux, lorsqu'il aperçut soudain le type qu'Emily avait rattrapé en courant l'autre soir. Il était accompagné par le même gamin. Bobby les reconnut sans l'ombre d'un doute, parce qu'ils portaient les mêmes vêtements. Et le gamin tenait un objet lourd pressé contre lui, exactement comme l'autre soir.

Sans réfléchir, Bobby fit demi-tour au feu suivant et se mit à les suivre.

C'est ainsi qu'il découvrit que ces deux garçons vivaient dans une maison décrépite située tout au bout d'une rangée de baraques minables sur Needle Lane.

Sam était soulagé.

Il avait lutté de toutes ses forces pour ne pas penser à Emily, mais il avait perdu. Maintenant qu'il avait reconnu sa défaite, il avait le sentiment d'avoir gagné. Lui qui ne se sentait jamais gagnant d'habitude. Voilà qui compliquait encore un peu plus les choses.

Cette semaine-là, chaque jour en fin d'après-midi, après avoir installé Riddle à la table de pique-nique d'un parc du centre-ville avec une barre chocolatée et un nouvel objet à dessiner, Sam se rendit chez Emily. Il n'entrait jamais dans la maison. Ils allaient juste faire un tour ensemble. Emily paraissait comprendre, sans même qu'il ait besoin de lui expliquer, que sa vie était compliquée.

Elle n'avait jamais rencontré quelqu'un comme lui. Il était si différent. Il ne connaissait rien aux séries télé ni aux célébrités. La plupart du temps, elle n'arrivait pas à déterminer s'il la faisait marcher ou s'il n'avait réellement jamais entendu parler des sujets qui passionnaient tant les gens de leur âge.

À la fin de la semaine, elle lui dit que ses parents souhaitaient le rencontrer. À l'entendre, c'était une chose positive. Il les avait aperçus de loin, derrière les fenêtres, essentiellement sous forme d'ombres traversant une pièce. Elle lui proposa de rester à dîner le lendemain, et il finit par accepter.

Mais qu'allait-il faire de Riddle, pendant ce temps-là ? Le laisser seul quelques heures l'après-midi, soit. Mais il n'aimait pas l'idée de l'abandonner plus longtemps. Surtout le soir.

Il y avait un immense carton posé contre la cabane du jardin. Sam savait que son père l'avait volé quelque part. Quand il s'attaquait aux gros objets, Clarence se mettait toujours dans de sales draps. C'était une chose de s'emparer d'une paire de tenailles ; c'en était une autre de voler une télé à écran plat.

Et cette fois, si Clarence leur annonçait qu'il fallait partir sur-le-champ, Sam savait qu'il aurait beaucoup de mal à monter dans la fourgonnette et à quitter cette ville.

Mais pour le moment, il refusait d'y penser. Il fallait qu'il trouve une solution pour Riddle. Au final, il décida de l'emmener au cinéma, de lui payer une place et de lui dire de regarder le film deux fois de suite.

Riddle adorait les films. Ils pouvaient compter sur leurs deux mains le nombre de fois où ils étaient entrés dans un vrai cinéma. Sam espérait juste qu'il ne se mettrait pas à ramasser le vieux pop-corn qui traînait sur la moquette. Une fois, ils s'étaient rendus dans un multiplex et en étaient ressortis avec un sac entier de friandises entamées. Pour Riddle, c'était comme s'ils avaient gagné au loto.

Sam lui laissa donc un peu d'argent pour qu'il s'achète à manger et lui glissa une cannette de soda dans la poche de son blouson. Puis il regarda son petit frère se faire déchirer son ticket par l'ouvreur. Il lui avait choisi exprès un film de robots, et Riddle en avait les yeux tout pétillants d'excitation.

Sam avait prévu de le retrouver sur un banc dans le parc au bout de la rue après deux projections d'affilée, c'est-à-dire dans quatre heures.

Depuis qu'il s'était fait tondre le crâne, Riddle semblait encore plus jeune et vulnérable. Mais pour Sam, la coupe de cheveux de son frère était parfaite. Parce que, avec ses yeux gris et son silence, il n'avait pas son pareil pour rebuter les gens.

Emily l'attendait sur le perron, comme d'habitude, lorsqu'il arriva. Au lieu d'entrer dans la maison, ils s'assirent un moment sur la balancelle en rotin. Ce fameux premier soir où ils avaient marché jusque chez elle, il lui avait confié se sentir toujours plus à l'aise dehors qu'à l'intérieur.

Dans la cuisine, Debbie écoutait l'émission *Weekend Edition* à la radio tout en supervisant Jared, qui faisait ses devoirs d'orthographe sur la table. Le garçon remuait sur son tabouret en faisant la moue.

– Pourquoi est-ce que je peux pas aller dehors?

Debbie continua à couper des tomates pour la salade.

– Parce que ta sœur a besoin d'intimité.

Jared referma son manuel.

– Mais j'ai envie de le rencontrer, moi!

Sa mère était dans le même état d'esprit, mais elle se contenta de lui répondre:

– Bientôt.

– Quand ça?

Avant que Debbie ait eu le temps de répondre, les deux adolescents apparurent dans l'encadrement de la porte.

Sa première pensée fut qu'ils formaient un joli couple. Et aussi que ce Sam semblait très différent de la fois où elle l'avait aperçu sur le parking de l'église, quelques semaines auparavant.

Ce garçon, ou plutôt ce jeune homme, était vraiment très beau. Les yeux bleus, les traits ciselés et, malgré sa minceur, une silhouette athlétique. En revanche, aucun signe chez lui de l'effronterie ou de l'arrogance si communes chez les beaux garçons.

Debbie vit tout de suite qu'il était différent. Il semblait… étrange. Ce fut le seul mot qui lui vint à l'esprit. Pas fuyant, mais assurément mal à l'aise. Il lui manquait un truc. De la confiance en lui, peut-être ? Il n'avait pas vraiment l'air nerveux, plutôt très embarrassé d'être là.

Emily vit que sa mère jaugeait Sam. Ça ne lui ressemblait pas. Voyant qu'elle ne disait rien, elle finit par prendre la parole :

– Euh, maman, je te présente Sam…

Debbie parut gênée.

– Enchantée, Sam. Je suis Debbie Bell…

Jared, d'habitude très bavard, était lui aussi muet comme une carpe et dévisageait le grand type qui se tenait à côté de sa sœur.

– Et voici Jared, poursuivit Debbie. Le petit frère d'Emily.

Sam le regarda et esquissa un sourire. Il trouvait tout à fait normal d'avoir un petit frère qui ne parlait pas. Du reste, il n'avait lui-même encore rien dit depuis qu'il avait franchi le seuil de la maison.

Tous les quatre étaient plantés là, un peu gênés, dans la cuisine, quand Tim Bell émergea soudain de la cave. Il avait dû entendre du bruit au-dessus de sa tête. Son studio de musique se trouvait au sous-sol, et il passait l'essentiel de ses week-ends à travailler ses compositions ou de nouveaux arrangements pour la chorale.

Lui aussi se figea net en voyant Sam. Il le dévisagea sans un mot. Emily haussa les sourcils. Sa famille avait perdu la tête, ou quoi ?

– Papa ?

Tim Bell sursauta et s'avança vers lui, la main tendue.

– Enchanté, mon garçon.

Ils échangèrent une poignée de main maladroite. Sam ne semblait pas avoir souvent fait ce geste. Voire pas du tout. Et Tim Bell avait une poigne solide. Sam accentua la pression de sa paume pour ne pas être en reste. Nouveau silence gêné. Nouvelle poignée de main.

Jared, qui regardait fixement Sam, finit par déclarer :

– Tu ressembles à Batman.

En temps normal, ce genre de commentaire aurait fait rire tout le monde, mais pas ce soir-là.

Jared avait bien mis le doigt sur quelque chose. Sam ne semblait pas juste sortir d'un magazine de mode. Quelque chose en lui semblait indiquer qu'il menait une double vie, ou qu'il était dans une situation de conflit. Voire de souffrance.

Et bien que la salade ne soit pas encore servie, que les feuilletés à la viande n'aient pas fini de cuire dans le four et que le poulet n'ait même pas encore été découpé, Debbie décida de briser la glace en déclarant :

– Bien, tout est prêt. À table !

Il toucha à peine son assiette.

Debbie et Tim Bell s'en inquiétèrent un peu. Quel adolescent de dix-sept ans et mesurant plus d'un mètre quatre-vingts ne se jetait pas sur la nourriture ? Surtout quand la faim se lisait dans son regard ?

Le garçon était poli, mais visiblement très tendu. Au cours des vingt et une très longues minutes que dura le dîner, c'est à peine s'il desserra les dents, même pour répondre aux questions.

Ils commencèrent pourtant par des choses évidentes pour un garçon de son âge : quelle était son équipe sportive favorite ? Il prétendit ne pas s'intéresser au sport. Même Jared trouvait ça bizarre.

En creusant un peu, ils apprirent qu'il était scolarisé à domicile mais il refusa de s'étendre sur les matières qu'il étudiait, même lorsqu'ils insistèrent une seconde fois.

Ils en vinrent à évoquer la famille. Sam expliqua qu'il avait un petit frère, mais pas de mère. Ils lui dirent qu'ils étaient désolés de l'apprendre. Il semblait désolé, lui aussi.

Lorsqu'ils émirent le souhait de rencontrer son frère et son père, il n'eut aucune réaction, hormis prendre un air encore plus mal à l'aise – si tant est que cela fût possible. Il se montrait vraiment distant. Pas malpoli, juste incapable d'avoir une discussion normale.

Ils avaient beau tous parler la même langue, la communication était difficile. Même Jared qui, d'habitude, adorait monopoliser la conversation garda le silence.

Dehors, une pluie fine se mit à tomber. Tout à coup, Sam se leva et expliqua qu'il devait partir. Il fallait qu'il passe prendre son petit frère au cinéma, et il ne voulait pas le faire attendre sous la pluie. Les Bell lui proposèrent de l'emmener en voiture. Il refusa poliment, mais fermement.

Debbie, toujours à cheval sur les questions de sécurité, lui demanda :

– Sais-tu conduire, Sam ?

Il hocha la tête.

– Oui. Depuis longtemps.

Elle échangea un regard perplexe avec son mari. Le gamin n'avait-il pas à peine dix-sept ans ?

– Depuis longtemps ? répéta Tim.

Sam acquiesça à nouveau.

– Depuis que j'ai douze ans. Mais uniquement la fourgonnette de mon père. Jamais d'autre voiture.

Debbie Bell n'en croyait pas ses oreilles.

– Ton père t'a laissé conduire sa fourgonnette quand tu avais douze ans ?

D'un ton égal, Sam lui répondit :

– Oui, mais jamais tout seul. Je prends juste le volant quand il me le demande.

Ça s'était plutôt bien passé, analysa Emily. Disons que ça aurait pu être pire. OK, cette histoire de fourgonnette était un peu étrange, mais elle savait que Sam avait vécu au Mexique et dans des fermes isolées. Les enfants d'agriculteurs ne conduisaient-ils pas tous le tracteur de leurs parents dès l'adolescence ?

Emily prit un parapluie et accompagna Sam jusqu'au coin de la rue. Une fois encore, elle lui conseilla de se procurer un téléphone portable. Il lui répondit que ce serait difficile. Elle lui dit qu'elle voulait le revoir le lendemain. Il lui répondit qu'il ne pourrait sans doute pas.

Elle crut qu'il allait dire quelque chose à propos de ses parents, de son frère, de sa maison, de son chien ou du dîner. Mais il ne fit aucun commentaire.

Il se contenta de la regarder et de lui déclarer, à brûle-pourpoint :

– Je n'avais jamais rencontré quelqu'un comme toi.

Sur ces mots, il s'éloigna.

Quand Emily rentra par la porte arrière de la maison, quelques instants plus tard, elle se sentait incroyablement vivante. Sam était plein de mystère. Mais c'était son mystère à elle et chaque nouvel indice, chaque nouvelle facette qu'elle découvrait de sa personnalité constituait à ses yeux le plus passionnant des défis.

L'expression sur le visage de ses parents était une tout autre affaire. Ils la pressèrent de questions.

– Où habite-t-il, exactement ?

– Que fait son père ?

– Depuis combien de temps vit-il ici ?

– As-tu déjà rencontré son frère ? Comment est-il ?

– Pourquoi a-t-il refusé de nous dire ce qu'il étudiait chez lui ?

– Pourquoi n'a-t-il rien mangé ?

– Qu'est-ce que ça veut dire, qu'il conduit depuis l'âge de douze ans ?

Emily ne les avait jamais vus comme ça. Elle rougit comme une pivoine et éleva la voix pour tenter de leur répondre.

Au bout d'un moment, Jared entra dans la pièce. Son père lui ordonna aussitôt de monter dans sa chambre. Lorsqu'il insista pour rester, ils lui crièrent de s'en aller. Tout le monde semblait énervé.

Une fois Jared reparti, Emily demanda à ses parents de lui dire ce qu'ils reprochaient à Sam. Ils furent incapables de s'expliquer.

Sa mère tenta de se justifier :

– Nous avons vécu plus longtemps que toi. Nous savons quand les gens ne sont pas…

– Pas *quoi* ?

Son père compléta lui-même la phrase :

– Pas fiables.

– Pas fiables ? répéta Emily d'un ton indigné.

Mais Tim assumait entièrement ses propos.

– Parfaitement.

Emily dévisagea ses parents.

– Comment pouvez-vous le juger après un simple dîner ? Qu'est-ce que vous insinuez, au juste ?

– La seule chose que nous savons de lui, c'est qu'il est beau garçon, répondit sa mère.

À sa manière de regarder fixement le tapis, ce n'était pas un compliment.

Soudain, une pensée vint à Emily. Une pensée horrible. Elle reprit la parole d'une voix tremblante.

– Attendez… Vous êtes en train de me dire qu'il y a forcément un truc qui cloche chez lui… pour qu'un beau garçon comme lui s'intéresse à moi, c'est ça ? Que ce serait plus logique qu'il s'intéresse à Bo Chubbuck, celle qui fait baver tous les mecs ? Ou à Emma Allgyer, la petite chérie des profs ?

– Non, bien sûr que non ! répliqua aussitôt son père.

Sa mère détourna brusquement le regard, comme si elle venait de penser à autre chose. Mais elle était très mauvaise comédienne.

11

Quand Sam arriva au parc, trempé d'avoir marché une heure sous la pluie, Riddle n'était pas là. Sam attendit un quart d'heure avant de remonter la rue du cinéma, fou d'inquiétude, dans l'espoir de croiser son frère en chemin.

Mais aucune trace de Riddle.

Lorsqu'il arriva enfin devant le multiplex, l'endroit était anormalement désert pour un samedi soir. L'association de la pluie et des robots n'avait pas vraiment attiré les foules. Là encore, pas la moindre trace de Riddle.

Sam sentit son pouls s'accélérer. Une petite voix au fond de sa tête lui disait que cette soirée avait été une erreur. Il n'aurait jamais dû aller dîner chez les parents d'Emily. Ils avaient fait des efforts pour être aimables mais, de toute évidence, ils n'avaient aucune confiance en lui.

Et le pire, c'est qu'ils avaient raison.

Pour commencer, il avait abandonné son petit frère. Et si Riddle avait décidé de rentrer seul ? Sam préférait ne pas penser aux mille et une distractions dans la nuit, sous la pluie, qui auraient pu le détourner de son chemin. Riddle s'était peut-être perdu. Ou pire encore.

Sam se mit à courir. Un peu plus de cinq kilomètres le séparaient de leur maison sur Needle Lane, et il les parcourut en vingt-quatre minutes. Il se rua à l'intérieur et appela son frère, en vain.

Impossible de savoir s'il était passé avant de repartir, ou s'il n'était simplement pas encore rentré. Leur père ne semblait pas dans les parages. Pour l'instant, c'était la seule bonne nouvelle de la soirée.

Alors Sam eut une idée. Il aurait dû entrer dans le cinéma pour s'assurer que Riddle n'y était pas resté.

Il repartit donc en sens inverse, toujours au pas de course et sous la pluie. Il arriva trempé jusqu'aux os, glacé de froid, et épuisé par ce second sprint de cinq kilomètres.

Il avait dix dollars en poche et s'en servit pour acheter un ticket. En passant devant le stand de boissons et de friandises, il réalisa pour la première fois de la journée qu'il était affamé. Dire qu'il n'avait eu aucun appétit chez les parents d'Emily. Maintenant, il aurait donné n'importe quoi pour un morceau de ce poulet à la moutarde avec la sauce bizarre.

Peut-être pourrait-il tenter de se faire rembourser en ressortant du cinéma. Il n'aurait qu'à expliquer qu'il s'agissait d'un cas de force majeure. Si ça n'était pas un cas de force majeure, alors rien ne l'était. Puisqu'il était incapable de mentir, c'était la seule solution. Quel comble. Son père était incapable de dire la vérité, et lui de raconter des mensonges.

Sam poussa la double porte de la salle. À l'intérieur, il faisait si sombre qu'il dut rester un moment sans bouger, le temps que ses yeux s'habituent. Puis il promena son regard à travers les rangées de fauteuils presque vides.

Pas de Riddle.

Sam s'apprêtait à repartir lorsqu'il remarqua un spectateur assis, seul, au premier rang. Il aperçut l'arrière de sa tête grâce à la lumière aveuglante qui venait d'envahir l'écran, où un robot était pris dans une tempête de neige.

Une personne relativement petite occupait un siège sur le côté.

Sam descendit l'allée et découvrit son frère, profondément endormi devant ce qui devait être sa troisième projection d'affilée. Il avait pris son annuaire en guise d'oreiller et fait de son manteau une couverture. Ses lunettes 3-D gisaient par terre et les fauteuils à côté du sien étaient jonchés de pop-corn et d'emballages de bonbons.

Riddle dormait comme un petit enfant, parfaitement insensible au reste du monde. Sam le réveilla et l'emmena dans le vestibule, mais il s'endormit à nouveau contre une borne de jeu vidéo. Parfois, l'excès de stimulation visuelle créait en lui une sorte de surmenage, et c'était comme s'il se débranchait du monde extérieur.

Sam le laissa là un moment et partit négocier le remboursement de son ticket. Le patron du cinéma finit par lui rendre cinq dollars sur les dix qu'il avait payés. Il s'acheta un hot dog qu'il avala en trois bouchées. Il tenta à nouveau de réveiller son frère, mais sans succès.

Pour finir, Sam réussit à le convaincre de grimper sur son dos et, sous la pluie, il le ramena chez eux.

Et malgré le fait que Riddle était petit pour son âge, il pesait quand même son poids.

Clarence ne faisait jamais aucun projet.

Pour lui, c'était une grande force. Et même s'il ne se projetait pas dans l'avenir, il avait quand même toutes sortes de stratégies d'évasion, ce qui n'avait rien à voir. Cela s'appelait maîtriser l'art de la fuite.

Clarence avait toute une collection de plaques minéralogiques (volées dans la rue pendant la nuit et remplacées par d'autres plaques arrachées sur des voitures bonnes pour la casse). C'est quand même fou, le nombre de gens qui ne remarquent pas que leur immatriculation a changé, comme par magie, et qui roulent avec le numéro de quelqu'un d'autre.

C'est seulement à l'occasion d'un contrôle policier de routine, parfois des années plus tard, que le cauchemar commençait pour eux, lorsque leur numéro d'immatriculation se révélait ne pas correspondre au véhicule qu'ils conduisaient.

Clarence gardait en permanence dans sa fourgonnette : deux jeux de plaques minéralogiques, deux jerricans d'essence, un fusil assorti de deux boîtes de cartouches, une canne à pêche, six magazines de femmes nues et plusieurs bouteilles de vodka.

Il avait également un grand paquet de crackers salés, mais ces cochonneries se mettaient toujours à l'obséder en pleine nuit et il les avalait plus vite que son ombre.

Cela dit, pour lui, son plus grand problème dans la vie était la technologie.

Les gens étaient tous connectés entre eux. Il n'avait jamais rien compris aux ordinateurs, et voilà que tout le monde se baladait avec des portables reliés à Internet. Ça n'augurait rien de bon.

N'importe qui pouvait le signaler directement à la police après l'avoir vu rôder derrière chez lui. Le pire, c'est que ces mouchards pouvaient brandir leur instrument de torture pour le prendre en photo et envoyer un cliché presque parfait aux méchants. Car pour Clarence, les gentils étaient bien sûr les méchants. Lui seul était le vrai gentil.

En même temps, ce n'est pas parce que vous êtes paranoïaque que vous n'avez pas *vraiment* de gens lancés à vos trousses. Et dans le cas de Clarence, ils étaient plusieurs à avoir quelques comptes à régler avec lui.

L'une de ces personnes était un certain Hiro Yamada, propriétaire de Medford Coins, une boutique de numismatique située à Medford, Oregon.

Dix ans plus tôt, Clarence Border, qui entamait alors sa première année de cavale avec les enfants sous le nom de John Smith, lui avait vendu une vieille pièce de un cent à tête d'Indien.

Il l'avait prise dans le tiroir à sous-vêtements de Shelly juste avant de partir. La jeune femme l'avait reçue en cadeau pour son vingt et unième anniversaire de son grand-oncle Jimmy, qui l'avait lui-même reçue de Mémé Arlene pour le consoler de l'accident qui lui avait valu de perdre l'ouïe du côté gauche en tombant d'un échafaudage branlant alors qu'il faisait des travaux de peinture.

Mémé Arlene se passionnait donc pour les pièces de monnaie. Personne d'autre dans la famille ne s'y connaissait. Et elle-même n'était pas experte.

Elle avait découvert le vieux penny à tête d'Indien par hasard, logé dans le socle d'une machine à coudre qu'elle avait achetée d'occasion en 1946 lors d'une brocante. Ce n'est qu'une fois rentrée chez elle avec la machine qu'elle avait fait sa découverte. Comme toujours, le malheur des uns faisait le bonheur des autres.

Sauf que les anciens propriétaires de la machine ignoraient la présence de ce penny. Ils ne savaient pas qu'ils l'avaient perdu. Ils n'avaient donc aucune raison d'être malheureux. Pourtant, sans le savoir, ils avaient fait le bonheur de quelqu'un.

Car ce vieux penny était un objet de collection très précieux.

Clarence, ou plutôt John Smith, était loin de se douter que ce vieux penny de 1877 avait la moindre valeur lorsqu'il apporta les pièces, réunies dans un vieux porte-monnaie en carton bleu qui semblait sur le point de lâcher, dans la boutique de Hiro.

Il avait failli commettre une erreur fatale.

Les pièces étaient vieilles et rouillées. Il avait donc décidé de passer prendre de l'encaustique à la quincaillerie, et de demander à Sam de les frotter. Or s'ils avaient nettoyé la salissure naturelle des pièces, ils leur auraient ôté quasiment toute valeur.

Mais leur paresse se révéla payante.

Les allées de la quincaillerie étaient surveillées par des caméras, si bien qu'il était impossible de voler le flacon de cire. Et il y avait la queue à la caisse. Or Clarence détestait attendre.

Plus tard, dans sa boutique, Hiro examina les pièces sans rien dire pendant que John Smith ordonnait à ses deux enfants de retourner l'attendre dans la fourgonnette. Il semblait évident à

Hiro que le plus jeune des deux avait un rhume épouvantable et n'avait rien à faire dans un camion. Il aurait dû être chez lui, au chaud, dans son lit. Voire dans son berceau. Le môme n'était pas bien vieux.

C'était il y avait dix ans et les deux garçons n'avaient pas réussi à se consoler depuis, même s'ils avaient appris à ne pas se tourner vers leur père en cas de besoin.

Hiro ne sentait pas ce John Smith. De toute évidence, cette collection de vieilles pièces ne lui appartenait pas puisqu'il n'y connaissait rien. Le type avait eu beau lui raconter qu'il en avait hérité de sa femme et qu'il était veuf avec deux enfants à charge, Hiro en conclut que les pièces étaient volées.

Ce qui signifiait que, s'il les achetait, il s'efforcerait de les rendre à leur propriétaire. Car Hiro et John Smith n'étaient pas faits du même bois.

Toute la ruse consistait à lui proposer suffisamment d'argent pour qu'il accepte, sans pour autant lui faire prendre conscience de la valeur de ce qu'il avait entre les mains.

Ce jour-là, John Smith ressortit de la boutique avec cinq cents dollars en liquide, un flacon d'aspirine pour nourrissons (sur l'insistance de Hiro) et, en prime, les lunettes de soleil du patron, que ce dernier venait d'acheter deux semaines auparavant. Une fois dehors, certain que Hiro ne pouvait pas le voir, Clarence sourit de toutes ses dents. Il avait bien négocié son affaire. Et il avait embarqué les lunettes de soleil du type, par-dessus le marché ! Il se sentait en pleine forme.

Hiro savait qu'un penny de 1877 en mauvais état valait quatre mille dollars. Or celui-ci n'était pas en mauvais état. Il était *splendide*.

Et sans même l'avoir fait certifier par l'Association américaine de numismatique, sachant qu'il existait un grand nombre de fausses pièces de 1877 en circulation, Hiro sentit dans ses tripes qu'il avait devant lui un spécimen authentique.

Ce qui signifiait qu'il valait dans les trente mille dollars.

Hiro plaça le penny dans une boîte de protection en plexiglas. Cela lui prendrait du temps, mais il finirait par découvrir l'origine de cette pièce rare, dessinée par James Barton Longacre, et le nom de son propriétaire.

À qui il rendrait son bien.

Qui sait... peut-être y aurait-il une récompense à la clé. Mais au fond, sa plus belle récompense était de savoir qu'une sorte d'ordre supérieur venait d'être restauré.

Et pour les collectionneurs, l'ordre était la chose qui comptait par-dessus tout.

12

C'était comme si une couche de gel avait envahi la maison de la famille Bell, recouvrant les meubles, les murs et le sol. Mais la glace était surtout très épaisse autour de la table de la cuisine, là où les Bell partageaient désormais la plupart de leurs repas dans un silence de mort.

Seul Jared semblait insensible à cette vague de froid, heureux de pouvoir jouer à ses jeux vidéo sur ses genoux et de titiller Felix avec ses pieds sous la table.

Sam passa voir Emily le mardi en fin d'après-midi. Pendant qu'ils marchaient le long du fleuve, elle lui fit deux cadeaux : une montre ayant appartenu à son grand-père Harry, et un téléphone portable.

Il les refusa tous les deux. Elle lui expliqua que son grand-père lui avait offert cette montre mais qu'elle était trop grande et qu'elle ne la portait jamais. Elle semblait au bord des larmes. S'il acceptait de la porter, elle en serait très heureuse. Cette montre servirait enfin à quelqu'un au lieu de prendre la poussière dans un tiroir.

Vint ensuite le tour du téléphone. Elle avait besoin de pouvoir le joindre, surtout depuis qu'elle avait fait vœu de silence dans sa propre maison. De cette manière, ils pourraient se parler. Se fixer des rendez-vous.

Sam finit par accepter. Seulement s'il s'agissait d'un emprunt.

Il lui rendrait les deux objets plus tard. Mais Emily lui mit la montre au poignet et lui dit qu'il était hors de question qu'il la lui rende. Jamais de la vie.

Alors il l'ôta et refusa de la porter. Elle la lui glissa dans la poche de sa vieille veste pendant qu'il regardait ailleurs, et il ne s'en aperçut qu'une fois rentré chez lui. Il mit la montre à son poignet et, à sa vive surprise, constata que cela lui procurait à la fois du plaisir et de la culpabilité. Que pourrait-il bien lui offrir en échange ?

Quand les parents d'Emily ne parvinrent pas à la joindre, le lendemain, elle prétexta avoir oublié son portable au lycée, dans son casier. Elle emprunta celui de Sophie Woolverton pour leur demander de venir la chercher après son entraînement de foot.

Le vendredi, quand sa mère ne parvint pas à la joindre, Emily dit que son téléphone n'avait plus de batterie et qu'elle avait perdu le chargeur. Elle qui n'avait jamais menti de sa vie se surprit à apprendre un nouveau jeu. Elle trouvait désormais toutes sortes d'excuses et de feintes.

Ses parents interprétèrent son refus de répondre au téléphone comme une preuve supplémentaire de sa défiance à leur égard. Ils étaient loin de s'imaginer qu'elle parlait en réalité à Sam plusieurs fois par jour et chaque soir, sans exception, avant d'aller se coucher. Depuis quatre ans, elle possédait dans sa chambre un téléphone fixe qu'elle n'utilisait jamais. Désormais, elle ne pouvait plus s'en passer.

Pour Sam, ce téléphone portable était comme une sorte d'objet magique.

Il lui fallut trois jours pour franchir le cap et ne pas seulement recevoir des appels. Il finit par l'appeler à son tour. Bientôt, la seule présence du téléphone caché dans sa poche se mit à le rassurer. C'était son secret, et il en tirait un certain sentiment de pouvoir. Pour la toute première fois, il ne se sentait pas complètement extérieur aux choses.

Le soir, quand elle l'appelait, il s'éclipsait par la petite ruelle

de derrière et s'asseyait sur une poubelle, dans le froid humide
Il sortait souvent jouer de la guitare à la nuit tombée, si bien que
son père ne lui posait pas de questions en le voyant sortir seul
dans le noir.

À voix basse, elle lui racontait sa journée et lui la sienne, en
omettant délibérément les épisodes les plus glauques – Riddle
qui avait saigné du nez non-stop pendant trois heures, ou son
père rentré à quatre heures du matin les bras chargés de vêtements propres volés sur la corde à linge d'un voisin. Il ne men-
tionna pas non plus ses deux heures passées à la déchetterie pour
décharger un camion rempli de vieilles dalles d'insonorisation
bourrées d'amiante (détail qu'il ignorait, bien sûr).

Il lui raconta qu'il s'était rendu au lac, où il avait pêché un
poisson, mais que Riddle avait insisté pour le remettre dans l'eau
(sans quoi il l'aurait fait griller pour le manger, bien sûr).

Il lui raconta qu'il avait joué de la guitare et composé de nouveaux morceaux.

Il lui parla du livre qu'il avait lu (trouvé à plus d'un kilomètre
de chez lui dans un sac en papier rempli de vieux bouquins qui
traînait dans le caniveau). Ça parlait de gens voyageant en car à
travers tout le pays.

Elle lui racontait de petites anecdotes sur les gens, amis ou
parfaits inconnus qu'elle avait croisés ce jour-là. Elle lui murmu-
rait des confidences, des secrets, loin de se douter qu'il lui cachait
l'essentiel à propos de sa vie et ne lui révélait que d'infimes morceaux du puzzle.

Le championnat de football n'ayant pas officiellement démarré,
l'équipe n'avait pas encore le droit de s'entraîner. Les filles se
retrouvaient trois fois par semaine pour faire de l'endurance et
de la course, mais elles n'étaient pas censées toucher à un ballon
de foot.

Elles le faisaient quand même, bien sûr. Après une heure passée à courir dans l'effort, elles s'amusaient à taper dans le ballon

pendant une trentaine de minutes, juste pour la forme. Emily n'avait rien d'une joueuse exceptionnelle, mais sa vitesse et son habileté lui permettaient de sauver la face sur son coin de terrain.

Le mardi, Sam lui dit qu'il tenterait de passer la voir après son entraînement. Il arriva un quart d'heure en avance et observa les filles de loin, appuyé contre la clôture métallique qui lui arrivait aux épaules.

C'est Haley Kolb, l'une des défenseuses, qui le vit en premier. Jane Mann était en train de lui faire une passe quand Haley aperçut Sam et faillit trébucher. Quand on se projette en avant pour shooter dans un ballon, il est généralement conseillé de lever le pied en l'air pour taper dedans.

Haley tituba en arrière, un peu honteuse. Elle avait un petit ami officiel depuis sept mois. Elle ne faisait même plus attention aux beaux garçons.

Mais celui-ci sortait clairement du lot.

C'était une sorte de vision. Il avait une allure comme personne d'autre en ville. Peut-être travaillait-il secrètement pour un reality-show et l'avait-on envoyé là exprès pour tester leurs réactions. Génial. Bientôt, elle passerait pour une débile à la télé devant le pays tout entier.

Haley trotta en direction d'Emily. Toutes deux transpiraient à grosses gouttes et Haley lui lança en haletant :

– Ne regarde pas tout de suite, mais le plus beau gosse de cet État est appuyé contre la clôture derrière toi.

Emily tourna aussitôt la tête. Haley aurait préféré ne pas crier, mais ce fut plus fort qu'elle :

– Je t'avais dit de ne *pas* regarder tout de suite !

Emily sourit et, sous les yeux de son amie, traversa le terrain en courant pour rejoindre la Vision en Chemise à Carreaux.

Voyant Haley figée sur place, les autres joueuses s'arrêtèrent aussi.

Vingt et une filles contemplèrent avec ahurissement le spectacle de ce mec/homme/dieu vivant posant sa main sur l'épaule d'Emily pour l'attirer contre lui et, la vieille clôture métallique pressée entre leurs deux corps, lui donner un baiser d'une tendresse folle comme elles n'en avaient jamais vu.

Le lendemain, malgré le fait qu'Emily était seulement en première et l'une des moins bonnes joueuses de l'équipe, elles la nommèrent capitaine pour la saison à venir.

Mais les filles de l'équipe ne furent pas les seules hypnotisées par la vision d'Emily et Sam, ce jour-là.

Quelqu'un d'autre vit l'adolescent de dix-sept ans appuyé contre le grillage. Quelqu'un d'autre se tenait non loin de là, frappé de stupeur, les yeux rivés sur le couple.

Bobby Ellis.

Emily savait-elle que ce type vivait dans un squat de drogués, presque un taudis, sur Needle Lane ? Ne devait-il pas l'avertir que le quartier était dangereux ?

Avait-elle la moindre idée de la véritable identité de ce mec ?

Bobby devait trouver le moyen de lui dire la vérité sans montrer qu'il s'intéressait à elle.

Dans la voiture qui les ramenait de l'un des concerts de musique classique organisés par Tim à la fac, les parents d'Emily furent obligés de reconnaître que cette histoire de Sam commençait à les travailler, tous les deux.

Debbie lâcha un soupir qui sonnait comme une défaite.

– On ne peut quand même pas l'empêcher de voir ce garçon. Elle a dix-sept ans.

Son mari hocha la tête.

– Et puis, ça ne ferait que les rapprocher encore plus l'un de l'autre.

Debbie parut réfléchir.

– Il nous faut mettre au point une nouvelle stratégie, déclara-t-elle.

Tim lui jeta un regard en coin.

– C'est-à-dire ?

– Nous devrions l'inclure davantage dans notre vie de famille.

– Psychologie inversée, tu veux dire ?

– Non. Simple étude de la nature humaine. S'il y a vraiment un truc qui cloche chez lui – et nous *savons* que c'est le cas –, nous serons en mesure de mettre le doigt dessus. On ne peut pas se battre sans armes. Nous devons en savoir plus sur ce garçon. Identifier concrètement ses problèmes.

Tim acquiesça encore. Sa femme avait raison. Il devait agir. Depuis qu'elle ne leur parlait plus, Emily leur menait une vie impossible. Qui aurait cru qu'elle était le socle émotionnel de cette famille ?

Une fois arrivés à la maison, Debbie et Tim dirent à leur fille qu'ils s'étaient montrés injustes. Qu'ils se réjouissaient qu'elle ait rencontré quelqu'un de si important pour elle. Et qu'ils souhaitaient que Sam fasse davantage partie de la famille.

Emily n'en crut pas un mot, mais se garda bien de le dire. Sa famille avait toujours vécu dans l'harmonie. Après tout, son père enseignait la musique. Aucun d'eux ne supportait la discorde.

Ainsi, quand Sam passa voir Emily le lendemain après-midi, Tim Bell, fort de sa nouvelle mission consistant à mieux connaître ce garçon pour mieux se débarrasser de lui, l'invita au sous-sol pour lui faire visiter son studio.

Sam n'avait aucune envie de le suivre, mais il n'avait pas trop le choix, vu qu'il se retrouva pris en sandwich entre les deux parents d'Emily et entraîné malgré lui dans l'escalier raide menant à la cave. Il avait passé la moitié de son existence dans des lieux souterrains. Et il savait que ces endroits-là pouvaient se révéler des pièges.

Mais le sous-sol de Tim Bell n'avait rien d'une chambre de torture. C'était un studio d'enregistrement. Une douzaine d'instruments de musique étaient éparpillés aux quatre coins de la pièce, qui contenait une impressionnante collection de CD. Le reste de l'espace était occupé par des livres et un vaste équipement informatique.

La propre famille de Tim s'intéressait assez peu à son studio. Mais Sam fut fasciné.

Il n'avait jamais vu un endroit pareil. Tim Bell, adoptant le ton professoral de sa salle de cours, commença à lui parler de notation musicale en ligne, de composition assistée par ordinateur et de l'utilisation des claviers électroniques. Sam l'écoutait, même s'il ne comprenait qu'un mot sur trois, les yeux rivés sur la guitare posée dans un coin de la pièce sans fenêtre.

Emily attendait en haut des marches, folle d'impatience. Elle n'était même pas officiellement entrée dans la pièce. Elle finit par interrompre la miniconférence de son père :

– Merci pour la visite guidée, papa…

Sur ces mots, elle jeta à Sam ce regard mondialement connu signifiant : « *Viens, on se casse.* » Mais il n'avait pas dû capter le message, car il se tourna vers son père pour lui demander :

– Est-ce que je pourrais regarder votre guitare ?

Tim Bell sortit de son mode prof et haussa les sourcils avec, il faut bien le dire, un air suspicieux.

– Tu sais en jouer ?

Sam acquiesça.

– J'ai un peu appris tout seul, marmonna-t-il.

Tim traversa la pièce pour aller récupérer le précieux instrument : une Martin Marquis Madagascar en bois de rose, valant à elle seule bien plus que tout ce que contenait leur maison. C'était la prunelle de ses yeux.

Debbie Bell eut l'air nerveux, soudain.

Emily aussi.

Mais quel risque y avait-il à confier cette guitare à Sam ? Il ne la ferait pas tomber. Il n'était pas du genre maladroit ; à vrai dire, il avait beaucoup de grâce dans ses mouvements – du moins de l'avis d'Emily.

Elle coula un regard en direction de son père qui, visiblement inquiet et à contrecœur, soulevait l'instrument par le manche pour le tendre à Sam.

Le jeune homme n'avait jamais tenu d'objet si précieux entre ses mains. Et il semblait en être parfaitement conscient. Il rendit l'instrument à Tim, et Emily lâcha un soupir de soulagement. Sans s'en rendre compte, elle avait retenu son souffle.

– Elle est superbe, murmura Sam. Vraiment. Merci beaucoup.

Tim Bell acquiesça d'un air grave. Puis, soudain radouci, il se surprit à déclarer :

– Vas-y. Gratte quelques accords.

Sam était coincé.

Devait-il refuser la proposition ou l'accepter ? Comment savoir ce qui contenterait cet homme si exigeant, avec ses petites lunettes rondes à monture métallique et son pantalon en velours côtelé – qu'il joue de la guitare, ou qu'il n'en joue pas ?

Difficile à dire.

Sam décida donc de se fier à son instinct. Il s'assit sur l'accoudoir du petit canapé derrière lui, plaça l'instrument sur ses genoux et se mit à jouer.

13

L'éducation musicale de Sam, si l'on pouvait employer cette expression, avait démarré dès l'âge de cinq ans, quand sa grand-mère lui avait appris les accords de base sur une guitare à quatre cordes.

Lorsque Clarence les arracha, lui et son frère, de la piscine gonflable du jardin pour les embarquer de force dans sa four-gonnette, il se déroula une année entière avant qu'il touche à nouveau un instrument de musique. Et à ce moment-là, il comprit qu'il avait trouvé son salut.

Le vieil homme qui vivait en dessous de chez eux à Spokane jouait de la *slide guitar*. Il était aveugle et s'exprimait grâce à la musique. À la seconde où Sam l'entendit jouer, il tomba amoureux du vieux blues acoustique.

Quand Clarence leur fit quitter Spokane quatre mois plus tard, Sam, alors âgé de huit ans, avait en sa possession une guitare cabossée, cadeau du vieux bluesman aveugle.

C'était la seule chose qu'il avait conservée au fil des années, et il en jouait tous les jours. Il y consacrait des heures et des heures. Si bien que pendant que les gamins de son âge jouaient au base-ball ou à la Nintendo, Sam Border, désormais rebaptisé Sam Smith, acquit une telle maîtrise de la guitare qu'il devint capable de rejouer n'importe quelle chanson entendue à la radio ou lui passant par la tête.

Il était peut-être nul pour taper dans un ballon mais, question guitare, c'était un surdoué.

Alors, dans le sous-sol de la famille Bell, il ferma les yeux. Et il se laissa porter par la musique.

Quand Sam s'arrêta de jouer, exactement neuf minutes plus tard, Debbie Bell se tenait adossée contre le mur, sidérée.

Emily s'était assise sur une chaise à côté de son père, qui s'efforçait de retenir des larmes d'émotion.

Cela faisait dix-huit ans que Tim Bell enseignait la musique à l'université de Baine. Aujourd'hui, à l'âge de quarante-quatre ans, il en dirigeait même le département de musique.

Mais il n'avait jamais eu d'étudiant aussi doué que ce gamin assis sur son canapé.

Il le raccompagna chez lui en voiture.

Ou ce qu'il pensait être chez lui.

Sam ne lui mentit pas. Il demanda juste à être déposé à quatre rues de sa véritable adresse.

Tim avait insisté pour lui donner son VTT, qui dormait dans le garage et dont personne ne se servait, mais Sam expliqua qu'il n'avait jamais appris à faire du vélo. Pour Jared, c'était encore plus étonnant que son don pour la guitare.

Assis à l'arrière de la voiture avec Emily, tandis que Jared occupait le siège avant, il se fit expliquer par Tim le trajet du bus n° 4 qu'il suffisait de prendre à Hilyard pour descendre ensuite à deux rues de chez eux.

Les parents d'Emily ne voulaient plus qu'il fasse une heure de marche pour venir voir leur fille. Plus maintenant.

Debbie Bell avait un téléphone portable toujours chargé dans sa boîte à gants, en cas d'urgence. Après tout, elle travaillait dans un hôpital et entendait parler d'accidents tous les jours. Elle partit donc récupérer le téléphone pour le donner à Sam avant qu'il s'en aille.

Elle n'aimait pas l'idée qu'il ne soit pas joignable. Emily réprima un petit gloussement que Debbie interpréta comme une réaction de joie.

Dans l'allée du garage, Sam prit la main d'Emily et lui rendit discrètement son ancien téléphone. Désormais, le monde ne leur était plus hostile.

Tout avait changé depuis que Sam avait joué de la guitare devant son père.

Ses parents passèrent d'adversaires à fans inconditionnels. Ce soir-là, après avoir déposé Sam chez lui, Emily colla son oreille contre la porte de la cuisine pour les écouter. Son père parlait à toute vitesse d'un ton survolté.

– C'est un musicien-né. Un talent inné. Un innovateur. Il a la virtuosité de Jimi Hendrix. La sensibilité blues de Ry Cooder. C'est un petit génie !

Emily imagina sa mère en train de hocher la tête comme elle répondait avec enthousiasme :

– C'est vrai qu'il joue bien de la guitare…

– Non, l'interrompit Tim. Pas seulement. J'ignore comment Emily a fait sa connaissance. J'ignore d'où il vient, mais il ira loin !

Debbie parut soudain vouloir calmer l'emballement de son mari.

– Pour l'instant, ce n'est qu'un gamin. Il…

– Je veux l'inscrire au département de musique ! Il est scolarisé à domicile, il n'aura qu'à passer le GED[1]. Ce sera facile pour lui. Et ensuite…

---

1. General Education Development : examen portant sur cinq matières et permettant de prouver que le candidat a un niveau scolaire équivalent à celui d'un lycéen américain moyen.

Cette fois, ce fut au tour de Debbie de l'interrompre.

– Tim, tu vas un peu trop vite en besogne. Il faudrait au moins savoir s'il est d'accord. Et puis, les parents des enfants scolarisés à domicile ont souvent des principes très arrêtés en matière d'éducation. Tu devras d'abord en discuter avec son père. Tu…

Mais Tim Bell était têtu. Il avait déjà programmé l'avenir musical de Sam Smith.

Emily s'éloigna de la porte.

Son père avait de grands projets pour son petit ami. Les fans étaient bien plus encombrants que les adversaires, tout compte fait.

Plus que n'importe qui au monde, Riddle était sensible à la notion de changement. Il comprit donc avant son frère que celui-ci était en train de changer.

Le garçon se tenait dehors, en train d'observer une colonne de fourmis investissant une nouvelle fourmilière. Non loin, assis dans l'herbe, Sam parlait au téléphone. Mais Riddle ne l'écoutait pas. Il n'avait pas envie de l'entendre.

Il va et vient, maintenant. Mais quand il est là, il est loin. Donc même quand il revient, il est déjà parti.

Je le suis là où je peux, là où il me laisse le suivre.

Comme les fourmis qui marchent à la queue leu leu.

Parce que Sam est le seul qui compte.

Et si je le perds, il n'y aura plus rien.

Riddle baissa la tête et pressa son oreille gauche contre la terre rouge comme de l'argile. C'était froid et humide. Mais dans cette position, il pouvait encore mieux observer les fourmis.

Elles étaient à son niveau, désormais. Et vues d'aussi près, elles semblaient presque aveugles, se dirigeant uniquement à l'aide de leurs antennes.

Sam lui avait expliqué que les fourmis se déplaçaient uniquement pour chercher de la nourriture. Elles volaient aux autres fourmis et les capturaient pour en faire leurs esclaves. Le jeune garçon plissa les yeux, portant son regard au-delà des fourmis pour observer son frère.

Est-ce que quelqu'un a capturé mon Sam ?

Est-ce que c'est un esclave, maintenant ?

Tim et Debbie Bell souhaitaient rencontrer son père.

Sûrement pas.

Rien au monde ne pouvait permettre une chose pareille. Ils auraient beau lui demander, insister et lui redemander encore, non. Hors de question. Jamais de la vie.

Son père gâchait tout.

Chaque fois.

Systématiquement.

Le père d'Emily allait-il tout gâcher, lui aussi ?

Les Bell changèrent de stratégie et demandèrent à rencontrer son frère. Ils insistèrent encore et encore, si bien qu'il promit d'y réfléchir. Et au final, leur insistance eut raison de lui.

En rencontrant Riddle, ils comprendraient peut-être certaines choses. Ils verraient que Sam n'avait pas que sa propre vie à gérer.

Alors, peut-être, cesseraient-ils enfin de l'interroger en permanence. Il avait déjà assez de mal à répondre aux questions d'Emily.

S'il ne faisait pas ça pour elle, il aurait déjà jeté le téléphone portable et la montre sur la pelouse devant chez eux pour ne plus jamais revenir.

Que valait-il mieux faire : aller tous ensemble au restaurant, ou rester dîner à la maison ?

Où seraient-ils le plus à l'aise ?

Emily choisit la seconde option. Il y avait bien sûr le problème de son père, qui ne manquerait pas de vouloir entraîner Sam dans son studio, mais l'objectif de la soirée était de faire connaissance avec Riddle. Tim Bell serait bien obligé de jouer le jeu.

Depuis que Sam avait joué de la guitare devant lui, tout était chamboulé. C'était lui qui se comportait comme un ado amoureux avec Emily dans le rôle du parent responsable. Elle devait sans arrêt lui dire de ne pas aller trop vite, de calmer son enthousiasme. De ne pas exagérer la situation.

Ils avaient choisi le dimanche soir. Le dîner serait servi de bonne heure. Ce n'était encore que le printemps, mais ils dressèrent la table dans le jardin. Sam avait précisé que manger dehors serait moins intimidant pour son frère.

Il ne parlait jamais de son père, mais Emily avait fini par accepter son silence. Ils ne semblaient pas en très bons termes. Cela arrivait, parfois. Peut-être avait-il perdu sa mère. Peut-être reprochait-il à son père de ne pas bien s'être occupé d'elle. Ce genre de drame était fréquent à l'hôpital. Emily le tenait de sa mère, qui était bien placée pour le savoir.

Mais Sam était très différent avec son frère.

Il parlait de lui, par petites touches, en permanence. Et il s'inquiétait pour lui. Quand Emily comprit que c'était l'un des sujets qui l'angoissait le plus, elle se sentit encore plus proche de lui.

Elle sentait qu'il avait la responsabilité d'une autre personne. Il partageait ce qu'il pouvait. Or partager son petit frère avec elle signifiait beaucoup pour lui.

C'est ainsi qu'elle comprit que Sam tenait vraiment à elle.

Ils arrivèrent de bonne heure.

Le jour même, ils s'étaient rendus à la laverie automatique pour avoir des vêtements propres.

À midi, Sam avait laissé un billet de dix dollars traîner sur le comptoir fissuré de la cuisine, conscient que son père, voleur dans l'âme, disparaîtrait après avoir empoché l'argent. Cela leur permettrait de s'habiller et de quitter la maison tranquillement dans l'après-midi sans subir ses questions.

Ils prirent le bus pour traverser la ville. Riddle, son annuaire pressé contre lui, regarda par la vitre pendant tout le trajet ou presque, sans cligner des yeux. Sam lui avait expliqué qu'ils se rendaient chez sa nouvelle amie. Riddle l'avait déjà rencontrée. S'en souvenait-il ? Un soir, dehors, sous la pluie ?

Riddle s'en souvenait. Parce qu'il avait une excellente mémoire. Mais comme d'habitude, il n'en dit rien.

Ils dîneraient chez la nouvelle amie de Sam, puis ils rentreraient à la maison en bus.

Ce qu'il préférait par-dessus tout, c'était le bruit des freins quand le bus s'arrêtait. Un couinement suivi d'un gros soupir. Chaque fois, il souriait. Couinement. Soupir. Sourire. C'était comme une blague à répétition.

Sam observait son petit frère. À sa manière imprévisible, cet enfant était vraiment totalement prévisible.

Ils n'y seraient jamais arrivés sans le chien.

Riddle s'entendait bien mieux avec les animaux qu'avec les humains. Et grâce au chien des Bell, un vieux labrador fatigué de neuf ans prénommé Felix, il put tenir jusqu'à la fin du dîner.

Emily sortit les accueillir sur la pelouse avec le chien. Aussitôt, Riddle s'accroupit pour se mettre au même niveau que lui et ignora complètement la jeune fille.

Il hochait la tête de haut en bas, en même temps que Felix. Emily crut d'abord qu'il s'agissait d'une coïncidence, avant de comprendre qu'il imitait l'animal et anticipait ses mouvements.

Sam le laissa faire pendant un moment qui parut très long à Emily, puis déclara d'une voix douce et grave :

– Riddle, je te présente Emily. Je t'ai parlé d'elle, et tu l'as déjà rencontrée. Nous allons dîner ici, dans cette maison, avec Emily. J'aimerais que tu lui dises bonjour.

Sans interrompre son dialogue silencieux avec le labrador, Riddle leva brièvement la tête, croisa le regard d'Emily et détourna les yeux.

Il avait dit bonjour.

Une fois à l'intérieur, Riddle demeura au côté de Sam, l'air égal, toujours concentré sur le chien.

Tim et Debbie vinrent les accueillir et souhaiter la bienvenue à Riddle. Jared, qui attendait dans un coin de la pièce, à distance raisonnable, observa la scène. Riddle lui faisait un peu peur.

Après un long silence gêné, ils se dirigèrent vers la table du jardin tandis que Debbie regagnait la cuisine avec son mari pour aller chercher les plats.

Une fois seuls, ils firent le point à voix basse.

– Il a des problèmes de développement, analysa-t-elle. Autisme ? Syndrome d'Asperger, peut-être ?

Tim regarda par la fenêtre. Assis dehors, Sam, Emily et Jared étaient en pleine discussion. À côté de son frère, Riddle donnait des chips à Felix sous la table. Tim haussa les épaules.

– On le connaît à peine. C'est un peu tôt pour lui coller une étiquette, non ?

Mais Debbie croyait aux diagnostics spontanés. Et aux décisions rapides. Elle poursuivit :

– Il a un problème respiratoire, aussi. Il a de l'asthme. Sans doute un asthme combiné à des allergies. Je me demande quel type de traitement il suit. J'espère qu'il a un bon inhalateur.

Elle sortit les lasagnes brûlantes du four et les posa sur un plateau, puis continua à murmurer :

– Tu as vu ce vieil annuaire qu'il trimballe partout avec lui ? C'est comme un doudou, pour se rassurer.

Tim n'avait pas vu l'annuaire en question. Il faut dire qu'il remarquait rarement les détails, même quand sa femme les lui pointait du doigt. Il regarda à nouveau par la fenêtre, mais ne vit pas d'annuaire. Le gamin l'avait-il mis dans sa poche, ou était-ce plus gros ?

Quelques instants plus tard, ils ressortirent dans le jardin en apportant les lasagnes, la salade et le pain à l'ail.

Sam et Riddle n'étaient guère habitués à manger autre chose que des restes de fast-food ou de la nourriture cuite sur un réchaud.

Depuis des années, ils se nourrissaient exclusivement du genre d'aliments vendus aux caisses des stations-service.

Mais les lasagnes ressemblaient à des superspaghettis à la sauce bolognaise, alors ils les mangèrent.

Et dans le cas de Riddle, avec un coup de pouce de Felix.

Personne ne fit la moindre allusion au fait que la moitié de ce qui atterrissait sur son assiette finissait dans l'estomac du labrador. Jared tenta de le signaler à deux reprises, mais ses parents le firent taire chaque fois.

Emily avait bien spécifié à ses parents qu'il ne fallait surtout pas lui poser de questions. Mais c'était plus fort qu'eux. Et Sam répondit à la place de son frère.

Riddle ne semblait pas contrarié par leurs questions. Il mangea, nourrit le chien et but deux grands verres de lait glacé. Le lait était très froid à cause des deux glaçons qu'il avait mis dedans.

Après seulement dix-sept minutes, Debbie Bell apporta le dessert : un pain perdu. Elle n'en faisait qu'en de rares occasions, ce qui était un peu idiot, vu qu'il n'y avait pas plus simple à préparer. Emily se tourna vers Sam et Riddle.

– Ma mère est la championne du pain perdu, expliqua-t-elle. Plus les restes de pain sont durs, plus c'est bon !

Les deux frères échangèrent un regard. Ces gens mangeaient parfois des restes, comme eux ? Ils ne faisaient quand même pas les poubelles, non ? Sam et Riddle étaient des experts en la matière. Leur savoir surpassait même celui des éboueurs.

Debbie commença à servir tout le monde.

– Ce n'est pas nous qui avons inventé la recette, vous savez…

Emily prit le relais.

– Il suffit de tremper les restes de pain dans du lait sucré et de le faire cuire à la poêle avec du beurre.

– On peut ajouter tout ce qu'on veut, renchérit Debbie. De la cannelle, des pommes, du chocolat…

Emily était toute souriante. C'était bien la seule.

– Ça paraît fou de cuisiner du pain rassis, mais c'est tellement simple à faire !

Debbie tendit une assiette à Riddle.

– Et voilà pour toi…

Dès la première bouchée, il parut évident que Riddle aimait beaucoup le pain perdu. Il adorait le sucré et avait pris l'habitude de tromper sa faim en croquant des bonbons.

Dès que son assiette fut vide, il la tendit à Debbie. Il avait toujours l'air aussi sérieux, mais il souriait avec les yeux. Emily s'en aperçut. Et pour la première fois de la soirée, elle se sentit détendue.

Riddle n'avait pas donné un seul morceau de sa première assiettée de pain perdu au chien, ce qui expliquait en partie pourquoi il voulait une seconde portion. Il culpabilisait de ne pas avoir partagé avec Felix (lequel, deux heures plus tard, vomit dans un panier de chaussettes propres en vrac entreposé dans la buanderie).

Après le dîner, Jared disparut dans la maison et en revint avec un annuaire flambant neuf qu'il offrit à Riddle. Ce dernier, visiblement très content, alla jusqu'à regarder Jared en déclarant d'un ton désinvolte :

– J'en avais besoin d'un nouveau.

Il ouvrit alors son vieil annuaire pour lui montrer ses dizaines de dessins mécaniques compliqués. Jared s'approcha, fasciné. Il n'avait plus peur.

Tim Bell, libéré du carcan invisible dont l'avaient affublé sa femme et sa fille avant le dîner, partit chercher sa précieuse guitare ainsi qu'une basse. Il passa la Martin Marquis Madagascar à Sam et prit lui-même la basse. Il commençait à faire frais, mais ils restèrent quand même dehors pour jouer.

Riddle se lança de mémoire dans la reproduction d'un schéma montrant l'intérieur d'un missile de croisière qu'il avait vu dans un magazine. Jared n'en revenait pas. Il n'y avait pas le moindre missile de croisière dans leur jardin.

Debbie s'assit en face de lui pour le regarder dessiner.

Felix disparut dans la pénombre au fond du jardin pour aller grignoter de l'herbe dans l'espoir d'apaiser ses horribles douleurs d'estomac.

Et Emily, en observant tout ce petit monde, songea qu'ils étaient l'équivalent humain du pain perdu.

14

Onze jours plus tard, Bobby Ellis était plus que jamais investi dans sa toute première enquête. Il avait vérifié le statut immobilier de la maison sur Needle Lane et découvert qu'elle avait non seulement été saisie par la banque, mais qu'elle faisait l'objet d'un procès en propriété.

Comble du comble, lorsqu'il avait appelé la banque pour dire qu'il souhaitait louer la maison, on lui avait répondu qu'elle était insalubre à cause d'un problème de moisissure.

Bizarre.

Pourquoi était-elle quand même habitée ?

Bobby avait pour habitude de faire un peu de musculation après les cours. Mais ce jeudi-là, il décida d'aller poursuivre son enquête sur le terrain. Et cette fois, il toucha le jackpot.

Il quittait River Road pour bifurquer sur Needle Lane lorsqu'il reconnut les deux garçons sur le trottoir. Il gara sa voiture, et attendit.

Riddle avait pris son annuaire, le nouveau. Il transportait aussi un autre objet auquel il commençait à s'attacher encore plus : un inhalateur de Proventil.

Le soir du dîner, Debbie Bell avait insisté pour ramener elle-même les garçons en voiture. Riddle était très déçu de ne pas reprendre le bus qui couine mais, naturellement, il n'avait rien dit. Tous s'engouffrèrent dans la Subaru et comprirent très vite pourquoi Debbie tenait tant à prendre le volant.

Elle prit directement le chemin de l'hôpital. En comprenant ce qui se passait, Emily eut soudain aussi peur que Sam et son frère.

Debbie dut déployer des trésors de persuasion pour les convaincre de sortir tous les trois de la voiture. Après avoir montré son badge et expliqué qu'elle faisait visiter son lieu de travail à sa fille et ses amis, elle gagna la salle des urgences par une porte de service.

Le Dr Goldie Howard était de garde ce soir-là. Debbie l'appréciait particulièrement. C'était un médecin attentionné, mû par une vocation profonde pour son métier. En parfaite violation de toutes les règles de l'hôpital, Debbie lui demanda d'examiner Riddle. Rien qu'un petit service entre amies. Ou entre collègues. Sur le mode j'ai-une-grande-faveur-à-te-demander.

Ni paperasse, ni consentement parental, ni formulaires à remplir, juste un médecin examinant un enfant qui (mais ça, personne ne le savait) n'avait pas mis les pieds chez un pédiatre depuis ses derniers rappels de vaccin à l'âge de deux ans.

Riddle, qui garda le silence tout au long de sa séance de torture, ignora les questions du médecin. Son frère répondit à sa place.

Le Dr Howard parvint à la même conclusion que Debbie : le gamin était asthmatique. Et son asthme semblait aggravé par une forme d'allergie aiguë. Il devait impérativement consulter le Dr Wang, un spécialiste dont le cabinet était situé sur la Onzième Rue.

Elle rédigea une lettre de recommandation pour Riddle à l'attention du pneumologue, puis sortit deux inhalateurs de Proventil de la réserve pour les donner à Debbie après lui avoir fait signer une ordonnance au nom de Riddle Smith. Emily, qui connaissait bien le fils du Dr Howard, la remercia. Sam également.

En quittant la maison des Bell, Riddle avait emporté une part de pain perdu (emballée dans une feuille d'aluminium et placée dans une boîte en plastique) pour chez lui. Il avait refusé de le laisser dans la voiture et l'avait gardé avec lui tout au long de l'examen.

Le petit groupe dit au revoir au Dr Howard (excepté Riddle, qui resta muet) et sortit dans le couloir. Soudain, le jeune garçon s'arrêta. Il revint sur ses pas, s'approcha du médecin et, sans un mot, lui tendit sa part de pain perdu.

Mission accomplie.

Au onzième jour de sa cure de Proventil, Riddle avait le sentiment de pouvoir respirer. Les glaires épaisses qui lui tapissaient le fond de la gorge et l'intérieur de la poitrine comme une grosse boule d'air liquide avaient considérablement diminué.

Il se sentait dans un état très curieux.

Comme si quelqu'un s'était assis sur son torse pendant dix ans et avait soudain décidé de s'en aller. Riddle s'était tellement habitué à l'oppression, au manque d'air, à la sensation d'écrasement qu'il ressentait à chaque inspiration, que cet afflux soudain d'oxygène lui donnait presque le tournis.

En regardant son frère, Sam se demanda s'il était resté muet toutes ces années à cause de sa difficulté à respirer.

Car voilà qu'il s'était mis à parler.

Il pouvait enfin dire ce qu'il pensait, et pas seulement s'exprimer en cas d'urgence ou de panique. Il se répétait beaucoup, parfois de manière obsessionnelle. Mais il ne ressemblait plus à un poisson en train de s'asphyxier hors de l'eau, la bouche ouverte. Il ressemblait à un enfant avec des idées et des opinions qu'il souhaitait faire partager. Parfois en boucle.

Ce matin-là, ils s'étaient levés tard. Ils avaient avalé une demi-boîte de céréales périmées (sans lait) et bu chacun un Pepsi avant de se rendre à la décharge.

Sam passa une heure à aider un type énervé qui avait une

remorque pleine de meubles à la suite d'une expulsion. Le type lui donna trois dollars. C'était mieux que rien, mais pas non plus de quoi se payer un bon repas.

En marchant sur le trottoir de Needle Lane, Sam et Riddle ignoraient qu'ils étaient observés par Bobby Ellis. L'impasse avait souvent été inondée avant que le corps des ingénieurs de l'armée des États-Unis vienne installer le réservoir et, malgré le passage des années, les lieux en avaient conservé la mémoire. La terre était molle, rendue fertile par les crues à répétition, et des mauvaises herbes poussaient un peu partout.

Les maisons construites le long de Needle Lane dataient pour la plupart des années quarante. Certaines étaient vides ; aucune n'était bien entretenue. L'un des voisins s'était fait arrêter pour trafic de drogue au mois de septembre. Quelqu'un avait tagué un smiley géant sur la façade latérale de sa maison.

Riddle brandit soudain son inhalateur en disant :

– Qu'est-ce qu'on fera quand il sera vide ?

Sam réfléchit.

– Tu en as un deuxième.

Cette réponse ne parut pas satisfaire son frère.

– Et quand le deuxième sera vide ?

– Tu en auras un autre, répondit Sam.

Riddle parut troublé.

– Par la dame au pain sucré ?

Sam hocha la tête.

– C'est la maman d'Emily. Elle s'appelle Debbie. Debbie Bell. Tu connais son nom.

Riddle ne semblait pas rassuré.

– Et quand il nous obligera à partir ? Quand on ne pourra plus voir Debbie Bell, la dame au pain sucré ?

Cette fois, ce fut au tour de Sam de s'inquiéter. Il n'avait pas la moindre idée de ce qu'ils feraient quand Clarence sonnerait l'heure du départ.

Sam regarda son petit frère. Pour une fois, il n'avait pas de réponse.

Bobby vit les deux garçons entrer dans la dernière maison au fond. Quelques instants plus tard, une fourgonnette noire s'engagea dans l'impasse. Bobby se tassa sur son siège et fit semblant de lire la pile de documents posée à côté de lui. La fourgonnette le dépassa et s'engagea dans l'allée du garage de la maison du fond.

La carrosserie du véhicule était dans un sale état. Un homme en descendit. La quarantaine, grand, silhouette maigre et anguleuse.

Bobby sortit précipitamment son téléphone portable de son sac à dos et, comme l'inconnu se dirigeait vers l'arrière de la maison, il le prit en photo.

Il brandissait encore l'appareil quand l'homme fit volte-face. Bobby prit une autre photo. L'homme le regardait fixement, d'un air de défiance. Bobby lâcha son téléphone et démarra son 4×4. L'homme reprit son chemin vers l'arrière de la maison et Bobby enfonça la pédale de l'accélérateur pour s'éloigner rapidement, tout en espérant ne pas donner l'impression qu'il prenait la fuite.

Tenant le volant d'une main, il griffonna de l'autre sur le plan de la ville posé à côté de lui : *Plaque d'immatriculation n° 7 MMS 924.*

Et puis, parce qu'on lui avait appris à le faire, il nota rapidement que la carrosserie était abîmée en deux endroits distincts à l'arrière du véhicule et que le rétroviseur côté passager était fêlé.

C'est seulement trois carrefours plus loin, arrêté à un stop, qu'il prit le temps de regarder la seconde photo.

L'homme était tout petit sur l'image. Plongé dans l'ombre. Mais même de loin, il était intimidant.

Sam s'intéressait pas mal à cette histoire d'école. Pour lui. Et pour son frère.

Mais il s'intéressait à toutes sortes de choses inaccessibles. Il avait toujours rêvé de marcher sur la Lune, ça ne voulait pas dire qu'il avait entrepris des démarches pour le faire.

Sauf que cette fois, quelqu'un se proposait d'entreprendre la démarche à sa place.

Tim Bell était obsédé par le sort de Sam.

Debbie Bell était obsédée par le sort de Riddle.

Jared Bell était impressionné par Sam et un peu effrayé par les dessins délirants de son frère.

Felix s'était pris d'affection pour Sam et adorait Riddle. Mais son obsession principale était un setter anglais femelle prénommé Cricket et vivant trois maisons plus loin.

Quant à Emily Bell, elle avait de plus en plus de mal à contrôler la situation. Elle était un peu effarée par la réaction de sa propre famille. Comment avaient-ils pu en arriver là?

En rentrant le mardi soir, après les cours, elle trouva une maison vide. Jared avait entraînement de basket. Ses parents étaient toujours au travail. Elle avait envoyé un SMS à Sam, mais il ne lui avait pas encore répondu.

Elle fit rentrer le chien et alla dans la cuisine se faire une tartine. L'ordinateur portable de sa mère était posé là. Elle l'ouvrit. Autant en profiter pour aller sur Internet sans avoir à monter dans sa chambre.

La page que Debbie Bell avait consultée en dernier s'afficha à l'écran. Emily lut:

Voici les démarches administratives pour inscrire votre enfant dans notre établissement scolaire.

Preuves de l'âge, de l'identité, du lieu de résidence et du statut vaccinal de l'enfant
Merci de nous fournir au moins l'un des documents suivants:

- certificat de naissance
- passeport/visa
- certificat hospitalier
- certificat médical
- attestation parentale : document certifié conforme

Preuve d'identité de la personne inscrivant l'enfant

La personne inscrivant l'enfant doit décliner son identité et fournir la preuve de sa relation légale à l'enfant. Si vous n'êtes ni le père, ni la mère, ni le tuteur légal, merci de remplir le formulaire OCRM 335-73s et de fournir au moins l'un des éléments suivants :
- pièce d'identité avec photo
- permis de conduire
- passeport
- carte de séjour permanente
- papiers de naturalisation
- certificat de naissance
- attestation du tribunal pour mineurs
- attestation de divorce ou de séparation

Attestations de domicile acceptées

– Si vous êtes propriétaire : copie du dernier avis de taxe foncière.

– Si vous êtes locataire : copie du bail (s'il a été signé depuis moins d'un an). Si le bail remonte à plus d'un an, fournir en plus une quittance récente.

– Si vous êtes sans domicile fixe : vous trouverez dans votre mairie les documents nécessaires afin d'entamer vos démarches.

Visite médicale et vaccination

Tous les élèves entrant dans un établissement scolaire public doivent passer une visite médicale, qu'ils s'inscrivent à l'école pour la première fois ou qu'ils soient transférés d'une école privée. La visite médicale a lieu obligatoirement avant l'inscription de l'élève.

Statut vaccinal de l'enfant

Emily referma l'ordinateur. Elle prit son portable et envoya un SMS à Sam :

J'ai besoin de te parler.

15

L'erreur de Sam fut de prendre une douche.

Il faut dire qu'il était couvert de poussière et de sueur après avoir déchargé des encombrants à la décharge publique. Cela ne le dérangeait pas, avant. Mais maintenant, oui.

Clarence entra par la porte de derrière et entendit l'eau couler. La pression dans la douche était très mauvaise, à peine un filet d'eau, si bien qu'il fallait du temps et de la patience pour se décrasser.

Il avisa une pile de vêtements propres posés sur une boîte en carton dans le couloir. Le gamin passait sa vie à la laverie automatique, ces derniers temps. Ça ne lui ressemblait pas. Et il se douchait jusqu'à deux fois par jour. Peut-être commençait-il enfin à suivre l'exemple de son père.

Car si Clarence avait une qualité, c'était bien celle-là: il était toujours impeccable.

Question de tactique.

Quand vous avez une présentation irréprochable, on a tendance à penser que vous l'êtes aussi. Certes, l'habit ne fait pas le moine, tout le monde sait ça, mais c'est plus fort qu'eux: les gens ne peuvent pas s'empêcher de se fier aux apparences.

Ainsi, Clarence avait beau ne pas nourrir ses fils, les avoir déscolarisés, arrachés à leur mère et à leur maison criblée de dettes pour passer dix ans à vivre comme un voleur et un fugitif à travers tout le pays, il prenait soin de se raser chaque matin et de toujours avoir l'air propre.

Il se fichait pas mal de l'apparence des garçons, en revanche. Mais eux semblaient maintenant s'en soucier. Quand ils étaient plus petits, et entièrement sous son contrôle, les choses se passaient autrement.

Clarence entendit Riddle dans l'autre pièce.

Il chantonnait. Il s'était mis à émettre des sons, depuis peu. Pas comme ses sifflements et ses ronflements habituels. Non, de vrais sons. Comme cet air qu'il fredonnait.

Clarence n'avait pas souvenir de cela. Peut-être avait-il enfin quitté la phase morve au nez. Il avait toujours su que le gamin finirait par grandir et guérir tout seul. Ne le disait-il pas depuis des années ? Hein ?

Les gens croyaient que la médecine avait réponse à tout. Voilà où en était la société, de nos jours. Vous avez un problème ? Trouvez le moyen de laisser un laboratoire pharmaceutique se faire de l'argent sur votre dos. N'avaient-ils pas essayé de lui refiler cette saleté, en prison ? C'était quoi, déjà ? Une pilule bleue ? Impossible de s'en souvenir. Mais il savait mieux que ces idiots en blouse blanche ce qui était bon pour lui.

Laisser la nature faire son travail. L'eau au repos est toujours parfaitement plate. Même l'eau impure.

À quoi pouvait bien jouer le gamin dans la pièce d'à côté ? Était-il en train de chanter ? Articulait-il de vrais mots, à présent ?

Si seulement Riddle pouvait se concentrer sur ce qu'il faisait.

Ou plutôt, se concentrer sur les ordres que voulait lui donner son père. Et balancer son annuaire à la poubelle n'y changeait rien. Il avait bien essayé, deux ans auparavant. Le gosse avait chialé pendant six mois ou presque. Clarence n'était pas près de refaire une telle erreur. L'entendre s'étouffer à moitié, le tee-shirt trempé de morve et de larmes, était un vrai calvaire.

Il irait vérifier ce que fabriquait le petit dès qu'il aurait élucidé pourquoi le grand était encore sous la douche. Rien de plus facile : le verrou de la salle de bains était cassé. Lentement, il ouvrit la porte. Sam, derrière le rideau en plastique gris constellé de moisissures, ne l'entendit ni ne le vit entrer. Tant mieux.

Clarence se félicita intérieurement pour sa discrétion. Il n'avait pas perdu la main. Il promena son regard autour de la pièce. Sam avait plié ses vêtements sur le couvercle abaissé des toilettes. Clarence trouva ce détail étrange. Ils auraient dû être en tas, par terre.

Le gamin lui cachait forcément quelque chose.

D'un geste, Clarence rafla la pile de vêtements et ressortit.

Il sut tout de suite que le pantalon avait quelque chose dans les poches, rien qu'à sentir son poids. Il fouilla la poche de devant et découvrit un téléphone portable.

Comment ça, le môme avait un téléphone portable ?

L'avait-il volé ? Commençait-il enfin à s'y mettre, lui aussi ?

Clarence examina l'appareil. Ce n'était pas un modèle très coûteux. Et les portables étaient difficiles à revendre, de toute manière. Il faudrait qu'il explique au gamin que lorsqu'on se donne la peine de fracturer une voiture ou de voler le sac de sport de quelqu'un, c'est bien pour en tirer du fric.

Clarence allait reposer le téléphone quand il vit un SMS en attente sur l'écran. Il appuya sur le bouton et le contenu du message apparut :

J'ai besoin de te parler.

Clarence se demanda si Sam n'avait pas plutôt volé un sac à main. C'était bien le genre de truc typique d'un téléphone de fille. « J'ai besoin ». Du vocabulaire de nana tout craché.

Il parcourut les messages précédents :

Ça vous dirait de venir dîner, toi et Riddle ?

Clarence se figea net. Il vérifia le nom de l'expéditeur en haut de l'écran. Emily.

Ça vous dirait de venir dîner, toi et Riddle ?

Qu'est-ce que c'était que cette histoire ?

Clarence regarda fixement sa main. Il sentait l'adrénaline se répandre en lui comme un shot de tequila dans un estomac vide.

Réfléchir. Vite.

Ses voix se mirent à lui parler.

Repose-le.

Clarence replaça le téléphone dans la poche du pantalon, agrippa la poignée de la porte, la tourna sans un bruit et, en à peine quatre secondes, remit la pile de vêtements sur le couvercle des toilettes. Après quoi il referma la porte à l'instant même où la douche cessa de couler.

Parfait.

Il avait évité le traître de justesse.

Rouge de colère, Clarence sortit de la maison par la porte de derrière et rejoignit sa fourgonnette. Une fois assis à l'intérieur, il s'alluma une cigarette. Il avait besoin de remettre de l'ordre dans ses idées.

Ces deux morveux lui faisaient des cachotteries. Sales petits menteurs.

Clarence haïssait les menteurs.

Il aurait dû se douter qu'il y avait une fille là-dessous.

Depuis quelque temps, les deux gamins avaient pris l'habitude de s'absenter pendant des heures. Et ce n'était pas pour aller voler des trucs, ce qu'il aurait d'ailleurs approuvé. Non, c'était pour retrouver quelqu'un.

Il aurait dû interpréter les signes. Quand les changements avaient-ils commencé ?

D'abord, les coupes de cheveux. Puis les vêtements propres.

Sam avait donc rencontré une fille. Une fille sûrement friquée, puisqu'elle lui avait donné un téléphone portable.

Plus il retournait tout ça dans sa tête, plus il sentait la colère monter.

Il devrait récupérer le fusil au fond de la fourgonnette, retourner à l'intérieur et leur coller la trouille de leur vie. Voilà ce qu'il devrait faire. Il plongea son bras vers l'arrière pour s'emparer de l'arme et la soupesa. Son pouls s'accéléra. Il leur montrerait qui était le patron, ici.

Mais non, voyons.

Réfléchis. Réfléchis. Réfléchis.

Il posa le fusil sur le siège à côté de lui. Les voix lui parlaient en chœur.

Pourquoi ne pas décamper tout de suite ? Il n'avait qu'à rassembler ses affaires, embarquer les gosses de force et en deux temps, trois mouvements, ils seraient déjà loin dans un autre État.

Mais non, voyons.

Il y avait peut-être une opportunité à saisir. Une *leçon à tirer* de tout ça, pour reprendre l'expression d'une bonne femme à la radio. Il allait leur montrer qui était le patron.

Pour l'instant, ils ne se doutaient de rien.

Le serpent frapperait le premier.

Après avoir pris la photo, Bobby se rendit au bureau de ses parents.

À l'étage, Merle Kleinglove était assise derrière le guichet d'accueil. Elle s'occupait de la comptabilité, du standard téléphonique et du secrétariat. Merle connaissait Bobby depuis qu'il était bébé et, comme tout le monde, elle l'adorait.

Elle le regarda franchir l'entrée. Quel beau jeune homme ! Chaussures de course dernier cri. Tee-shirt acheté sur ce site Internet qu'aimait particulièrement son père. Jean taillé dans du denim de qualité supérieure, plus doux et plus léger.

Il était gâté.

Merle réglait les factures, elle savait ce genre de choses. Tout ce que le gamin voulait, il l'obtenait. Mais il fallait bien admettre que ses parents le poussaient à la surenchère.

Bobby n'avait rien demandé. Ce n'était quand même pas sa faute s'il était fils unique, que ses parents gagnaient bien leur vie et qu'ils avaient préféré lui offrir une voiture plutôt que de s'en racheter une nouvelle.

Mais tout de même… Merle lui adressa un large sourire et précisa qu'il restait une boîte de donuts à demi entamée dans la cuisine. Sa mère s'était absentée, mais elle n'allait pas tarder.

Bobby, toujours poli, la remercia, mais partit dans la direction opposée.

Ils avaient des contacts.

C'était l'une des choses les plus importantes pour un enquêteur. Et comme sa mère avait pour habitude d'offrir chaque Noël des bouteilles de scotch single malt de vingt ans d'âge à tous ses amis du poste de police, ils se sentaient toujours redevables envers elle.

Ce n'était pas la première fois que Bobby vérifiait une plaque d'immatriculation. Ni le statut immobilier d'une maison. Mais c'était la première fois qu'il se sentait aussi impliqué dans ses recherches.

Il s'assit au bureau de sa mère et envoya un e-mail depuis son ordinateur. À peine trois minutes plus tard, il recevait une réponse.

La plaque minéralogique qu'il avait notée correspondait à une Honda Sedan vieille de deux ans et appartenant à un certain Evan Scheuer, résidant du comté central de l'État de Pennsylvanie.

Bobby consulta la base de données téléphoniques de sa mère à la recherche de cet Evan Scheuer et découvrit qu'il vivait à plus de trois cents kilomètres, dans une ville du nom de Baxton. De toute évidence, la fourgonnette noire n'avait rien d'une Honda Sedan, mais Bobby prit quand même la peine de téléphoner à Evan Scheuer.

Au bout de deux sonneries, on décrocha.

– Allô !

Bobby prit une voix encore plus grave qu'au naturel, adoptant le ton sûr de lui et légèrement autoritaire qu'il avait si souvent entendu chez ses parents dans l'exercice de leur métier.

– Bonjour. Ici Andrew Miller, département des immatriculations. Je vous appelle au sujet du véhicule n° 7-M-M-S–9-2-4. Il s'agit d'une Honda Sedan immatriculée à votre nom.

La voix à l'autre bout du fil n'était ni amicale, ni hostile.

– Cette voiture a été complètement détruite lors d'un accident l'an dernier sur la Route 99.

Bobby acquiesça. Bingo.

Il aurait pu en rester là et raccrocher, mais il continua, juste pour le plaisir de jouer à Andrew Miller du département des immatriculations.

– Bien sûr, Mr. Scheuer. Nous étions au courant pour votre accident. Si je vous appelle, c'est parce que votre plaque minéralogique semble actuellement en possession de quelqu'un d'autre, et nous nous apprêtons à lancer une procédure contre cette personne. Nous aurions besoin d'une attestation sous serment signée de votre main.

Cette fois, il avait toute l'attention d'Evan Scheuer. L'expression «attestation sous serment» avait un pouvoir fou sur les gens.

– Bien sûr, pas de problème.

Bobby s'amusait tellement qu'il oublia de reprendre sa voix grave en concluant :

– Merci infiniment, monsieur. Nous vous tiendrons au courant de l'évolution du dossier.

On aurait dit une tout autre personne. Mais tant pis. C'était quand même lui qui menait la danse. Il raccrocha et se renfonça dans son fauteuil.

Emily Bell avait donc jeté son dévolu sur un mec qui squattait une baraque insalubre sur Needle Lane. Un mec dont le père (l'homme flippant à la fourgonnette noire ne lui ressemblait-il pas comme deux gouttes d'eau ?) conduisait un véhicule doté de plaques d'immatriculation volées, ce qui constituait au moins un délit au cinquième degré pour « soustraction frauduleuse du bien d'autrui ».

Pas mal.

Bobby se leva et sortit du bureau. Il avait très envie de l'un de ces donuts au chocolat avec glaçage et vermicelles colorés qui l'attendaient dans la cuisine.

Il se dit qu'il avait bien mérité ça.

16

Sam et Riddle sortirent par la porte de derrière. La nuit était tombée. Ils contournaient la fourgonnette par l'avant quand, soudain, la portière côté conducteur s'ouvrit, heurtant Sam au niveau des genoux.

Le jeune homme tituba en arrière avec une grimace de douleur. À côté de lui, Riddle sursauta comme un chat effrayé dans le noir.

Clarence surgit derrière la porte ouverte du véhicule et les regarda fixement. D'une voix étranglée, mais parfaitement maîtrisée, il leur demanda:

– Où est-ce que vous allez comme ça?

Sam étudia son père. Il était séparé de lui par la portière et tenait son fusil à la main.

– Chercher de quoi manger.

Clarence ne bougea pas un muscle. La portière et lui formaient un rempart empêchant quiconque d'avancer.

– Ah oui? Et où ça?

Sam continua à regarder son père calmement. Au reste du monde, il était incapable de mentir mais, à son père, il avait du mal à dire la vérité.

– On commencera par la supérette.

Clarence examina ses fils. Riddle avait les yeux perdus dans le vide, la tête penchée bizarrement.

Mais Sam soutenait toujours le regard de son père.

C'était une stratégie.

Clarence finit par renoncer et referma la portière. Sam se glissa tant bien que mal à travers l'interstice entre la fourgonnette et la façade écaillée de la vieille maison, Riddle sur ses talons. Au passage, sans ralentir, il scruta l'arme entre les mains tremblantes de son père.

Quelques instants plus tard, les deux garçons s'éloignaient le long du trottoir.

Clarence attendit qu'ils aient atteint le bout de la rue. Puis il reposa son fusil sur le siège de la fourgonnette, et les suivit.

Tapi dans l'ombre des buissons et des haies, loin du rebord du trottoir, Clarence suivit ses fils jusqu'à River Road. Ils franchirent les quatre voies de circulation et longèrent encore deux pâtés de maisons pour atteindre un arrêt de bus.

Ils prenaient donc le bus.

Ils s'aventuraient hors du quartier.

Voilà qui devenait encore plus intéressant.

Clarence fit demi-tour et rentra chez lui au petit trot.

Va vite, mais sans te presser.

Moins de cinq minutes plus tard, il était à nouveau sur River Road, cette fois au volant de sa fourgonnette.

Comme il l'espérait, la chance lui sourit. De loin, il vit les deux garçons encore plantés à l'arrêt de bus, en train d'attendre.

Clarence prit la direction opposée, roula jusqu'au premier feu, fit demi-tour et se gara le long du trottoir, non loin de l'enseigne lumineuse d'un marchand de spiritueux.

Quand le bus arriva en cahotant, huit minutes plus tard, il laissa passer trois voitures. Puis il redémarra pour le suivre.

Assis derrière son volant, Clarence observait la maison. Un chien en était sorti. Il avait horreur des clébards. Engraisser un animal de compagnie, c'est engraisser un vétérinaire. Puis, quelques secondes plus tard, une jolie fille était apparue sur le perron. Était-ce la fameuse Emily ? Les garçons étaient entrés, et la jolie fille avait pris Sam par la main. Écœurant.

Clarence plongea son bras sous son siège pour exhumer un vieux flacon en plastique marron – du sirop pour la toux sur ordonnance volé à son propriétaire – et but la mixture violette comme s'il avalait une rasade de whisky. La codéine était son amie dans ce monde hostile.

Il se tourna à nouveau vers la maison. Ces gens avaient du blé, pour sûr. Mais comment Sam les avait-il rencontrés ? Et comment diable avait-il réussi à faire entrer Riddle ?

Sûrement grâce à son physique. Sam était beau garçon, ça ne faisait pas un pli. Et de toute évidence, ça vous ouvrait des portes. Dans les quartiers chics. Des portes qui ne s'ouvriraient jamais pour John Smith ou Clarence Border.

Il se mit à grincer des dents. Fort. Puis jeta un coup d'œil au fusil coincé sous son siège. Il devrait entrer là-dedans et leur montrer qui était le patron. Ces gosses étaient à lui. Il les avait élevés seul, sans personne. Il avait tout sacrifié pour eux.

Mais ses voix lui dirent :

Non, attends.

Pas maintenant.

Le savoir, c'était le pouvoir. Mieux valait se renseigner un peu mieux avant de passer à l'action.

Sam et Emily étaient assis dehors, à la table du jardin. Riddle et Felix étaient restés à l'intérieur.

La jeune fille n'avait pas dit à sa mère ce qu'elle avait vu sur Internet à propos de l'inscription à l'école. Elle voulait d'abord en parler à Sam. Mais avant même qu'elle ouvre la bouche, il annonça :

– Mon père a trouvé le téléphone.

Emily attendit la suite. Était-ce une bonne ou une mauvaise nouvelle ? À voir l'expression sur son visage, elle opta pour la seconde réponse. Sam finit par reprendre la parole :

– Il ne sait pas que je l'ai vu fouiller dans mes affaires pendant que j'étais sous la douche. Mais il l'a forcément trouvé. Et maintenant, il va faire des histoires.

Emily fronça les sourcils.

– Quel genre d'histoires ?

Clarence était imprévisible. Sam n'avait aucun moyen de savoir ce qu'il mijotait. Mais il émit une hypothèse.

– Il nous obligera à quitter la ville. Tous les trois, dans sa fourgonnette.

Emily ouvrit de grands yeux. Mais de quoi parlait-il ?

– Tu vas déménager à cause d'un téléphone ? Ça ne tient pas debout…

Sam eut une hésitation. Emily le dévisagea. Il ne semblait pas décidé à s'exprimer. Elle le fit donc à sa place :

– Mais enfin, c'est dingue !

Bien sûr que oui. Complètement dingue. Et pour la première fois, grâce à la famille Bell, Sam se rendait compte à quel point. Parce que, avant de les rencontrer, il ignorait que le monde puisse être *autrement* que dingue.

Emily s'efforçait de comprendre :

– C'est un délire religieux, c'est ça ? Ton père fait partie de ces gens qui sont, genre, contre l'électricité, ou qui refusent la technologie ?

Sam garda le silence. Ça n'avait rien à voir avec Dieu ou la technologie. Rien à voir avec une philosophie ou une manière de penser. Et encore moins avec un système de croyance.

Comment expliquer que son père faisait partie de ces gens qui ne croient en rien d'autre qu'eux-mêmes ?

Comment appelait-on ces gens-là ?

Assis sur un tabouret, Riddle était occupé à équeuter soigneusement les haricots verts pendant que Debbie ajoutait trois cuillerées de moutarde à sa salade de pommes de terre.

C'était devenu leur petit rituel. Il préparait, elle mélangeait.

Debbie dit en riant à son mari qu'elle avait toujours rêvé d'un assistant comme Riddle. Il adorait nettoyer et couper les légumes. Il aimait mélanger la sauce, laver les casseroles et les poêles. Mais surtout, il aimait passer du temps bien au chaud dans la cuisine pendant que le repas se préparait et que Debbie lui expliquait d'une voix douce les étapes de la recette.

– J'assaisonne les pommes de terre à la moutarde. Et à l'huile d'olive. Ensuite, on les fera cuire à four très chaud, et la couche de moutarde qui recouvre les pommes de terre va devenir toute craquante…

Elle avait appris cette technique aux urgences.

Le simple fait d'écouter quelqu'un parler, si le ton de sa voix était juste au bon niveau, avait un pouvoir apaisant. Cela jouait à moitié sur la distraction, et à moitié sur le réconfort sonore. Debbie savait exactement ce qu'elle faisait.

Avec Felix scotché à ses pieds pour ramasser les restes tombés (exprès ou non) par terre et Debbie qui se déplaçait dans la cuisine, le tout créait une sorte de ballet autour de Riddle.

Debbie le sortait – presque littéralement – du monde qu'il connaissait pour le plonger dans un environnement entièrement nouveau. Elle était parvenue à la conclusion que l'essentiel de ses déficiences était lié au langage. Mais elle soupçonnait aussi son asthme chronique et ses allergies multiples d'avoir freiné son développement.

Elle était loin de se douter qu'il avait été cloîtré dans un monde restreint où n'existaient que son frère et les objets mécaniques qui le passionnaient.

Mais il commençait tout juste à en sortir.

Le vœu le plus cher de Debbie était de les inscrire tous les deux à l'école. Elle n'avait pas pu avoir de place chez le pneumologue avant deux semaines mais, au moins, le rendez-vous était fixé.

Et elle avait aussi pris contact avec un psychologue pour enfants.

Emily ignorait tout cela. Ainsi que son mari. Et même Sam.

Emmener Riddle se faire examiner par une collègue qui travaillait aux urgences, c'était une chose. Mais comment ferait-elle pour remplir les papiers administratifs dans un cabinet médical normal ? Comment justifierait-elle ses relations avec Riddle ? Amie de la famille ? Tante ? Marraine ? Mère de la petite amie de son frère ?

Et qui paierait les consultations ?

Debbie répondrait à ces questions en temps voulu. C'était également ce qu'on vous apprenait aux urgences : gérer les problèmes l'un après l'autre.

D'abord, il fallait qu'elle gagne la confiance du petit. Voilà pourquoi ils passaient tout ce temps ensemble dans la cuisine.

Et ça fonctionnait.

Tim était en retard.

Le jeudi, il n'avait pas cours. Il recevait à son bureau. Ces quelques heures de permanence étaient censées permettre aux étudiants de venir parler musique, mais ils venaient surtout discuter de leurs notes. Tous voulaient décrocher un A. Même ceux qui avaient pris musique par hasard espéraient obtenir la meilleure note.

Tim réalisa qu'il était de mauvaise humeur.

Quelqu'un lui avait dit un jour que le pire job intellectuel au monde était prof de musique au lycée : ce sont des passionnés qui l'enseignent, or ils doivent passer huit heures par jour à écouter des gamins la massacrer.

Lui, au moins, enseignait la musique à la fac. Ses étudiants n'étaient pas obligés de jouer sur des flûtes en plastique.

Mais ils étaient peu nombreux à partager son amour pour ce qu'il chérissait le plus au monde (en dehors de sa famille). Et bien trop nombreux à s'être inscrits en option musique comme ils auraient commandé un plat sur un menu qu'ils n'avaient pas choisi, le revolver de leurs parents pressé sur leur tempe.

Et puis, il y avait Sam.

Il comprenait la musique ; il l'aimait avec une pureté que Tim Bell n'avait jamais vue chez aucun de ses étudiants.

Sam n'était pas juste un excellent musicien. Il y avait autre chose. Il avait créé son propre langage musical.

Ce gosse possédait un don qu'il avait laissé mûrir et s'épanouir au milieu d'un désert de solitude, ce qui lui avait permis de développer un style unique. Il n'attendait ni compliments ni récompenses. Et pour autant que Tim puisse en juger, il était totalement étranger au concept de résultats et de notes.

Peut-être la scolarisation à domicile avait-elle du bon, au fond.

Et si cette méthode d'éducation recelait un formidable secret ? Tim aurait aimé en parler au père du gamin. Si ça se trouve, c'était une sorte de génie pédagogique ! Sam avait la musique, Riddle le dessin… Comment ces enfants avaient-ils été élevés ?

Voilà un adolescent qui ne connaissait pas le solfège, n'avait jamais pris le moindre cours de guitare, et qui se servait de son instrument avec une inventivité totale.

Tim monta le volume du lecteur CD de sa voiture. Ali Farka Touré. Un chant grave mis en valeur par un accompagnement musical minimaliste. Il tourna dans sa rue et passa sans la voir devant la fourgonnette noire stationnée à quelques dizaines de mètres de chez lui. Il se gara dans l'allée, coupa le moteur, récupéra sa besace et se dirigea vers la porte d'entrée.

Enfin de retour.

Tim Bell réalisa qu'il souriait, maintenant. Voilà ce qui lui arrivait chaque fois qu'il repensait à ce gamin et à son potentiel.

Immense.

Tel était l'avenir que Sam Smith avait devant lui.

Clarence sortit de sa fourgonnette et se dirigea vers la maison de la famille Bell. Arrivé à la hauteur de la Subaru garée dans l'allée, il sortit un couteau de sa poche.

La lame se terminait par un crochet dentelé. D'un geste expert,

Clarence l'inséra entre la vitre du véhicule et le ruban de caoutchouc à sa base pour soulever la tige du mécanisme de fermeture.

D'un mouvement subtil du poignet, il ouvrit la portière.

Dans la maison, Felix quitta la cuisine pour se rendre à la fenêtre du salon. Apercevant une silhouette dans l'allée du garage, il pencha la tête et lança son aboiement d'urgence.

Assis devant la télé, Jared lui cria de se taire.

Peu intimidé par les aboiements éphémères du chien, Clarence se glissa à l'intérieur de la Subaru. Première chose : la carte grise du véhicule. Il la trouva dans la boîte à gants.

Timothy Duncan Bell

Il fourra le document dans la poche de sa veste et promena rapidement son regard autour de lui. Pastilles mentholées. Pièces de monnaie pour parcmètres. Programmes de concerts à l'université. Baume hydratant pour les lèvres. Bouteille d'eau à moitié vide. Coupe-vent sur la banquette arrière. Lotion solaire. Médiator pour guitare. Quelques CD.

Clarence rafla le tout et mit son butin dans un sac en plastique. Puis, de l'étui fixé autour de son mollet, il sortit un couteau à lame de douze centimètres.

Se tournant vers le siège passager, il trancha le cuir comme s'il ouvrait le ventre d'un animal mort. Il se dirigea ensuite vers l'arrière du véhicule, où il enfonça son couteau dans le pneu gauche.

Satisfait de son travail, il ressortit la lame du pneu et repartit en direction de sa fourgonnette.

Il avait le sourire aux lèvres.

Il venait de faire connaissance avec Tim Bell. Dommage qu'il n'ait pas eu le temps de se présenter aux autres membres de la famille.

17

Emily avait perdu l'appétit.

Du bout de sa fourchette, elle repoussait la nourriture tout en se demandant quoi faire.

Elle jeta un regard rapide autour de la table. Chaque fois que sa mère prenait la parole, Riddle la regardait avec intérêt. Cela aurait suffi à combler Emily de joie si elle ne s'était pas rongé les sangs à cause du père de Sam. Qui était ce dingue hostile à un objet aussi banal qu'un téléphone portable ? Et pourquoi découvrait-elle seulement maintenant à quel point il était fou à lier ?

Devrait-elle en parler à ses parents ? Ce soir, pendant le dîner ? Était-ce vraiment la chose à faire devant Riddle et Jared ? Et quand son père, qui s'était lancé dans une tirade interminable à propos d'un musicien nommé Ali Farka Touré, finirait-il enfin son assiette ?

Emily décida d'en toucher deux mots à sa mère juste après le repas. Que Sam le veuille ou non.

Mais elle n'eut pas cette chance.

Tim partit chercher un CD dans sa voiture pour le donner à Sam. À son retour, il tremblait comme une feuille. Quelqu'un avait vandalisé sa voiture. Le pneu arrière gauche était à plat, un siège avant lacéré, et l'intérieur dévalisé.

Tout le monde courut dehors en se mettant à parler en même temps – sauf Sam et Riddle, qui ne prononcèrent pas un mot.

Tim Bell se souvenait distinctement d'avoir verrouillé les portières de sa voiture, qui ne montrait aucun signe d'effraction. La rue était déserte, aucun véhicule n'était garé alentour. Le voleur avait dû agir vite.

Tous regagnèrent l'intérieur de la maison, et Tim Bell appela le poste de police pour signaler le vol.

C'est le moment que choisit Sam pour annoncer qu'il était temps de partir.

Riddle se tenait à côté de Debbie, qui restait près du téléphone pendant que Tim était mis en attente par le standard du commissariat. Jared avait ressorti l'un de ses sabres en plastique et guettait les véhicules suspects par la fenêtre. Emily essaya de parler à Sam, qui se tourna vers son frère.

– Il faut qu'on y aille. Allez, viens.

Mais Riddle ne bougea pas. Il se dandina sur ses jambes, comme s'il voulait se rapprocher encore plus de Debbie. Le ton de Sam se durcit.

– Tu as entendu ce que je viens de dire? On s'en va.

Toujours aucune réaction. Sam s'avança vers son frère et l'attrapa par la manche de son pull gris.

– Allons-y.

Riddle se tourna vers Debbie et lui lança dans un murmure:

– On est désolés…

Puis il emboîta le pas à son frère et sortit de la maison.

Debbie était sous le choc. Riddle avait donc de l'empathie. Elle l'avait toujours su, mais les mots qu'il venait de lui adresser lui firent l'effet du premier cri d'un nouveau-né. Un soulagement immense l'envahit.

Ils prirent le bus pour rentrer chez eux. Debbie avait bien proposé de les ramener, mais Sam avait refusé, et la voiture de Tim avec son pneu crevé bloquait la sienne dans l'allée, de toute manière.

Debout sur la pelouse, Emily les regarda s'éloigner, la gorge nouée. Que se passait-il, au juste? Elle attendit ensuite l'arrivée de la police pendant vingt minutes avec Jared et son père. Peut-être avait-elle mal interprété leurs réactions. Peut-être n'y avait-il rien de si étrange dans le comportement de Sam et de Riddle. Peut-être étaient-ils simplement choqués par cet acte de vandalisme, comme tout le monde.

Lorsqu'elle finit par rentrer, une heure plus tard, elle aperçut le téléphone portable que sa mère avait donné à Sam. Il était posé sur le guéridon, près de la porte d'entrée. Vérifiant son propre téléphone, elle découvrit qu'elle avait un SMS en attente. Le dernier message que Sam lui avait envoyé avant de rendre le téléphone. Il disait simplement:

Je ne t'oublierai jamais.

Elle sut alors que le regard qu'il lui avait adressé avant de partir était un adieu.

Assis dans le bus qui les ramenait chez eux, Sam n'avait aucun doute. C'était forcément un coup de Clarence. Il avait dû les suivre.

Et Riddle devait le savoir, lui aussi. Car quand il se retourna vers son petit frère, qui était parti s'asseoir seul au fond du bus pour la première fois, il le trouva appuyé contre la vitre, l'air éteint. Même le couinement des freins ne l'amusait plus.

Le bus les déposa à deux pâtés de maisons de chez eux. Mais ce furent les deux pâtés de maisons les plus longs de leur existence. Parce qu'ils savaient ce qui les attendait à l'arrivée.

Clarence était dehors, dans l'obscurité la plus totale, en train de jeter le dernier sac de couchage miteux et son oreiller à l'arrière de la fourgonnette, qui était déjà bien chargée. La petite lampe de l'habitacle ne marchait plus depuis des lustres, histoire que personne ne puisse voir ce que Clarence fabriquait à l'intérieur de sa fourgonnette.

Entendant les bruits de pas, il fit volte-face et leur braqua en pleine figure une puissante lampe-torche volée dans une camionnette municipale.

Aveuglés par la lumière, ils ne le voyaient pas. Mais ils entendirent le son de sa voix :

– Grimpez. J'ai ramassé vos affaires. On se casse.

Ce genre de scène s'était déjà produit. Des dizaines et des dizaines de fois. Mais jamais comme ça.

Il y avait toujours des choix à faire. Ils savaient qu'ils pouvaient s'enfuir. Ou refuser de partir. Mais aux yeux des deux garçons, ces choix n'existaient même pas.

Si vous teniez à quelque chose, ce quelque chose vous était enlevé. Si vous cherchiez à vous défendre, vous receviez des coups. Si vous ouvriez la bouche, on vous réduisait au silence. Ils avaient juste appris à être là l'un pour l'autre. Il n'y avait là de place pour personne.

Clarence avait fixé les règles du jeu depuis longtemps.

Sam ouvrit la porte de la fourgonnette pour son frère, mais ce dernier ne fit pas mine de grimper. Il se dirigea vers la maison. Clarence lui lança :

– Il n'y a plus rien là-dedans. J'ai tout pris. Monte dans la fourgonnette !

Mais Riddle continua à marcher. Clarence cracha par terre et se tourna vers Sam.

– Va rattraper ton frère. *Exécution !*

Riddle ouvrit la porte et disparut derrière. Sam ne bougea pas d'un pouce. Clarence, qui éclairait l'entrée de la maison, lui braqua à nouveau sa lampe en plein visage.

– Je sais où vit Tim Bell. Et la jolie Emily, aussi. La prochaine fois, je crèverai autre chose qu'un pneu. Alors va chercher ton frère !

Sam s'efforça de rester impassible. De noyer sa rage dans l'océan tranquille qu'il se représentait mentalement. S'il montrait la moindre émotion, Clarence avait gagné.

Si ce départ précipité ne leur faisait ni chaud ni froid, si son frère et lui s'en fichaient comme de l'an quarante, alors Clarence n'était pas aussi puissant qu'eux.

Sauf que cette fois, c'était impossible.

Cette fois, il aurait aimé prendre son père à la gorge et serrer de toutes ses forces.

À l'intérieur, la seule lumière allumée était celle du couloir. Mais pas besoin d'y voir plus clair pour constater l'état lamentable dans lequel se trouvait la maison. Il y avait toujours régné un désordre indescriptible – mobilier cassé, dépareillé, négligence aggravée…

Mais là, le délire destructeur de Clarence avait atteint son paroxysme.

Chaises renversées. Sol jonché d'objets.

Sam entendit Riddle dans le couloir menant vers la porte de derrière. Il enjamba une assiette cassée et le suivit.

Dehors, dans la cour minuscule, Riddle fit deux choses.

Il se dirigea vers la poubelle en fer située tout au fond et, d'une cachette, sortit un sachet de nourriture pour chat ainsi qu'une écuelle en plastique qu'il remplit avant de la poser par terre, près du grillage.

Il se rendit ensuite auprès du vieux chêne qui poussait contre le vieil abri de jardin en tôle. S'appuyant d'un pied contre la paroi métallique, il leva les mains vers une branche et récupéra le second inhalateur que le médecin lui avait donné, emballé dans un sac en plastique transparent, avant de le fourrer dans sa poche.

Il retraversa ensuite le jardin, s'engagea dans l'étroite allée du garage et, sans un mot, monta dans la fourgonnette avant de refermer la portière derrière lui.

Clarence attendait Sam, maintenant. Il se mit à crier:

– Sam! On s'en va!

Mais le jeune homme était resté dans la cour. En écarquillant les yeux dans le noir, il vit deux petits chats, maigres et farouches, sortir de derrière l'abri pour se diriger prudemment vers l'écuelle en plastique.

Le secret de Riddle.

Quand Sam l'avait laissé seul pour aller voir Emily, l'enfant s'était trouvé des amis pour lui tenir compagnie. Sam regarda longuement les chats manger. C'est seulement lorsqu'il se retourna qu'il vit sa guitare.

Elle gisait derrière l'arbre, brisée en mille morceaux.

18

Après la découverte du portable, Emily réussit à convaincre sa mère de la conduire à l'arrêt de bus. Mais bien sûr, ils n'y étaient plus. Sa mère accepta de l'emmener jusqu'à l'arrêt de River Road. En vain.

Ils avaient toujours déposé les garçons au même carrefour. En promenant son regard à travers les rues sombres et désertes, Emily réalisa qu'ils pouvaient habiter n'importe où. Elle ignorait totalement leur adresse.

À leur retour, Jared n'était pas encore endormi. Soudain obsédé par les histoires de méchants, il avait enfilé son pyjama Spiderman qu'il ne portait plus depuis longtemps, mais qui le rassurait toujours autant.

Tim Bell s'était trouvé une occupation pour penser à autre chose : changer le pneu de sa voiture. Il avait également réparé le siège lacéré à l'aide d'un morceau de chatterton, en attendant mieux. Mais il était agité, lui aussi.

Malgré l'heure tardive, Debbie sortit la crème anglaise qu'elle avait préparée avec Riddle pour le dessert. Elle en remplit des ramequins en verre rouge, mais personne n'avait vraiment le cœur à manger.

Ses deux parents assurèrent à Emily que l'abandon du téléphone ne signifiait pas grand-chose, et que Sam l'appellerait ou passerait sûrement la voir le lendemain pour tout lui expliquer.

Personne n'établit de lien entre la voiture vandalisée et les deux frères. Mais c'était inutile. Tout le monde y pensait.

Quand ils allèrent enfin se coucher, ils firent dormir Felix au rez-de-chaussée, dans son vieux panier en osier, juste à côté de la porte.

Et même lui fit des cauchemars, cette nuit-là.

Les gamins ne semblaient pas disposés à parler, mais Clarence n'avait aucune envie de les entendre, de toute manière. Il prit le sac en plastique contenant le butin ramassé dans la voiture de Tim Bell et mit un CD au hasard dans son autoradio. C'était une espèce de musique tribale débile. Les gens écoutaient vraiment ce genre de musique ? Il appuya sur *Eject* et balança le CD par la vitre sur l'autoroute.

Il roula toute la nuit. Cinq heures plus tard, ils étaient dans un autre État. Il avait décidé de mettre le cap vers l'est et de faire une première escale dans l'Utah.

Riddle s'était vite endormi mais Sam, assis sur le siège avant, regardait la route droit devant lui.

Tout se bousculait dans sa tête.

Il avait vu des photos de La Nouvelle-Orléans après le passage de l'ouragan Katrina, et c'est exactement comme ça qu'il se sentait. Noyé sous des mètres d'eau, malgré le reflux de la marée. Tout ce qu'il possédait était à présent saccagé et irrécupérable.

Jetant un regard oblique à son père, il envisagea sérieusement de se jeter sur le volant pour projeter la fourgonnette hors de la route.

Avec un peu de chance, Clarence, qui n'attachait jamais sa ceinture, passerait à travers le pare-brise dès l'impact avec le premier obstacle venu.

Sam cligna des yeux. Il visualisait déjà l'accident. Bris de verre, tôle froissée, et même une explosion grâce aux deux jerricans d'essence que Clarence s'obstinait à vouloir garder à l'arrière.

Mais soudain, il vit son frère, aussi. Lui non plus n'avait

pas sa ceinture. Et lui aussi ferait un vol plané à travers le pare-brise.

Sam était conscient que, sans son petit frère, il serait bien plus ravagé et détruit qu'il ne l'était déjà. Riddle avait donné un sens à sa vie. Et non seulement il tenait à le protéger quoi qu'il arrive, mais il s'efforçait de toujours le faire passer en premier.

C'est pourquoi, au final, il resta immobile sur son siège, ses mains loin du volant et de la gorge de son père.

Emily refusa de se rendre en cours le lendemain. En voyant les cernes qui ombraient ses yeux gonflés, Debbie n'insista pas. La jeune fille passa la journée dans sa chambre, à guetter sans grand espoir la sonnerie du téléphone ou la sonnette de la porte d'entrée.

Le lendemain matin, elle n'eut pas d'autre choix que de retourner en classe. Debbie Bell s'y connaissait en matière de trauma-tismes : dans ces cas-là, contrairement à une opinion largement répandue, la routine était un élément salvateur. Les gens n'avaient pas tant besoin d'être consolés que d'avoir la queue à faire quelque part, une porte à franchir ou une tâche à accomplir.

Emily était convaincue que Riddle et Sam couraient un grand danger. Mais ses parents n'étaient pas encore prêts à l'entendre.

Ils regrettaient seulement de n'avoir jamais eu leur adresse ou leur numéro de téléphone. Et de n'avoir pas insisté pour que Sam leur présente son père.

Bobby Ellis sentait qu'Emily n'était pas dans son assiette. Pour autant, ça ne voulait pas dire qu'il était sensible à ces choses-là. Loin de là. Tout le monde voyait qu'elle était absente, boulever-sée, complètement ailleurs.

Il avait bien essayé de lui parler, mais elle ne traînait pas aux endroits habituels et semblait avoir fait le vide autour d'elle. Bobby savait qu'elle avait une heure de perm juste avant le déjeuner et qu'elle en profitait pour travailler ses maths à la bibliothèque.

Le vendredi, après plusieurs jours passés à tenter d'attirer en vain son attention, il décida de sécher sa dernière heure de cours de la matinée. Il n'aurait qu'à effacer son absence dans l'ordinateur lors de sa prochaine permanence au secrétariat.

Il la trouva assise par terre, tout au fond, adossée contre un rayonnage de livres. Et l'air affreusement triste. Ça, il s'en rendait compte. Nora avait dit à Rory, qui l'avait répété à Bobby, qu'il y avait eu un problème avec le mec qu'elle aimait bien.

Bobby réfléchit. Le moment était peut-être venu de lui parler de la baraque pourrie où vivait son prétendu petit ami. De lui montrer la photo du psychopathe qui devait être son père. Et de mentionner l'histoire des plaques d'immatriculation volées.

Il se rapprocha. Ils avaient beau se trouver dans une bibliothèque, les gens parlaient à peine moins fort que d'habitude. Bobby s'éclaircit la voix et sentit sa gorge se nouer lorsqu'il lui lança :

– Salut, Emily…

Elle leva les yeux vers lui d'un air semblant signifier : « Va-t'en. Laisse-moi tranquille. »

Du moins, c'est ce qu'il crut comprendre. Mais quel que soit le message exact, son silence et l'expression de son regard lui firent perdre tous ses moyens. Il avait beau avoir échafaudé un plan, préparé à l'avance tout un discours, il se mit à bafouiller :

– J'ai vu le mec que tu aimes bien sur River Road l'autre jour avec son frère, alors je les ai suivis jusque chez eux et j'ai pris la photo d'un type qui doit être leur père… et… je dois dire que tout ça avait l'air superlouche.

Il ne s'attendait pas à voir ses yeux se remplir de larmes. Il était loin de s'imaginer qu'elle se montrerait si reconnaissante et si vulnérable. Il fut donc sous le choc lorsqu'elle se releva d'un bond pour le serrer dans ses bras après qu'il lui eut montré les photos sur son téléphone portable.

Mais c'était génial.

Bobby espérait que tout le monde les voyait traverser le lycée jusqu'au parking pour monter dans son 4 × 4. Il se garait toujours près de la sortie. Une habitude qu'il avait apprise de ses parents. Les détectives ont toujours besoin de pouvoir décamper rapidement, même si cela allonge le trajet à pied pour rejoindre leur voiture.

Emily grimpa d'un air volontaire à bord du rutilant 4 × 4 de Bobby, qui s'étonnait encore du changement qui s'était opéré en elle. À ses yeux, il était passé du statut de gros lourd à celui d'homme providentiel. Et il n'aurait jamais imaginé le bien fou que cela lui faisait.

Emily avait gardé le téléphone de Bobby en main pour examiner la photo de face de Clarence, analysant chaque détail. Ce type à la tête de fou avait bien un air de famille avec Sam. La ressemblance était claire. Il y avait un peu de Riddle, aussi, mais beaucoup moins. L'inconnu de la photo était grand, mince et anguleux. Et il avait l'air en colère.

Après avoir mémorisé la photo, elle se l'envoya sur son adresse e-mail pour la montrer à ses parents et à quiconque susceptible d'apporter de l'aide.

Dire que c'était Bobby Ellis qui lui avait fourni la première véritable info pertinente sur Sam depuis sa disparition ! Elle l'avait peut-être mal jugé, au fond. Il semblait si attentionné, au volant de sa voiture. Si concentré.

Emily releva les yeux. Bobby était quelqu'un de réfléchi. Cela se voyait. Même sa manière de changer de voie de circulation témoignait d'une autorité rare chez les gens de son âge. Elle ignorait ce que signifiait son attitude, et encore moins d'où elle lui venait mais, pour le moment, cela lui convenait tout à fait.

Elle réalisa que le silence dans la voiture commençait à devenir gênant, voire un peu malpoli. Elle s'éclaircit donc la voix et demanda :

– Redis-moi ce que tu faisais par là-bas, déjà ?

Heureusement pour lui, Bobby avait une réponse toute prête.

– Comme je t'ai expliqué, ma mère reçoit chaque semaine le bulletin de la police. Et les chiffres sont en hausse depuis trois mois. La plupart des incidents – des cambriolages – étaient des crimes d'opportunité, comme on dit. Genre, tu laisses ta porte de garage ouverte avec tes clubs de golf posés en évidence devant…

Emily n'avait pas de clubs de golf, mais elle acquiesça quand même.

– Eh bien, la plupart des vols étaient concentrés autour de River Road. Or beaucoup de gens l'ignorent, mais les criminels frappent le plus souvent là où ils habitent. Ils ne prennent pas leur voiture pour se rendre à l'autre bout de la ville… enfin, si, ça arrive, mais plus pour des coups préparés à l'avance, tu vois.

Il vit qu'Emily avait les sourcils froncés. Il se demanda s'il ne lui faisait pas trop l'effet d'un guignol. C'était l'effet qu'il se faisait à lui-même, en tout cas. Et maintenant, elle faisait grise mine. Pourquoi? À croire qu'elle avait un détecteur de mensonges greffé dans le cerveau. Il continua à débiter ses salades. Même lui les trouvait énormes :

– Bref, si tu regardes les quartiers ayant les pires taux de criminalité, il y a de fortes chances pour que les criminels y vivent.

Il reprit son souffle. Avait-il bien fait d'employer le pluriel? Il avait l'impression de dérailler complètement.

– Ma mère m'a donc demandé d'aller faire un tour sur River Road à la recherche d'indices.

Mensonge.

Il entrait dans la partie délicate, à présent. Il fallait qu'il termine son récit sans lui révéler qu'il avait fait tout ça pour elle.

Emily intervint :

– Mais ta mère ne travaille pas dans la police.

Il secoua la tête.

– Non. Elle est détective privée. Mais elle bosse sous contrat avec eux. Alors quand le taux de criminalité augmente, elle doit repérer les grandes tendances et, genre, expliquer pourquoi. C'est pour ça qu'elle m'a demandé un coup de main.

Le croyait-elle ? Peut-être. Il soupira ; il avait retenu son souffle sans s'en rendre compte. C'était mauvais signe. Les gens à l'aise respirent sans problème. Inspiration, expiration. Il le fit plusieurs fois de suite avant de reprendre le fil de son récit :

– Bref, ma mère m'avait donné la carte de la criminalité.

Mensonge.

– Et elle voulait que j'aille faire une reconnaissance dans le quartier.

Mensonge.

– Et c'est là que j'ai vu ton copain…

Emily était tout ouïe, à présent.

– Jeudi dernier, tu dis ?

– Oui.

– Et tu les as suivis, lui et son frère ?

Bobby hocha la tête et réalisa qu'il accélérait un peu trop. Il ralentit. Mentir le faisait conduire plus vite. Intéressant. Comme s'il cherchait littéralement à se fuir lui-même.

– Je les ai reconnus. Je les avais vus, l'autre soir au restaurant IHOP.

C'était la vérité, pour une fois.

Mais la suite ne l'était pas.

– Ils ont tourné dans une rue sur River Road. J'allais dans la même direction. Je m'étais garé deux secondes pour vérifier la carte et, quand j'ai levé les yeux, ils étaient au bout de la rue. Je suis allé faire demi-tour là-bas. C'est là que j'ai vu le mec flippant et que je l'ai pris en photo.

Emily acquiesça.

– Et pourquoi l'as-tu pris en photo ? demanda-t-elle soudain.

Bobby sentit un filet de sueur lui dégouliner sur le côté droit, depuis le creux de son aisselle. Comme une goutte d'eau. Son aisselle gauche se mit à ruisseler aussi. Mais il garda une voix calme.

– D'après ma longue expérience d'interrogation visuelle, je le trouvais…

Il marqua une pause. Interrogation visuelle ? D'où sortait-il des trucs pareils ?

– Je le trouvais suspect. Et donc…

OK, le moment était venu pour lui de lâcher sa bombe. Et de passer peut-être pour un harceleur psychopathe. Il prit son courage à deux mains.

– J'ai fait vérifier le numéro de plaque minéralogique de la fourgonnette garée devant chez eux par le service des immatriculations. C'est un véhicule volé.

19

Riddle roula son pull en boule pour s'en faire un oreiller. Il retrouva son odeur. Les parfums de sa cuisine.

C'est comme ça qu'il était habillé la dernière fois qu'il l'avait vue. Il avait mesuré la quantité de vanille à mettre dans la crème anglaise et, comme il était toujours très maladroit, quelques gouttes étaient tombées de la cuiller sur son pull. Elle lui avait dit que ce n'était pas grave, que renverser des choses faisait partie de l'art de cuisiner, tout comme le fait de goûter ou de toucher la nourriture.

Mais il n'avait jamais fait la cuisine avant de la rencontrer.

Ça me manque, maintenant.

Avant, ça ne me manquait pas, parce que je ne l'avais jamais fait.

Et elle me manque aussi. La dame au pain sucré.

Son nom c'est Debbie Bell.

Et Felix le chien. Il me manque, lui aussi. J'aimais bien son odeur, comme celle des pulls mouillés. Mais des pulls mouillés propres. Pas comme ceux à l'arrière de la camionnette.

J'aimais bien prendre le bus pour aller dans leur maison. Et je les aimais bien eux aussi, même si des fois ils parlaient trop fort et trop vite ou tous en même temps.

J'aimais bien...

Tout. Et ça me manque.

Est-ce que quelqu'un va me retrouver ? Je serai gentil, si on me trouve. J'essaierai de ne plus penser aux choses qui me manquent.

J'essaierai de ne plus penser à toutes les choses qui m'ont toujours manqué.

Je serai un bon garçon.

Si vous pouvez me retrouver...

Me.

Retrouver.

Je vous le demande.

Je vous le demande avec la petite voix dans ma tête.

La voix que personne n'entend.

Pendant une semaine, ils passèrent chaque nuit dans un endroit différent. Ils se trouvaient désormais à Cedar City, petite bourgade de vingt-sept mille âmes, ce qui signifiait qu'ils ne s'y attarderaient pas bien longtemps.

Cedar City était une ancienne ville de mineurs, bâtie à un autre siècle. Aujourd'hui, la municipalité s'enorgueillissait de son petit campus universitaire, de son festival Shakespeare annuel et du climat de confiance qui régnait dans ses rues, au point que les habitants laissaient traîner leurs affaires la nuit sur leurs pelouses.

Voler ici était un jeu d'enfant. Mais impossible de revendre la camelote. Clarence aurait pu se procurer une dizaine de VTT dès le premier jour de leur arrivée, mais à quoi bon ? Il aurait les flics à ses trousses en deux temps, trois mouvements.

Dans un endroit comme celui-ci, il fallait surtout rester concentré. Il y avait un motel délabré à l'entrée ouest de la ville, et Clarence y prit une chambre à la semaine. Deux lits. Les garçons n'auraient qu'à dormir ensemble, ou bien l'un d'eux squatterait le canapé moisi. Il s'en fichait pas mal. Il en avait juste marre de dormir dans la fourgonnette.

Mais il y avait de nouvelles règles.

Interdiction pour eux de quitter la chambre pendant la journée. Il n'était pas question qu'ils se baladent dehors et rencontrent d'autres gens. Et bien sûr, pas de téléphone portable.

Le monde entier était passé au mobile. Tout ce qui restait dans la chambre n° 7 était la vieille prise pour téléphone fixe sur le mur du fond. Quelqu'un avait renversé une espèce de sauce rouge sur la moquette et, malgré le nettoyage, il restait encore une constellation de taches toutes séchées sur la prise téléphonique et le mur grisâtre.

Sam resta longuement les yeux rivés sur la prise du téléphone en s'imaginant sous la forme d'un insecte se glissant dans le trou pour disparaître à jamais dans un autre monde et une autre vie.

Puisqu'ils n'avaient pas le droit de sortir tant qu'il faisait jour, les deux garçons passèrent l'essentiel de leurs journées à dormir. Il leur fallut plusieurs soirées d'affilée pour s'habituer à veiller tard en attendant de pouvoir sortir au crépuscule. Une fois dehors, ils se rendaient au fast-food le plus proche et fouillaient les poubelles en quête de cornets de frites froides et de restes de hamburgers.

Clarence, lui, passait son temps à voler de petits trucs susceptibles de lui rapporter quelques billets. Il les revendrait à la prochaine escale, dans une ville plus grande. Il piqua quelques portefeuilles dans les vestiaires d'un terrain de golf. Il aida une vieille dame à charger ses courses dans sa voiture, et la suivit jusque chez elle. Lorsqu'elle ressortit faire une partie de bridge, un peu plus tard dans la journée, il lui vola tous ses bijoux. Un simple carreau cassé sur la porte de derrière et, en dix minutes, le tour était joué. Il prit un Coca dans son réfrigérateur et eut même la politesse de jeter la cannette dans la poubelle des recyclables avant de partir.

Depuis la découverte des traîtres, il s'était recentré sur ses priorités.

Il avait négligé tous ses devoirs. Or Clarence était un penseur. Ça oui. Et ces derniers temps, il avait beaucoup pensé aux garçons.

Le serpent esquissa un sourire.

Assise dans la voiture de Bobby Ellis, Emily examina la maison décrépite. Elle n'aurait jamais imaginé Sam et Riddle dans un taudis pareil.

Les habitations situées dans le quartier autour de River Road étaient toutes plus ou moins délabrées, cependant le fait de ne pas connaître l'adresse exacte des garçons l'avait quelque peu protégée de cette réalité.

Mais cette fois, elle se la prenait en pleine figure.

Sam était-il à l'intérieur ? Se cachait-il avec Riddle derrière le vieux drap délavé qui voletait à travers la fenêtre sale et entrouverte ?

Pourtant il y avait pire – s'il était toujours là, pourquoi n'avait-il pas cherché à entrer en contact avec elle ?

Bobby Ellis interrompit le cours de ses pensées.

– Tu veux aller frapper à la porte ?

Emily acquiesça. Bobby l'observa. Elle semblait dévastée, mais au moins elle ne le détestait pas. C'était déjà ça.

– Tu veux que je t'accompagne ?

Emily fit non de la tête. Elle ouvrit sa portière et sortit du 4×4.

Elle marcha jusqu'à la porte d'entrée, et frappa. Pas de réponse. Elle frappa une seconde fois. Toujours rien. Elle tendit la main vers la poignée et la tourna. La porte n'était pas fermée.

Emily respectait la propriété privée. Elle n'était pas du genre à s'imposer et ne se considérait pas comme quelqu'un d'agressif. Mais là, elle n'eut pas la moindre hésitation. Elle poussa la porte et pénétra dans la maison.

Bobby la suivait du regard depuis son 4×4. Que venait-elle de faire ? D'entrer à l'intérieur ?

Mauvaise idée.

Il partit la rejoindre.

L'intérieur de la maison était dans un état indescriptible.

Quelqu'un avait fui les lieux précipitamment, mais en prenant quand même le soin de tout saccager derrière lui. Choquée, Emily eut un mouvement de recul et bouscula Bobby, qui se tenait juste derrière elle.

– Oups, désolée.

Bobby promena son regard autour de lui.

– On ne devrait pas être ici…

Mais Emily s'élançait déjà sur la vieille moquette rapiécée couleur rouille.

– Hé ho… il y a quelqu'un ? lança-t-elle.

Silence. Puis un bruit retentit au fond de la maison. Quelqu'un était là. Bobby voulut la retenir d'un geste, mais Emily continua sur sa lancée et il n'eut pas d'autre choix que de la suivre.

– Sam ? Riddle ?

Pas de réponse. Elle s'engouffra dans le petit couloir étroit.

Malgré son mètre quatre-vingts et sa carrure de joueur de football américain, Bobby Ellis n'avait rien d'un héros. Et la dernière chose qu'il avait envie de faire, en cet instant précis, était de violer la loi HB 0300 qui, s'il se souvenait bien du code pénal que lui avait appris son père quand ils se rendaient ensemble au stand de tir, spécifiait : *Il est illégal de pénétrer et d'occuper une propriété privée sans la permission de son propriétaire.*

Alors que faisaient-ils ici ?

Bobby emboîta le pas à Emily le long du couloir. Le bruit venant du fond était de plus en plus fort. Bobby aurait voulu fuir. Prendre ses jambes à son cou en hurlant. Il avait dû regarder trop de films d'horreur, parce qu'il n'avait qu'une envie : crier et courir se cacher.

Sauf qu'il passerait pour un idiot.

Il continua donc à marcher juste derrière elle.

Elle était furieuse.

Furieuse contre elle-même, ce qui était pire. La simple mention du mot « père » avait suffi à métamorphoser Sam.

Dire qu'elle avait cru le connaître, alors qu'elle savait si peu de choses sur lui !

Lorsqu'elle avait lu cette chose dans son regard, cette chose qui ne pouvait être que de la douleur, pourquoi n'avait-elle pas insisté pour qu'il lui raconte son passé ? Et son présent, aussi.

Elle se dirigea vers le bruit, lançant d'un ton encore plus alarmé :

– Sam ?

Ils passèrent devant une salle de bains crasseuse et une petite chambre à coucher contenant un matelas posé à même le sol. Au bout du couloir, il y avait une autre chambre. Et c'est de là que provenait le bruit. Comme une sorte de piétinement. Emily s'avança jusqu'à la porte, qui était fermée.

Elle entendait Bobby respirer dans son dos. Elle se sentait soulagée par sa présence et agacée qu'il découvre tout cela en même temps qu'elle. Elle voulait à la fois qu'il s'en aille et qu'il reste.

Arrivée devant la porte close, elle tourna la poignée d'un geste ferme. Il lui sembla entendre Bobby déglutir. Elle ouvrit la porte, et le bruit s'arrêta. C'est là qu'elle aperçut les deux chatons.

Une fenêtre était ouverte à l'autre bout de la pièce et ils essayaient de grimper sur le rebord pour sortir. Apparemment, ils étaient là depuis un moment.

Il y avait des montagnes de livres de poche un peu partout. Certains semblaient sortir tout droit d'une poubelle, d'autres avoir dormi des dizaines d'années sur une étagère. Chaque fois que les chatons sautaient vers la fenêtre, ils retombaient sur une pile de livres qui s'écroulait par terre.

Emily les enjamba pour rejoindre les deux animaux famé-liques. Elle les souleva et, se tournant vers Bobby, déclara :

– Ils ont l'air morts de faim.

Mais l'adolescent avait d'autres pensées plus urgentes en tête que des chatons affamés.

– Emily, il faut vraiment qu'on s'en aille.

C'est alors qu'elle aperçut le carnet de croquis que sa mère avait offert à Riddle. Posé dans un coin, sous un cageot en plastique. Elle confia les chatons à Bobby sans écouter ses protestations.

– Je suis allergique aux chats, gémit-il.

Elle se pencha pour ramasser le carnet et le feuilleta. Aucun doute, c'était l'œuvre de Riddle. Mais elle n'avait jamais vu ces dessins-là. Au lieu de reproduire des circuits électriques de grille-pain, il avait dessiné des pages entières de nourriture.

Les yeux élargis par la peur, les deux chatons étaient recroquevillés au fond du cageot en plastique calé sur le siège avant du 4×4 entre Emily et Bobby. Ce dernier roulait la vitre ouverte en tentant d'oublier le fait que ses yeux le démangeaient et qu'il avait de plus en plus de mal à respirer.

Emily était au téléphone avec sa mère, le carnet de croquis posé sur ses genoux. Le regard oscillant entre la route et les chatons qui miaulaient, elle était en train d'expliquer à Debbie que Bobby avait pris une photo de la maison et vérifié les plaques d'immatriculation, qu'ils s'étaient rendus ensemble sur place et qu'elle avait trouvé un objet appelé « carnet à Riddle » – ce qui, de l'avis de Bobby, ne voulait rien dire, mais il ne l'aurait corrigée pour rien du monde.

Car ce n'était plus lui qui menait la danse, désormais.

Il n'était que le chauffeur ; il avait pris part à l'expédition, et cela suffirait pour un moment. Devant eux, le feu passa au rouge et Bobby ralentit jusqu'à l'arrêt. Il jeta un coup d'œil au profil d'Emily. Le vent s'engouffrait dans ses longs cheveux pendant qu'elle parlait à sa mère.

Elle était si courageuse, obstinée et déterminée.

Et il était fasciné.

20

Tim et Debbie Bell rencontrèrent les parents de Bobby au restaurant Black Angus Steak House, afin que les deux familles puissent faire le point sur les événements de la journée. Après le dîner, les deux pères se rendirent au poste de police.

Emily voulut les accompagner, mais tout le monde pensait qu'elle en avait assez fait pour la journée. Sans compter que les deux chatons l'attendaient à la maison.

Debbie les avait emmenés chez le vétérinaire, et Emily considérait que sa place était auprès d'eux. Ils avaient reçu des antibiotiques et devaient être surveillés.

Bobby lui promit de l'appeler avant d'aller se coucher pour lui donner les dernières infos. Ils étaient tous les deux impliqués, désormais.

À son retour chez lui, l'adolescent prit une longue douche chaude et remercia mentalement Jessica Pope d'avoir transformé sa vie en l'invitant à boire un double moka après les cours.

Si Jessica ne l'avait pas obligé à inventer cette histoire d'enquête, il aurait passé la soirée chez lui à regarder Cartoon Network, activité que même ses amis les plus proches ignoraient. Il aimait toujours les émissions pour enfants. Il avait toujours rêvé de devenir le garçon le plus intéressant et le plus populaire du lycée.

Et ce rêve semblait enfin devenir réalité.

L'inspecteur Darius Sanderson connaissait bien la famille Ellis. Quand Derrick Ellis se présenta au poste de police avec Tim Bell, le policier en charge de l'accueil les conduisit directement dans son bureau.

Vêtu d'un pantalon de jogging de couleur vive et d'un blouson multicolore, Sanderson mordillait un cigare éteint, son petit plaisir du soir. Une fois qu'il avait commencé, il lui était impossible de s'arrêter, si bien que, pendant la journée, il s'interdisait de sortir ces cochonneries dans son bureau. Mais ce soir-là, solidement calé entre ses molaires du fond, son cigare pointait hors de sa bouche comme un gros bâton humide.

Il y avait peu de policiers noirs dans cette ville et Sanderson était conscient du fait qu'on le regardait souvent différemment de son collègue blanc, Dave Wilson. En voyant ces deux visiteurs, présentés comme importants, entrer dans son bureau en cette heure tardive, il regretta d'avoir mis des baskets.

Il se leva pour leur serrer la main. Autant en finir le plus vite possible. Et éviter les bavardages inutiles. Sanderson n'y alla pas par quatre chemins :

– Alors, c'est à quel sujet ?

Lorsqu'il eut entendu toute l'histoire, relatée en grande partie par Tim Bell, l'inspecteur se renfonça lentement dans son fauteuil.

Deux mineurs déscolarisés, dont l'un montrant des signes de négligence physique. Père célibataire et seul maître à bord. Enfants maltraités. Plaques d'immatriculation volées. Maison insalubre sur Needle Lane, dans le quartier où les vols avaient augmenté ces trois derniers mois. Véhicule de Tim Bell vandalisé.

De toute évidence, il fallait retrouver ces gens et les interroger. Et pour cela, ils avaient une piste. La description du véhicule, une plaque minéralogique, et une photo de face du suspect.

L'affaire semblait prometteuse. Une fois les deux hommes repartis, Sanderson aurait pu attendre le lendemain matin pour se mettre au travail. Mais il ôta ses baskets, se servit une tasse de café et se connecta au serveur pour ouvrir un nouveau dossier.

Le temps que Tim Bell et Derrick Ellis atteignent le trottoir pour se serrer la main et se promettre de rester en contact, la photo prise par le téléphone portable de Bobby avait été téléchargée sur le serveur interne de la police et un avis de recherche lancé pour retrouver la fourgonnette noire aux plaques minéralogiques volées.

Ils vivaient au Liberty Motel depuis dix jours quand Mrs. Dairy, la vieille dame qui changeait les serviettes de toilette et vidait les poubelles, insista pour passer l'aspirateur dans leur chambre. D'après elle, c'était une obligation légale dans cet État.

À moitié endormi, Sam se demanda si, après tous les délits dont son père s'était rendu coupable, il se ferait arrêter pour avoir empêché une dame visiblement centenaire d'avoir passé l'aspirateur dans leur chambre miteuse.

Mais au lieu de discuter, Clarence dit aux garçons de se lever et ils partirent tous attendre dans la fourgonnette pendant que la vieille dame poussait son vieux Hoover rouge datant de 1972.

De l'extérieur, la vie de Mrs. Dairy pouvait paraître morne et triste. Mais elle refusait de voir les choses ainsi.

Certes, son mari l'avait quittée peu de temps après leur mariage, la laissant avec un enfant handicapé et une montagne de factures à payer, mais elle avait toujours réussi à s'en sortir. Son petit Eddie était mort asphyxié à l'âge de huit ans en s'enfermant dans un vieux réfrigérateur abandonné dans une contre-allée. Aujourd'hui, on mettait les enfants en garde contre ce genre d'incident. Mais Eddie souffrait d'un problème cardiaque incurable, alors peut-être les choses étaient-elles mieux ainsi, tout compte fait.

C'est du moins ce qu'elle se disait.

Voilà pourquoi elle se rendait à l'église St Jude. On y parlait de sujets positifs et aussi de la vie dans l'au-delà, chose que Mrs. Dairy attendait avec impatience. En plus, l'église était située dans un beau quartier et l'on y servait toujours de la vraie crème et du vrai lait avec le café après la messe, non des sachets de lait en poudre.

Elle avait quatre-vingt-quatre ans et six mois, âge auquel la plupart des gens auraient déjà pris leur retraite depuis long-temps. Mais elle appréciait le fait de travailler au Liberty Motel, même si elle n'y voyait plus très clair et qu'elle cognait chaque jour un peu plus l'aspirateur contre les meubles et les murs.

Et bien sûr, ce matin-là, pendant que Clarence et ses fils essayaient de se rendormir dans la fourgonnette, Mrs. Dairy per-cuta de plein fouet la lampe sur pied posée dans un coin de la pièce, qui se brisa contre la table de nuit. La moquette fut constel-lée de bris de verre blanc opaque bon marché, et Mrs. Dairy dut se mettre à genoux pour ramasser les plus gros morceaux.

C'est alors qu'elle vit la boîte en velours vert scotchée sous le lit, aux lattes du sommier.

Qu'est-ce que c'était que ça?

Ce n'était pas normal. Peut-être y avait-il des explosifs. Peut-être des terroristes avaient-ils projeté de faire sauter le Liberty Motel.

Mais elle en doutait fortement.

Mrs. Dairy était une femme très croyante, mais elle avait aussi le sens des réalités. Elle se releva, ce qui lui demanda un effort considérable, marcha jusqu'à la porte en imitation boiserie pour la verrouiller de l'intérieur et mit la chaînette de sécurité pour faire bonne mesure. Puis elle repartit s'agenouiller sur la moquette rapiécée, ôta le morceau de scotch et sortit la boîte de sous le lit. En l'ouvrant, quelle ne fut pas sa surprise de découvrir les bijoux de Gertrude Wetterling.

Cela ne faisait aucun doute.

Gertrude fréquentait la même église que Mrs. Dairy, et son père était jadis le seul vrai bijoutier de la ville. De sa famille, Gertrude avait hérité une broche et deux bagues en diamants, ainsi qu'un collier de perles et une petite broche sapin de Noël en or que Mrs. Dairy convoitait secrètement à cause de ses minuscules décorations en pierres précieuses.

Tous les ans, au mois de décembre, réglée comme un calendrier, Gertrude Wetterling l'arborait pour venir à la messe.

Depuis trois jours, tout le monde en ville ne parlait plus que du cambriolage qui avait eu lieu à son domicile. Et elle, Edith Luannae Dairy, venait de capturer les coupables.

Bon, d'accord, elle ne les avait pas tout à fait capturés. Mais elle les avait retrouvés. Qui sait, il y avait peut-être une récompense à la clé !

Il n'était jamais trop tard pour voir la chance vous sourire.

Mrs. Dairy remit la boîte en velours vert à sa place sous le lit, mais elle conserva la broche sapin de Noël. Pas pour elle, non. Pour avoir une preuve. Elle avait le sentiment que personne ne la croirait. Elle était vieille. À moitié sourde. Sans parler de ses yeux. Elle souffrait de dégénérescence maculaire, mais se gardait bien d'en parler à qui que ce soit.

Cela dit, elle avait encore toute sa tête. Mais elle avait besoin que le reste du monde prenne le relais. Et pour cela, il lui fallait une preuve solide afin de justifier ses accusations.

Voilà pourquoi elle décida de garder la broche sapin de Noël. En plus, elle l'adorait. Pour quelque temps, donc, le bijou était à elle, bien caché dans la poche droite de sa blouse couleur pêche dont l'ourlet frottait ses cuisses molles comme elle ressortait précipitamment de la chambre.

En voyant la vieille bique ressortir avec son aspirateur, Clarence comprit. Quelque chose lui avait donné un coup de fouet, et ce n'était sûrement pas d'avoir fait le ménage dans ce trou à rats. Elle n'osait même plus le regarder en face, alors qu'avant, elle lui souriait de toutes ses dents gâtées.

On ne pouvait jamais prédire quand les gens allaient tout faire capoter. Clarence avait repéré un carton neuf de téléphones portables entreposé derrière un magasin d'électronique. Et d'un coup d'un seul, Mamie Gencives Pourries venait de tout gâcher.

Quand Mrs. Dairy s'éloigna, Riddle voulut sortir de la fourgonnette mais Clarence lui aboya :

– Referme la portière ! Exécution !

Le ton de sa voix était sans équivoque. Il mit le contact et démarra en trombe. Sam, qui venait d'adresser une douzaine de mots à son père en autant de jours, fut projeté en avant sur son siège.

– Qu'est-ce que tu fais ? lui demanda-t-il.

– À ton avis, gros malin ?

Clarence sortit du parking du motel en marche arrière. Sam observa Mrs. Dairy. Elle marchait de plus en plus vite pour une vieille dame de quatre-vingt-quatre ans, c'est-à-dire au petit trot, d'un pas vacillant.

Quand la fourgonnette quitta le parking et s'éloigna sur la route, Mrs. Dairy lâcha son chariot d'entretien et mit le cap vers le bureau de la réception à une vitesse qui, pour elle, tenait du sprint olympique.

Sam la regarda à travers la vitre. Il n'éprouvait aucune émotion. Alors Riddle, réalisant qu'ils étaient partis pour de bon, agrippa le bras de son frère, les larmes aux yeux, et murmura :

– Mon inhalateur…

Le lendemain, Emily déjeuna avec Bobby, Rory et Nora. Quand Bobby lui proposa de la ramener chez elle en voiture après les cours, elle accepta volontiers. Il partit donc soulever de la fonte pendant qu'elle avait son entraînement de foot féminin.

Il arriva peu avant la fin et resta planté à l'extrémité de la piste ovale pour l'attendre. À sa vive surprise, Emily dut détourner le regard pour ne pas se laisser déconcentrer par la vision de son corps athlétique et de son tee-shirt trempé de sueur.

Avait-il toujours été aussi musclé ? Ses bras étaient impressionnants. Troublants.

Mais il faut dire que tout lui paraissait troublant. Ses sens étaient comme exacerbés, hyper en éveil. Voilà ce qu'avait provoqué en elle le départ de Sam et de Riddle. Le monde qui l'entourait semblait plus dur, plus affûté à tous les angles.

Désormais, la moindre petite chose pouvait avoir un impact retentissant.

La couleur du ciel au crépuscule avait-elle toujours ressemblé à l'intérieur d'un coquillage sale ? Et pourquoi la disparition du soleil derrière les montagnes la laissait-elle à ce point meurtrie ? Il reviendrait le lendemain. Mais elle se sentait si vulnérable et à vif qu'elle ne croyait plus en rien.

Avant de la ramener chez elle, Bobby lui proposa d'aller boire un milk-shake. Cela ne lui disait rien, mais il l'avait tant aidée ces derniers temps qu'elle n'osa pas lui dire non.

Emily savait pertinemment que le parfum de milk-shake préféré de Bobby Ellis n'était pas banane-dattes. Pourtant, lorsqu'elle lui expliqua que c'était son cas, il affirma que lui aussi. Pour la plupart des gens, l'alliage banane-dattes était une abomination.

Alors qu'ils étaient assis à table, Moye Godchaux poussa la porte du glacier. Elle connaissait bien Emily et était très liée avec Jessica Pope. Emily et Bobby, qui partageaient le même milk-shake avec deux pailles, étaient penchés l'un vers l'autre pour discuter à voix basse, non parce qu'ils formaient un couple d'amoureux mais parce qu'ils parlaient de la maison sur Needle Lane et s'étaient mis d'accord pour garder ça secret.

Mais Moye Godchaux, elle, vit les choses autrement.

À ses yeux, il était évident qu'Emily Bell et Bobby Ellis sortaient ensemble.

Des départs précipités, Mrs. Dairy en avait vu d'autres.

Les clients quittaient généralement le Liberty Motel en catastrophe après avoir cassé quelque chose dans leur chambre ou tenté de voler le poste de télé minable avant de réaliser qu'ils avaient déclenché une alarme en le débranchant.

Elle fit irruption dans le bureau, à bout de souffle mais encore capable de crier le prénom de Rowdy qui, au lieu de s'occuper de la compta, était plongé en pleine méditation, assis en tailleur sur un coussin pour chien.

– Appelle les secours ! Les voleurs ont pris la fuite !

Rowdy n'avait jamais vu Mrs. Dairy dans un état pareil. C'était bluffant. Lui qui avait toujours rêvé de signaler un accident prit un plaisir immense à composer le numéro de la police.

Quelques instants plus tard, un véhicule de patrouille s'arrêtait devant le motel et Mrs. Dairy dut aller montrer aux policiers la boîte en velours vert scotchée sous le sommier de la chambre n° 7.

Il se passait soudain des choses intéressantes au Liberty Motel.

Des renforts arrivèrent. Un policier commença à relever les empreintes ; un autre ramassait chaque objet pour le glisser dans un sachet en plastique transparent en tant que pièce à conviction, procédant à l'aide d'un ustensile qui, pour Mrs. Dairy, ressemblait fortement à une paire de couverts à salade.

Les trois annuaires téléphoniques retrouvés dans la chambre étaient en train de subir le même sort quand l'un des policiers remarqua des dessins au dos de l'un des trois. Ouvrant le premier volume au hasard, il tomba sur des schémas de mécanique.

Si ça, ce n'était pas une preuve en or ! Ces gens devaient forcément appartenir à un groupe terroriste. L'un des dessins ressemblait à une sorte de missile de croisière, et il avait été reproduit des dizaines de fois.

Deux des dix chambres du Liberty Motel ne furent pas nettoyées ce jour-là. Mrs. Dairy dut d'abord répondre à des dizaines de questions sur place, puis se rendre au poste de police du centre-ville pour un interrogatoire plus poussé.

Elle avait l'habitude de se déplacer grâce au réseau de bus bleus depuis qu'on lui avait injustement retiré son permis de conduire à cause de sa vue défaillante. Mais pour cette fois, elle fit le trajet en voiture de police, à l'avant et non à l'arrière. À sa vive déception, ils ne firent pas tourner le gyrophare, mais elle n'osa pas protester.

À son arrivée, elle se fit offrir deux cafés et un bol de soupe au poulet par l'officier en charge de l'enquête. Vers la fin de l'interrogatoire, qui fut très long, ils l'installèrent devant un écran d'ordinateur et lui montrèrent la photo d'un homme devant une fourgonnette noire. Ils durent l'élargir dix fois par rapport à sa taille d'origine mais, quand l'image fut assez grande pour qu'elle puisse bien la voir, la vieille dame n'eut aucun doute.

C'était bien lui.

Le policier lui dit de prendre son temps. Il voulait qu'elle soit sûre. Mrs. Dairy tapa du poing sur la table en agitant le menton.

– Je suis myope comme une taupe, mais vous pouvez me croire !

Maintenant qu'elle avait identifié un suspect, Mrs. Dairy dut signer une déclaration sous serment devant deux témoins. Elle était fière d'avoir fait preuve d'un tel courage, mais elle commençait à ressentir les effets secondaires de la plus grosse montée d'adrénaline qu'elle ait connue depuis des décennies. Elle n'eut soudain plus qu'une envie : poser sa tête sur le bureau en fer devant elle et ne plus jamais se réveiller.

Mrs. Dairy se voyait déjà prendre le bus pour regagner Hillside, mais les policiers refusèrent tout net. Un des officiers la qualifia alors d'héroïne. Elle rit et sentit le rouge lui monter aux joues. Elle ne s'était pas sentie comme ça depuis bien longtemps.

Plus tard dans l'après-midi, une fois rentrée chez elle, dans la maisonnette qu'elle louait depuis des années à la famille Rouse, et bien calée dans un fauteuil confortable, elle fit semblant d'être surprise par la découverte de la broche en or dans la poche de sa blouse.

Le bijou posé au creux de sa paume tremblante, elle déclara même à voix haute :

– Doux Jésus, j'avais complètement oublié cet adorable petit sapin de Noël…

Deux jours après avoir lancé son avis de recherche, l'inspecteur Sanderson reçut un coup de téléphone de Cedar City, dans l'Utah. Son suspect venait d'être formellement identifié alors qu'il fuyait d'un motel bon marché aux abords de la ville. On avait retrouvé des objets volés dans sa chambre. Parmi ses effets personnels figuraient plusieurs annuaires téléphoniques aux pages recouvertes de schémas compliqués.

Voilà qui semblait prometteur.

Le suspect et les deux garçons avaient parcouru mille deux cents kilomètres. Ils étaient encore en cavale, mais Sanderson était persuadé qu'ils ne tarderaient pas à tomber dans les filets de la loi.

Il passa le reste de la journée à lire le rapport complet de la police de Cedar City. Un détail attira son attention : on avait retrouvé un inhalateur de Proventil emballé dans un sachet en plastique et caché sous un coussin dans la chambre du Liberty Motel. Un inhalateur prescrit par l'hôpital du Sacré-Cœur à une certaine Debbie Bell.

Sanderson se renfonça dans son fauteuil et sentit une vague d'appréhension l'envahir. Il avait fait de l'asthme dans sa jeunesse mais, par chance, il avait réussi à guérir en grandissant.

Or pour lui, c'était uniquement grâce aux soins dévoués de sa mère, qui l'avait choyé avec angoisse pendant toute son enfance.

Il se sentait encore plus inquiet pour ces deux garçons, à présent.

21

Clarence était hors de lui.

En soi, cela n'avait rien d'inhabituel. Mais c'était une fureur hallucinée, différente des autres jours, tandis qu'il roulait à tombeau ouvert sur l'autoroute déserte.

Il avait fini par quitter la nationale après avoir parcouru une soixantaine de kilomètres et changé ses plaques d'immatriculation, mais le problème restait le même. Les méchants étaient bel et bien lancés à ses trousses.

Il essaya de se calmer. Il avait joué de malchance. Cela arrivait, parfois. Qu'est-on censé faire quand on se retrouve au pied du mur ? On fait machine arrière. On reprend tout à zéro. Soudain, il avait le sentiment que son crâne allait exploser.

Les garçons.

Tout était leur faute. Riddle, assis à l'arrière, s'était remis à respirer la bouche grande ouverte. De quoi rendre n'importe qui marteau. Le sifflement. La toux. Les gargouillis asphyxiés. Rien qu'à l'entendre, Clarence était à cran. Ce sale gosse devait sûrement le faire exprès. Juste pour le pousser à bout. Eh bien, il n'allait pas être déçu. Ça non.

Et Sam. C'était lui qui avait déclenché cet enchaînement de malheurs. Lui qui avait rencontré cette fille. C'était la plus vieille histoire au monde. Roméo rencontre Juliette. Et les problèmes commencent.

Lorsqu'il croisa un patrouilleur autoroutier dans l'autre sens, Clarence prit soudain une décision. Avant que le véhicule ait le temps de faire demi-tour pour le suivre, il bifurqua sur une route menant vers les montagnes.

Haletant comme un chien nerveux, les yeux fermés, Riddle se redressa brusquement quand la camionnette quitta le sol bitumé de l'autoroute pour s'engager sur une route caillouteuse.

Sam observait le paysage par la fenêtre. Riddle lui jeta un coup d'œil interrogateur, et lut dans le regard de son frère la même réponse immuable : « Ça va aller. » Parce qu'il ferait tout pour que ça aille.

Sauf que cette fois, Sam sentait que les choses étaient bien différentes.

En voyant Clarence sortir de la fourgonnette armé d'une paire de tenailles blanches pour briser la chaîne tendue en travers de la route par l'Office national des parcs et forêts, l'adolescent comprit qu'il lui fallait à tout prix s'enfuir.

Et tandis que la fourgonnette s'enfonçait dans les montagnes reculées du parc national, Sam se dit qu'il existait un autre monde possible, là-dehors, et que Riddle et lui devaient tout faire pour y retourner.

Après tout, ils n'avaient plus rien à perdre.

Bobby Ellis arrêta son 4 × 4 devant la maison des Bell. Plus que tout au monde, il rêvait d'être invité à l'intérieur. Mais Emily attrapa son sac et ouvrit la portière avant même qu'il ait eu le temps de lui dire quoi que ce soit hormis : « je te tiens au courant », ce qui sonnait comme une réplique idiote de vieille série télévisée.

Mais Emily ne l'interpréta pas de cette manière, car elle répondit aussitôt :

– Tu vas continuer à enquêter ?

Il fit oui de la tête.

– Euh, eh bien… je pensais me rendre au bureau de ma mère et demander à ses contacts dans la police s'ils avaient du nouveau. Genre, des tuyaux informels, tu vois.

Emily acquiesça.

– Bonne idée.

– Je t'appelle pour te dire tout ça.

Emily hocha la tête une dernière fois et rentra chez elle. Bobby réalisa qu'il aurait dû redémarrer au lieu de la regarder traverser la pelouse et monter les marches du perron. Il aurait dû s'en aller avant qu'elle sorte ses clés et disparaisse à l'intérieur.

Elle lui adressa un petit signe de la main derrière la fenêtre. Il espéra qu'elle le trouvait attentionné d'être resté là, et pas juste hyper-pot de colle.

Bobby Ellis démarra et repartit dans le sens opposé de chez lui. Direction : le centre-ville. S'il y avait du nouveau au sujet de *l'Ennemi*, comme il était venu à le surnommer, il tenait à le savoir le plus vite possible.

Emily monta dans sa chambre avec son sac à dos. Elle referma la porte derrière elle, s'assit sur son lit et s'accorda quelques instants d'engourdissement total.

Elle allait au lycée. Elle avait étudié les manuels d'histoire, de littérature, de maths et de sciences. Elle avait appris à parler une langue étrangère et à jouer d'un instrument de musique (pas mal, mais sans plus). Elle connaissait les règles et les tactiques de jeu d'une douzaine de sports. Elle avait passé son baptême de plongée et savait faire de la poterie. Elle connaissait plusieurs recettes de cuisine et pratiquait les gestes de premiers secours.

Mais personne ne lui avait jamais appris ça.

Aucun document officiel ne précisait les dix étapes à apprendre par cœur pour chasser le blues dans ces cas-là. L'expérience des autres ne l'aidait pas du tout à y voir plus clair.

Elle se roula en boule sur le côté et sentit les larmes lui monter aux yeux.

Il n'y avait aucun manuel à consulter. C'était la vie, tout simplement.

Quand Bobby arriva dans l'immeuble où travaillaient ses parents, sa mère s'entretenait avec un nouveau client dans la petite salle de réunion située au bout du couloir. Tant mieux. Bobby entra dans son bureau et ferma la porte. La messagerie e-mail de sa mère était ouverte. Il savait que le meilleur moyen d'obtenir des renseignements importants, en cas de besoin, était de se faire passer pour elle.

Il cliqua donc sur *Nouveau message* et rédigea quelques mots à l'attention de l'inspecteur Sanderson.

Alors, du nouveau dans l'enquête sur la maison de Needle Lane ?
Barb.

Il se renfonça dans son fauteuil et attendit. Quelques instants plus tard, la réponse arrivait :

Piste intéressante à Cedar City, Utah. Identification formelle du suspect dans une affaire de recel d'objets volés. Mais nos oiseaux sont toujours en cavale.

Bobby fixa l'écran de l'ordinateur.

Ça ne lui plaisait pas du tout. Il avait espéré que personne ne retrouverait leurs traces. Il effaça le message et se leva. Pas question d'en parler à Emily. Il devait absolument la convaincre que *l'Ennemi* ne reviendrait jamais. Mais sans la brusquer.

Et il serait là pour sécher ses larmes.

22

La route caillouteuse était impraticable la moitié de l'année.

Conçue à l'origine pour faciliter l'exploitation du bois, c'était l'une des innombrables voies d'accès réservées aux gardes forestiers et maintenues uniquement pour une meilleure gestion des incendies saisonniers. Le sol humide était encore parsemé de petits tas de neige sale.

Clarence n'avait pas la moindre idée de l'endroit où il se trouvait, ni de l'endroit où il allait, mais il continua à rouler cahin-caha et à grimper toujours plus haut vers nulle part.

Les rochers déchiquetés et couleur de rouille avaient cédé la place aux pins de Virginie, dont la cime culminait très haut. Le chemin longeait à présent la crête d'un pic impressionnant. En amont, on voyait encore des pins et de la rocaille ; en aval, il n'y avait que le précipice.

Après trois heures de route ou presque, au détour d'un virage, Clarence se retrouva face à une chute d'eau qui tombait de la montagne et coupait la chaussée en deux. Il s'arrêta et descendit de la fourgonnette.

Assis à l'arrière, les deux garçons échangèrent un regard. Comme ils avaient tous les deux une envie pressante, ils en profitèrent pour sortir aussi.

Le froid était mordant. Encore plus qu'à l'intérieur. Sam tenta de l'ignorer, mais il tendit machinalement le bras pour récupérer son blouson. Puis il se souvint. Quel blouson? Ils avaient laissé presque toutes leurs affaires au motel.

Riddle posa ses deux pieds sur le sol rocailleux et prit une grande inspiration. Il respirait un peu moins mal par temps froid. Il mit ses mains sur ses joues et continua à inhaler l'air glacé.

Il avait déjà tant souffert de mal respirer. Il avait tant de fois eu l'impression d'être emprisonné dans une boîte dont on aurait refermé le couvercle pour l'empêcher de sortir.

Mais ce jour-là, c'était pire.

Riddle ôta ses mains de son visage et vit que Sam l'avait rejoint. L'adolescent tenait un vieux pull retrouvé au fond de la fourgonnette qu'il tendit à son petit frère en lui faisant signe de l'enfiler. Ce qu'il fit.

Tandis que Clarence continuait à fixer le torrent comme si la seule force de son regard suffirait à le détourner, les deux garçons allèrent au bord du précipice soulager leur vessie.

Sam jeta un coup d'œil en contrebas. Très loin, à travers la forêt de pins et les rochers, lui parvenait le grondement d'une vraie rivière. Mais impossible de la voir. Lorsqu'ils eurent terminé, les garçons regagnèrent la fourgonnette.

Sam sentit son estomac gargouiller. Il avait la nausée depuis leur départ du motel, il y avait plusieurs heures de cela, mais celle-ci commençait à s'atténuer. À présent, son corps criait famine.

Clarence fit soudain volte-face, les traits crispés par la colère.

– Alors, hein, qu'est-ce qu'on fait?

Sam et Riddle gardèrent le silence. Clarence haussa le ton.

– Je vous ai posé une question.

Sam finit par lui répondre sans le regarder :

– Il n'y a pas la place de faire demi-tour, alors j'imagine qu'il faut redescendre en marche arrière…

– Ah oui, tu ferais ça? fit Clarence avec une toute petite voix. Ce serait ta solution?

Sam se contenta d'un hochement de tête. Clarence laissa alors exploser sa fureur.

– Je ne fais pas machine arrière, moi. Tu m'entends ? Jamais de la vie !

Il pivota sur ses talons, remonta derrière le volant et claqua violemment la portière. Puis il démarra et appuya rageusement sur l'accélérateur.

Le véhicule fonça droit vers le torrent. Le cours d'eau était plus profond qu'il n'y paraissait au premier abord, mais Clarence avait raison. La vieille fourgonnette allait passer de l'autre côté.

Tout à coup, le pneu avant droit s'encastra dans une cavité immergée. Tout le côté gauche du véhicule se souleva tandis que les roues arrière continuaient à tourner dans le vide, projetant de l'eau et des cailloux en tous sens.

Puis, soudain, l'essieu avant se brisa.

Le bruit sec se propagea à travers la forêt comme un coup de feu.

Ils avaient eu plusieurs camionnettes différentes au cours des douze dernières années, mais celui-là, ce monstre, les accompagnait depuis leur départ de Tucson. Sauf qu'il était à présent immobilisé au beau milieu d'un torrent, au beau milieu d'une route de montagne, au beau milieu de nulle part.

Clarence resta immobile à sa place. Il ne fit pas mine de sortir du véhicule. Sam fit signe à son frère, et ils partirent s'asseoir sur un tronc d'arbre couché un peu en amont de la route afin d'attendre le prochain épisode de la série *Mon père est un psychopathe*.

Le silence régnait.

Sam n'entendait guère que le doux sifflement du vent au sommet des pins.

Puis, peu à peu, d'autres sons lui parvinrent. Des chants d'oiseaux. Des écureuils. Le grondement du torrent. La rivière en contrebas.

Une musique prenait forme dans sa tête. Chaque bruit devenait un instrument. Maintenant, entrée de la section des cordes.

C'était une symphonie. Sam ferma les yeux et s'imagina comment il interpréterait ce morceau. Une mélodie lancinante, ponctuée par un rythme pugnace et accrocheur. Ses doigts se mouvaient sur le manche de sa vieille guitare. Quand Riddle toussa, Sam entendit comme un claquement de cymbales.

Il était dans la forêt au-dessus du désert, mais il se sentait transporté. Ailleurs. À l'abri. Pour combien de temps ? Il l'ignorait. C'était ce qu'il ressentait chaque fois qu'il jouait de la guitare, et il le ressentait en cet instant précis, assis sur le flanc de la montagne avec son petit frère.

Alors la musique s'arrêta net. La portière de la fourgonnette venait de claquer. Sam rouvrit les yeux et son corps tout entier se crispa. Clarence sortait du véhicule, son fusil à la main. Riddle se tourna vers son frère d'un air affolé. Et maintenant ? Sam lui adressa son fameux regard signifiant : « Tout va bien » alors qu'en réalité tout allait mal.

L'adolescent se releva, le volume de la musique revenu au maximum dans sa tête, et il marcha droit vers son père.

Clarence n'avait plus qu'une idée en tête, et cette idée l'assaillait de toutes parts. La route. La fourgonnette. L'arbre mort, là-bas au loin. Sa voix intérieure lui parlait :

Il faut en finir. Oui. En finir.

Il n'irait nulle part s'il continuait à s'encombrer des deux gamins.

Sûrement pas.

Il avait fait de son mieux. Il avait même fait mieux que ça. Et ils l'avaient trahi. Comme tant de fois auparavant.

Maintenant qu'ils avaient franchi la ligne, impossible de revenir en arrière. Il aurait dû y penser plus tôt. Mais voilà, c'était une chance à saisir. Oui. Tout devenait clair, à présent.

Il mettrait un terme à leurs malheurs. Le petit était débile mental. Ça se voyait comme le nez au milieu de la figure. Même pas foutu de respirer normalement. Quant à l'aîné, il jouait les grands frères protecteurs. La seule question était : lequel des deux descendre en premier ?

Dès qu'il en aurait terminé, il disparaîtrait. Il s'enfoncerait plus haut dans les montagnes. Il savait comment survivre en pleine nature. N'avait-il pas vécu des années en Alaska ? Il se nourrirait de la chasse, de la pêche, et il se ferait oublier du monde. Lorsqu'il retournerait à la civilisation, dans quelques mois, il recommencerait à zéro. Il mettrait le cap vers le nord.

Il faut en finir.

Oui.

Le moment était venu.

Clarence prit son arme et vérifia qu'elle était chargée. Puis il ouvrit la portière et sortit de la fourgonnette, les deux pieds dans l'eau, quand Sam se leva du tronc d'arbre sur lequel il attendait avec Riddle depuis quarante minutes.

Clarence fit quelques pas dans l'eau glacée et leva son fusil pour le braquer en direction de Sam. Mais l'adolescent continua à marcher, imperturbable.

Clarence n'en croyait pas ses yeux.

Il était persuadé que le gamin prendrait la fuite. Il rêvait de les abattre dans le dos, tous les deux. C'était son plan. Mais ça n'allait plus être possible. Il effleura la gâchette. Sans cesser de marcher, Sam lui lança :

– C'est terminé.

Clarence ne dit rien. Il gardait Sam en joue quand, là-bas derrière, Riddle poussa un cri. Il ne criait jamais, d'habitude. C'était trop d'efforts pour ses poumons. Mais là, il se mit à hurler :

– NOOOON !

Clarence braqua son arme dans sa direction en aboyant :

– La ferme !

Sam se jeta sur son père à la seconde où celui-ci pressait la gâchette. Le coup partit, mais la balle manqua sa trajectoire et passa loin de Riddle qui se leva d'un bond, non pour prendre la fuite mais pour rejoindre Sam et Clarence, qui roulaient à terre.

Au même moment, le fusil heurta le sol et un second coup partit. Cette fois, le recul de l'arme percuta Clarence en plein torse et le projeta par-dessus le bord du précipice.

Mais juste avant de tomber, il tendit la main, attrapant le bras de Sam et l'entraînant dans sa chute.

Riddle, qui hurlait toujours, accourut jusqu'au bord et les vit tomber dans le vide comme deux poupées de chiffon par-dessus les rochers et les arbres avant de disparaître hors de sa vue.

– Sam! cria Riddle.

Soudain, le vent cessa de souffler.

La cime des pins cessa de bouger.

Et Riddle se jeta dans le vide pour les rejoindre.

23

Emily avait transmis à la police la photo de Sam découpée dans la gazette locale. Dans le chaos qui avait entouré le départ des garçons, elle n'avait pas réalisé que le salon de coiffure possédait aussi une photo de Riddle.

Étrangement, c'est Nora qui lui donna l'idée en lui demandant si elle avait gardé la publicité avec le numéro de téléphone de Superior Cuts, parce qu'elle voulait y envoyer Rory juste avant le bal de la promo.

– Les photos «avant» et «après» de Sam étaient incroyables! Rory veut se faire la boule à zéro, mais je crois que j'en mourrais sur place. Tu ne trouves pas qu'il a une forme de crâne bizarre?

Nora pouvait se montrer très dure, parfois.

Emily referma son casier et se dirigea droit vers la sortie. Elle n'avait jamais quitté le lycée en plein jour sans mot d'excuse, mais s'étonna de ne pas culpabiliser le moins du monde.

Six pâtés de maisons plus tard, elle montait dans un bus bleu pour se rendre à l'autre bout de la ville. Assise tout au fond, elle se remit à penser à Sam et à Riddle. Peut-être avaient-ils pris ce même bus pour venir chez elle. Peut-être le reprendraient-ils un jour. Mais Emily était bonne en maths; elle connaissait la différence entre une probabilité et une possibilité.

Lorsqu'elle arriva chez Superior Cuts, Rayford, le patron, était assis près de la porte en train de se lamenter. Pourquoi sa coupe ultra-ultracourte ne marchait-elle pas assez pour lui payer des vacances à Hawaï ? Si seulement une actrice, un mannequin ou un chanteur quelconque pouvait s'exhiber devant les flashs du monde entier avec une coupe ne laissant que quatre centimètres de cheveux sur la tête, exigeant un entretien permanent et pouvant être imitée à gogo !

C'était son rêve. Il n'y avait pas encore renoncé.

Rayford sourit à Emily, plantée dehors sur le trottoir. Elle ne lui rendit pas son sourire. Elle était très jolie, mais trop sérieuse pour une fille de son âge. Et elle avait l'air triste, aussi. La configuration idéale pour un changement de look. Il ouvrit la porte un peu plus grand et lui demanda s'il pouvait lui être utile.

Il ne fallut pas longtemps pour retrouver la photo de Riddle. Elle avait été téléchargée le même jour que la photo de Sam, qui était elle-même très souvent consultée puisqu'elle figurait désormais sur toutes les publicités pour Superior Cuts. Le visage de Sam apparaissait notamment sur les nouvelles cartes professionnelles du salon et sur les coupons promotionnels du lundi.

Emily regarda fixement l'écran de l'ordinateur pendant que Rayford lui envoyait le fichier par e-mail. Riddle faisait plus bizarre sur la photo que dans ses souvenirs. Les yeux plissés, il semblait beaucoup plus jeune et avait une vraie tête de fugitif. Voyant la moue d'Emily, Rayford déclara :

– Ce n'est pas ce que tu cherchais ?

Elle hocha la tête sans quitter la photo du regard.

À l'autre bout de la pièce, Crystal venait de terminer un balayage californien sur une cliente ayant visiblement du mal à assumer son âge. Elle ôta ses gants violets fétides, les jeta dans le lavabo et vint se joindre à la discussion.

– Ils ont des problèmes tous les deux, c'est ça ? Le petit faisait un peu voyou, mais pas le grand… enfin, il était plutôt…

– Ils n'ont rien fait de mal, l'interrompit Emily. Ce sont eux les victimes.

Ni Rayford ni Crystal ne comprirent où elle voulait en venir. Mais la jeune coiffeuse acquiesça quand même en signe de sympathie. Puis, ne sachant pas trop quoi dire, elle ajouta :

– Je me ferais un plaisir de te coiffer, tu sais. Si tu as envie de changer de style…

Emily la dévisagea. Cette fille avait coupé les cheveux de Sam et de Riddle. Pour elle, cela faisait déjà beaucoup.

– Je n'ai pas de quoi payer. Je suis juste venue voir les photos et…

Crystal tendit le bras pour décrocher une blouse rose.

– C'est cadeau. Si tu acceptes qu'on prenne ta photo avant et après pour la pub.

Emily souhaitait donner ses mèches à l'une de ces œuvres caritatives fabriquant des perruques pour les enfants atteints de cancer. Crystal lui fit donc une longue natte brune qu'elle trancha d'un coup de ciseaux expert avant de la confier à Rayford.

Emily avait déjà entendu dire que lorsqu'une femme avait le cœur brisé, elle se faisait couper les cheveux. Son cœur à elle n'était pas seulement brisé, il était en miettes. Elle garda les yeux fermés tout du long. Depuis son plus jeune âge, elle s'était habituée à ses longs cheveux bruns qui lui tombaient sur les épaules comme un rideau de velours.

Quand Crystal eut terminé, Emily rouvrit enfin les yeux et eut un choc en se voyant dans le miroir ovale. Elle avait toujours cru qu'avoir les cheveux courts lui donnerait des airs de gamine totalement quelconque.

Mais elle avait tort. Le résultat était incroyable. Elle faisait plus mature, plus sophistiquée.

Même au milieu d'une foule, plus personne ne pourrait la rater.

Crystal imprima la photo d'Emily prise par Rayford et l'afficha juste à côté de celle de Sam.

Ces retrouvailles la consolèrent un peu, même si elles n'avaient lieu que sur le mur couleur amande d'un salon de coiffure de supermarché coincé à côté d'un toiletteur pour chiens fermé depuis plus d'un an pour cause de crise économique. (D'ailleurs, ne voyait-on pas de plus en plus de chiens hirsutes, en ville ?)

Emily sortit du salon et retourna s'asseoir à l'arrêt de bus.

Une camionnette grise avec trois types assis à l'intérieur, serrés sur la banquette avant, s'arrêta au feu rouge à sa hauteur.

Le type à la vitre se pencha pour lui lancer :

– On peut t'emmener quelque part ?

Emily détourna le regard. Les trois mecs étaient pliés de rire. Le conducteur imitait des bruits de klaxon.

– Allez, tu meurs d'envie de t'asseoir sur mes genoux !

Nouvel accès d'hilarité.

Emily resta immobile, les yeux rivés sur le trottoir. Le feu passa au vert. La camionnette ne démarra pas. Le conducteur se pencha par-dessus ses copains pour s'écrier :

– Tu seras dans mes rêves cette nuit, poupée !

Les deux autres s'esclaffèrent et cette fois, Emily les regarda bien en face. Sa voix était si dépourvue d'émotion qu'elle en était presque effrayante.

– Alors ce sera un cauchemar, assena-t-elle.

Le conducteur échangea un regard avec son voisin avant de démarrer en trombe. Ils n'avaient plus du tout envie de rigoler.

Emily les regarda s'éloigner. D'où est-ce qu'ils sortaient, ceux-là ?

Pourquoi les femmes assises seules étaient-elles toujours considérées comme des proies ? Les hommes s'imaginaient-ils vraiment que ça leur faisait plaisir, ou aimaient-ils juste se payer la tête d'inconnues ?

Emily soupira. Comment s'était-elle retrouvée là, dans ce quartier, en pleine journée, alors qu'elle aurait dû être en cours de maths ? Et pourquoi avait-elle envie de sauter dans le premier bus venu pour n'en descendre qu'à l'autre bout du pays ?

Parce que son souhait le plus cher était d'échapper à sa vie.

Sam et Riddle l'avaient-ils donc changée à ce point ?

Clarence avait au moins eu raison sur un point : l'autoroute était infestée de patrouilleurs. Avec tous les avis de recherche lancés contre lui, et en raison de la présence de mineurs, Clarence était passé de simple suspect dans une affaire de vols à celui de dangereux individu en cavale.

L'inspecteur Sanderson avait eu ses collègues de l'Utah au téléphone et leur avait fourni de plus amples informations sur les deux garçons. Il était d'ailleurs à deux doigts de se rendre lui-même sur place.

Il avait alors reçu un coup de fil de Tim Bell lui annonçant qu'il existait une photo du petit. Voilà qui serait fort utile. Le cliché avait été pris dans un salon de coiffure il y avait quelques mois à peine.

Dès qu'il reçut la photo, Sanderson la téléchargea, ainsi que celle de Sam, sur le serveur spécial de la police consacré aux disparitions d'enfants, et elles furent automatiquement communiquées à tous les commissariats du pays.

À la suite de quoi, au lieu d'enquêter sur un tuyau concernant un homme d'affaires local soupçonné d'opérer un gros trafic de marijuana dans un chalet en pleine forêt, Sanderson décida de se pencher davantage sur ces deux garçons.

Il connaissait déjà leur âge. Maintenant, il avait leurs photos. Ces gamins devaient forcément venir de quelque part. D'après la famille Bell, ils étaient sans domicile fixe avec leur père depuis des années. Autant démarrer les recherches à l'époque de leur enfance.

C'était exactement le contraire de la plupart des affaires de ce genre.

Au lieu d'anciennes photos d'enfants vieillies par des graphistes spécialisés pour les représenter à l'adolescence, l'inspecteur avait en sa possession deux portraits d'adolescents dont il fallait maintenant imaginer les visages enfants.

Qui avait perdu deux petits garçons, dix ans en arrière ?

Derrière la vitre du bus, Emily regardait défiler l'alignement de petits commerces.

Deux pâtés de maisons plus loin, à l'arrêt suivant, une fille portant un sac à dos de l'université Baine monta dans le bus avec son copain. Ils allèrent s'asseoir juste devant elle et commencèrent à s'embrasser.

Emily ne savait plus où se mettre. Elle pressa son front contre la vitre et ferma les yeux.

Pourquoi en venait-on à choisir telle ou telle personne en particulier ? Était-ce juste pour mieux se comprendre soi-même à travers les sentiments de l'autre ?

Plutôt tordu, comme raisonnement. Mais très plausible.

Les gens n'étaient-ils que le miroir les uns des autres ?

Voulaient-ils seulement qu'on leur répète à quel point ils étaient géniaux ? Et accordaient-ils vraiment de l'importance au fait que la personne qui les couvrait de compliments était elle-même populaire, admirée pour sa beauté ou son intelligence ?

Chacun de nous s'efforçait-il juste de se sentir unique et reconnu comme tel ?

Ou bien y avait-il autre chose ?

Le coup de foudre comportait-il un ingrédient invisible, impossible à mesurer ? L'amour reposait-il sur autre chose qu'un simple besoin de reconnaissance mutuelle ?

Sa grand-mère Risha lui avait dit un jour qu'il fallait toujours se rappeler la première raison pour laquelle on était tombé amoureux de quelqu'un.

Bien avant d'entendre Sam jouer de la guitare, ou de voir son dévouement pour son petit frère, Emily avait compris que c'était un garçon sensible. Il s'était donné la peine de voir si elle allait bien après son épouvantable solo à l'église.

Il était donc capable de compassion. Pour Emily, cela leur faisait un point commun. Mais sa personnalité lui lançait également un défi. Sam était si différent. Peut-être lui avait-il semblé attirant parce qu'il y avait tant d'énigmes en lui.

Et peut-être toutes ces énigmes à résoudre lui donnaient-elles bonne conscience.

Mais au final, n'avait-elle pas échoué ?

N'avait-elle pas été exclue de la majeure partie de son existence ?

24

Riddle heurta des arbres et des rochers et continua à tomber et à rouler, encore et encore. Lorsqu'il s'immobilisa enfin, son bras droit retenu par la branche d'un arbre mort, il était juste au bord d'un ravin.

Lentement, il se releva et plissa les yeux en direction du soleil. Il avait fait une longue chute. Mais par miracle, il était encore en un seul morceau. Son pied gauche lui faisait mal et il avait une entaille juste au-dessus de l'œil droit.

Du sang coulait de sa plaie, chaud comme du jus de viande. Mais lorsqu'il reprit ses esprits, il réalisa qu'il s'était jeté du haut d'un précipice et qu'il avait survécu.

C'est seulement à cet instant, levant les yeux vers l'endroit d'où il avait sauté, qu'il prit soudain peur. Un sentiment de panique l'envahit.

C'était très, très, très haut. Et très, très, très dangereux.

Je referai jamais ça.

Plus jamais.

Jamais.

Jamais.

Puis il lança dans un cri :

– Sam !

Mais n'obtint aucune réponse.

Clarence entendait la voix de Riddle résonner en contrebas.

Comment le petit s'était-il retrouvé là-bas ? Et comment lui-même avait-il atterri sur cette saillie rocheuse ?

Il était tombé.

C'était la seule chose dont il se souvenait. Et il avait dû se casser la jambe droite en heurtant le sol. Ça lui faisait un mal de chien. Baissant les yeux, il vit qu'un bout d'os lui avait traversé la peau. Il y avait là du sang et de l'os et du cartilage de couleur jaune, pas du tout comme il l'aurait imaginé.

Sa clavicule droite avait dû subir un choc, elle aussi, car il sentit une grosse bosse en passant sa main dessus. Quand il voulut faire un mouvement, une douleur atroce, comme un électrochoc, le déchira de l'intérieur.

Il ferma les yeux et tenta de se concentrer.

La route se trouvait au-dessus de lui. Et la rivière au fond de la vallée coulait en dessous. Il était coincé entre les deux.

Eh bien, pas question pour lui de geler sur place ou de mourir de faim sur un bout de rocher à flanc de montagne.

Il n'avait pas accompli tout ce chemin dans la vie en restant assis à attendre que ça passe. En contrebas, Riddle continuait à s'époumoner pour appeler Sam. Il ne l'avait jamais entendu crier aussi fort.

Il fallait qu'il se sorte de là.

Soudain, il se mit à vomir.

Tout tanguait autour de lui. Il avait deux choses à fuir, désormais. Les garçons et cette saleté de rocher.

Clarence leva à nouveau les yeux. Il n'était même pas à la moitié de la pente. Alors il prit sa décision. Il remonterait la paroi déchiquetée de cette foutue montagne jusqu'à la route. Il y avait de la vodka dans la fourgonnette. Et des biscuits salés à l'arrière. Il aurait donné n'importe quoi pour en avaler un, juste un.

Sa jambe sanguinolente le fit horriblement souffrir lorsqu'il la bougea, mais il n'avait pas le choix. *Voilà, doucement. Tends le bras et tire sur ta jambe. Comme un insecte. Remonte la pente jusqu'en haut. Comme un insecte. À quatre pattes. Sans jamais t'arrêter.*

Parce que là-haut, il y avait des biscuits salés.

Pendant des heures – du moins était-ce son impression – Riddle continua à appeler Sam, Sam, Sam. Et à n'entendre que le vent, le vent, le vent.

Il commença donc à se déplacer tant bien que mal entre les rochers et les arbres.

Il savait qu'à force de chercher, en faisant très attention, il finirait par le retrouver. Il fit donc un plan du haut de la gorge dans sa tête. Comme s'il dessinait. Les trois plus gros rochers. Les plus grands sapins. La rivière en contrebas. Puis il entreprit de fouiller chaque recoin de ce plan mental.

Et quand le soleil fut très bas dans le ciel et que la nuit fut sur le point de l'engloutir, il aperçut quelque chose. Une forme. Un corps humain.

Sam était allongé sur le flanc.

Était-il mort ?

Non, sa poitrine se soulevait. Il dormait. Mais impossible de le réveiller. Il faisait plein de petits bruits. Comme des crachotis. Les yeux fermés, il ne réagissait pas, même quand Riddle finit par s'énerver et lui hurler : « Réveille-toi ! »

Le jeune garçon s'avança jusqu'au cours d'eau, un torrent large et tumultueux, et entreprit d'enlever tous les cailloux à l'endroit où le sol était le plus meuble, jonché d'aiguilles de pin brunes.

Il y avait aussi des restes de neige, par-ci par-là. Peut-être que ça irait quand même. Peut-être que la neige ferait du bien à Sam, parce qu'il avait le visage rouge et brûlant.

Riddle arracha quelques branches de sapin avec des épines encore vertes, moins cassantes et plus molles, et fit un oreiller de fortune. Puis il repartit chercher son frère, ce qui était peut-être une mauvaise idée.

Sam était trop lourd, et Riddle n'eut pas la force de le soulever. Il dut le traîner en le tirant par son pull.

Au début, il crut qu'il lui faisait mal car Sam fit une grimace. Mais il resta endormi.

Riddle continua à le traîner. Il pourrait dormir au bord du torrent, là où il y avait de l'eau. Cela prit un certain temps, mais il finit par l'emmener jusqu'à l'endroit qu'il avait préparé pour lui.

Il l'installa et le laissa se reposer.

Lorsqu'il ouvrit les yeux, il faisait noir.

Il était mort.

C'était la seule explication.

Voilà donc ce qui arrivait, après la mort. On ne voyait plus que du noir. Et on avait la tête qui tourne. Et mal au ventre, aussi.

Alors, peu à peu, ses yeux s'habituèrent à la pénombre et il aperçut quelque chose. Il mit un moment avant de comprendre que c'étaient des étoiles. Un ciel entier constellé de points lumineux.

Puis il entendit un bruit. Un hululement. Un oiseau. Un hibou ?

Peut-être n'était-il pas mort, tout compte fait.

Il ferma les yeux et tenta d'analyser les sensations que lui renvoyait son corps. D'abord, le froid. Il était frigorifié.

Il prit ensuite conscience d'une douleur lancinante dans son épaule. Et dans sa poitrine. Sur le côté, pour être exact. Au niveau de sa cage thoracique.

Puis il entendit un autre bruit. Très proche. Quelque chose bougeait. Un animal. Et un gros.

Il n'était donc pas mort, mais il n'allait pas tarder à l'être. OK. Il était prêt. Parce que, au moins, quand on meurt, on ne ressent plus ni le froid ni la moindre douleur dans sa cage thoracique.

Il ferma les yeux et gémit. C'était plus fort que lui. Il fallait que ça sorte. *Vas-y, animal. Tue-moi.* Alors ce truc qui bougeait, cet animal tout près, murmura :

– Sam ?

Un animal parlant.

Sam rouvrit les yeux et distingua lentement le ciel, puis la silhouette de son frère.

– Riddle?

L'enfant le prit dans ses bras et se mit à sangloter. C'était très douloureux pour Sam. La pression sur son épaule était une nouvelle torture à ajouter à la liste.

Mais il laissa Riddle le serrer contre lui pendant ce qui lui parut une éternité, même s'il avait conscience que ça ne durait pas aussi longtemps. Son frère finit par relâcher son étreinte et parvint à bafouiller à travers ses larmes:

– Tu vas bien? Tu vas bien, Sam? T'es sûr? *Tu vas bien? Sam?*

Il réalisa soudain qu'il avait la bouche très sèche. Comme du coton. De la terre. Du sable. Du sable mélangé à du verre pilé. Du sable imbibé de sang. Même bouger sa langue lui était difficile. Mais il articula:

– Y a de l'eau?

Riddle se leva. Sam le suivit du regard. Il ne semblait pas blessé. Au moins une bonne nouvelle. Mais sa démarche était bizarre. Comme s'il boitait. Quand il revint, il portait entre ses mains une chaussure. Une chaussure remplie d'eau.

Riddle la porta à la bouche de son frère et la souleva légèrement pour qu'il boive. Mauvaise idée. Très mauvaise. Car la douleur lui déchirait à présent l'épaule, les côtes et les hanches. Son crâne semblait sur le point d'exploser.

Mais Riddle comprit. Il rapprocha la chaussure et lui versa l'eau directement dans la bouche. L'eau glacée et délicieuse se mit à lui ruisseler aux coins des lèvres, mais il réussit quand même à l'avaler.

Cette fois, il savait qu'il était vivant.

Il but toute l'eau de la chaussure. Quand il bougea, même à peine, il crut que son épaule était en feu.

Quelqu'un avait braqué un chalumeau sur lui pour creuser un trou depuis le haut de son bras jusqu'à son cou.

Il lâcha un cri de douleur et Riddle se remit à le toucher en répétant avec angoisse :

– Tu vas bien, Sam ? T'es sûr ?

Sam ferma les yeux et réalisa qu'il avait la tête posée sur des branches de pin empilées les unes sur les autres. Comme un oreiller. Sûrement une idée de Riddle. Il chuchota :

– J'ai froid…

Et tout redevint noir autour de lui.

Sam frissonnait dans la nuit glaciale. Riddle partit donc ramasser toutes les fougères qu'il trouva sur la berge. Il en rapporta des brassées entières.

Il ôta le vieux pull trop grand que Sam lui avait donné dans la camionnette et le lui enroula autour des jambes. Puis il le recouvrit de couches successives de fougères, toutes positionnées dans le même sens, comme à l'intérieur d'un circuit électrique, jusqu'à ce que seule la tête de Sam dépasse.

Enfin, soulevant un coin du tapis de fougères, il alla se pelotonner contre son frère et s'endormit en espérant que la chaleur de son corps suffirait à les réchauffer tous les deux.

Riddle se réveilla aux premières lueurs de l'aube. La poitrine de Sam se soulevait et s'abaissait. Il était donc toujours vivant. Le jeune garçon avait faim. Très faim. Mais il faisait si chaud à côté de son frère, sous les fougères, qu'il attendit que le soleil monte plus haut dans le ciel pour les réchauffer de ses rayons brillants. Alors, seulement, il se leva.

Il remplit sa chaussure dans l'eau du torrent et but, dans l'espoir de calmer la faim qui tourmentait son estomac. Hélas, non. Il s'assit sur une bûche pourrie au milieu des débris forestiers qui jonchaient le sol.

Sam les tirait toujours d'affaire. Mais pour l'instant, Sam dormait sous les fougères et il avait encore du mal à se réveiller. Soudain, Riddle examina sa main gauche. Il venait de sentir quelque chose. Des scarabées noirs et luisants marchaient sur le bois rougeâtre et pourri en direction d'un trou, juste à côté de son pouce gauche.

On dirait des bonbons.

Des bonbons avec des jambes.

Riddle prit un scarabée entre ses doigts. L'insecte se débattait dans le vide. Il lui arracha ses six pattes crochues, et la petite bête cessa de bouger.

Maintenant, on dirait vraiment un bonbon.

Il le mit dans sa bouche et le croqua.

Ça n'a pas un goût de bonbon.

Plutôt un goût de cacahuète qui pique.

Une cacahuète qui est restée longtemps à l'arrière de la fourgonnette et je finis par la trouver et je la mange mais sans le dire à Sam.

Riddle prit quatre autres scarabées et leur arracha les pattes avant de les manger. À chaque nouveau scarabée, il s'habitua un peu plus au goût, si bien qu'il finit par plonger sa main dans le trou pour les ramasser par poignées.

Et j'aime bien quand ça craque sous la dent.

À l'aide d'un bâton pour mieux creuser le bois pourri, Riddle dénicha des centaines de scarabées.

Il en mangea jusqu'à ce que sa langue se mette à gonfler. Les scarabées avaient un goût acide, un peu comme de lécher une tarte au citron poivrée. Sachant que Sam aurait besoin de manger quelque chose, il les souleva par poignées entières et leur arracha les pattes avant de les déposer dans sa chaussure.

Mais Riddle eut peur que les insectes croquants ne suffisent pas. Il continua à chercher le long de la berge et ses efforts furent récompensés. Juste après une coudée de la rivière, il tomba sur une petite crique.

L'eau stagnante formait de petites mares très froides et peu profondes. Cela faisait comme un marais en bordure du torrent.

En se rapprochant, Riddle vit qu'il y poussait des touffes de quenouilles.

Il les examina. On aurait dit des saucisses plantées sur des tiges. Riddle adorait les saucisses.

Parfois, Sam leur achetait des hot dogs au snack de la supérette.

Riddle savait que ces trucs-là n'étaient pas vraiment des saucisses, mais ça ne l'empêcha pas de plonger les mains à travers une touffe pour arracher une tige.

Elle était brune et pelucheuse. Riddle ferma les yeux et la posa sur sa joue. C'était doux, rassurant. Et ça sentait bon. Quand il rouvrit les yeux, Riddle vit que de jeunes pousses commençaient à sortir de l'eau.

On aurait dit les légumes que préparait Debbie Bell pour le dîner. Comment ça s'appelait, déjà ? As. Père. Je. Pourtant ça n'avait rien à voir avec ces trois mots-là.

Il se pencha pour arracher une autre tige et ôta les feuilles vertes pour en examiner l'intérieur, qui était doux et blanc. Debbie Bell n'avait-elle pas expliqué qu'il y en avait des blanches, aussi ? Il enfonça l'ongle sale de son pouce dans la chair pulpeuse, qui céda sous la pression.

Sans réfléchir, il mordit dedans. Ça avait un goût frais de concombre et de courgette crue.

Il prit une autre bouchée.

C'était bon.

Très bon.

Surtout après tous ces scarabées.

Le moindre déplacement était une torture.

S'il pouvait ne pas bouger du tout et garder son épaule immobile, tout irait bien. Mais il fallait qu'il respire, et cela lui faisait très mal sur le côté. Au niveau des côtes. Il devait y avoir une fracture. Et son épaule était dans un sale état. Mais au moins, il était vivant.

Et puis, il y avait Riddle.

Comment s'était-il retrouvé en bas du précipice ? Et par quel miracle avait-il atterri en un seul morceau ? La dernière chose dont Sam se souvenait, c'était la route. Tous les trois, là-haut, sur la route.

Où était donc passé Clarence ?

N'avait-il pas essayé de les tuer ? Ou était-ce juste dans sa tête ? Il revoyait encore son père le mettre en joue. Après, c'était le trou noir. Avait-il tué son père ? Peut-être que oui. Adieu, Clarence… Était-ce vraiment ce qui s'était passé ?

Sam avait le sentiment d'être arrivé au bout de quelque chose. Pour lui, en tout cas.

Mais à l'exception de la blessure qui lui entaillait le front, Riddle semblait en bonne santé. Et même mieux que ça. Il avait bonne mine. Sam avait passé sa vie entière à veiller sur son petit frère, et voilà que c'était Riddle qui s'occupait de lui.

Dire qu'il avait peur de le laisser traverser la rue tout seul.

25

À son retour, Riddle trouva Sam les yeux ouverts, sur le dos, en train d'observer le balancement des branches de sapin.

Il rapportait une brassée de quenouilles avec, sur le dessus, sa chaussure pleine de scarabées.

– Sam !...

L'adolescent ânonna péniblement :

– Hé... tu peux m'apporter à boire ?

Avec mille précautions, Riddle posa son chargement par terre et courut puiser de l'eau dans le torrent avec son autre basket. Il éprouvait un soulagement immense. Il ne disait rien mais, à l'intérieur de sa tête, la même phrase tournait en boucle :

Sam est toujours Sam. Sam est toujours Sam. Sam est toujours Sam.

Quand son frère eut fini de boire, Riddle lui tendit son autre chaussure, dont il sortit une poignée de quelque chose ressemblant à des baies. Sam ne chercha même pas à savoir de quoi il s'agissait. Il les mit dans sa bouche et se mit à mâcher. Riddle avait le sourire jusqu'aux oreilles.

– Des noisettes...

Sam mangea quasiment tout le contenu de la chaussure, but une autre gorgée d'eau et, lentement, s'attaqua aux pousses de quenouilles croquantes.

Après avoir terminé de manger, Sam se roula péniblement sur le côté au prix d'une douleur immense pour soulager sa vessie, ce qui montrait au passage que ses reins fonctionnaient encore. Mais la vérité, c'est qu'il souffrait de multiples fractures, voire d'une hémorragie interne. Et il avait besoin d'un médecin.

Explosant dans l'air comme une cascade, une nuée de mouches vint bourdonner juste au-dessus de sa tête. Sam observa leur ballet frénétique. Que venaient-elles faire là ? Soudain, leurs mouvements saccadés se traduisirent en son dans sa tête.

Sa douleur physique était moins forte lorsqu'il parvenait à se concentrer sur quelque chose. Depuis des années, il maîtrisait parfaitement cette technique. Et plus que jamais, c'est ce qui lui permit de supporter la douleur atroce de son épaule brisée, de ses six côtes et de sa clavicule cassées, d'une commotion et de multiples fractures des os.

Il ignorait depuis combien de temps Riddle était parti.

Mais son petit frère finit par réapparaître, son vieux pull recyclé en panier de fortune. À l'intérieur, il transportait des dizaines et des dizaines de tiges de quenouilles. Sous les yeux de Sam, il les aligna par terre avec un soin méticuleux.

Son œuvre terminée, il aida son frère à se déplacer du sol humide couvert d'aiguilles de pin vers ce qui lui fit l'effet, à lui et à son corps en miettes, du coussin le plus moelleux dont on puisse rêver.

Clarence remontait lentement le long des rochers.

Sa jambe cassée, fracturée en plusieurs endroits, était à présent tout enflée et engourdie, décolorée à cause des vaisseaux sanguins écrasés à l'intérieur et presque deux fois supérieure à sa taille normale.

Sa clavicule lui envoyait toujours des décharges électriques, mais s'il gardait le bras plié contre sa poitrine pendant qu'il était allongé, la souffrance physique semblait moins insupportable.

N'importe qui d'autre aurait laissé tomber. La douleur. La

folie de cette ascension le long de la paroi rocheuse et déchique-tée. C'était beaucoup trop pour une personne normale. Mais si Clarence était fou et irrationnel, cela lui permettait aussi de continuer à avancer.

Et l'après-midi suivant, sous un ciel en partie nuageux, exactement vingt-quatre heures après avoir basculé dans le ravin, Clarence se hissait sur la route caillouteuse.

Sa fourgonnette se trouvait un peu plus loin, toujours immobilisée au milieu du torrent. Avec ses dernières réserves d'énergie, Clarence se traîna jusqu'au cours d'eau bouillonnant et but sans s'arrêter pendant une bonne dizaine de minutes. Puis il tituba contre la porte côté passager, l'ouvrit, s'écroula sur la banquette avant et perdit connaissance.

Clarence ayant très tôt laissé les garçons se débrouiller par eux-mêmes, Riddle n'avait pas peur de se retrouver tout seul en pleine forêt. Sam et lui étaient habitués à se battre pour survivre, même au cœur de la ville.

Pendant que son frère dormait, il cassa des branches pour fabriquer une sorte d'enclos, érigeant une muraille de près d'un mètre vingt de hauteur.

Satisfait à l'idée qu'ils passeraient la nuit bien au chaud, Riddle vint se rasseoir à côté de Sam. Il ferma les yeux, épuisé, mais ses doigts se mirent à le démanger.

Il faut que je trace des lignes. Il faut que je dessine des formes.
Mais je n'ai pas mon carnet.
Il faut que je trace des lignes.

C'est à ce moment qu'il réalisa qu'il avait encore un stylo au fond de sa poche. Il le sortit. Rien qu'en le tenant entre ses doigts, il se sentait déjà mieux. Il lut l'inscription publicitaire gravée le long du stylo :

La Mutuelle agricole : Dewey Danes à votre service !

Riddle ôta le capuchon et examina les différentes parties du stylo.

Il était composé de deux tubes en plastique joints par un mince anneau métallique. Au sommet, une languette en métal était reliée à un petit ressort qui pressait le réservoir d'encre bleue.

Riddle étira le ressort jusqu'à l'obtention d'un morceau de fil de fer gondolé. Il remit tous les morceaux du stylo dans sa poche. Puis il se pelotonna contre son frère et s'endormit.

À son réveil, quelques heures plus tard, il trouva Sam les yeux grands ouverts, en train d'examiner les gros nuages qui parsemaient le ciel en priant pour qu'il ne se mette pas à pleuvoir.

– J'ai faim, dit Riddle.

Sam eut un hochement de tête imperceptible. Riddle poursuivit, autant pour lui-même que pour son frère :

– J'ai vu un petit poisson dans la rivière.

Riddle n'aimait pas le poisson. Mais il savait que Sam aimait ça, lui.

– Je mangerais bien un sandwich au poisson fumé. Même un avec cette sauce pas bonne.

Il ressortit les morceaux de stylo de sa poche et se mit à jouer machinalement avec le ressort. Sam l'observait. Le fil de fer semblait pointu.

– Attention. Tu risques de te faire mal.

Riddle continua à tirer sur le ressort, ou ce qu'il en restait. Sam n'insista pas. Il n'était pas en état de se fâcher. Il ferma les yeux. Riddle ravala son souffle et déclara :

– On pourrait pêcher un poisson, peut-être.

Sam garda les yeux clos.

– Peut-être.

Riddle semblait sur le point de pleurer.

– Je sais pas comment on pêche un poisson.

Sam regarda son petit frère.

Quand Riddle avait une idée fixe, même dans ses bons jours, ce n'était pas toujours facile à gérer. La tige du ressort était incurvée au bout. Riddle s'efforçait de l'aplatir. Le métal captait la lumière. Il était pointu. Effilé.

– Jette tes morceaux de stylo. Et prends ça…

Sam avait gardé la vieille montre en or du grand-père d'Emily. Elle avait survécu à la chute.

Riddle avait toujours été fasciné par cette montre. Il avait demandé plusieurs fois à son frère s'il pouvait enlever le couvercle pour examiner l'intérieur, mais Sam ne l'avait jamais autorisé.

L'enfant ouvrit de grands yeux.

– Je peux la démonter ? Je ferai attention.

Sam ne répondit même pas. Bouger le bras lui était trop pénible. Son dernier souvenir de la journée fut la sensation de la main de Riddle sur son poignet, en train de défaire le bracelet en cuir.

Riddle se servit de l'une des pièces détachées du stylo pour ouvrir le boîtier de la montre. Le mécanisme était beau à couper le souffle. Le simple fait d'observer ses différents composants brillants et mouvants l'apaisait. Maintenant, il avait envie de tout démonter. À l'aide du bouton pressoir du stylo, il réussit à enlever la coque en verre du boîtier et la plaça délicatement à côté de lui sur un tas d'aiguilles de pin, avant de se remettre au travail.

Dans le ciel, le soleil était encore chaud. Riddle avait soif. Il se leva et puisa de l'eau du torrent avec sa chaussure. À son retour, il avait encore le menton ruisselant. Une goutte tomba sur la coque en verre.

Alors, pendant qu'il continuait à analyser l'intérieur de cette véritable antiquité en or, un rayon de soleil frappa la goutte d'eau sur le morceau de verre incurvé, et la lumière intense transforma un point minuscule en un point de chaleur surpuissant.

L'une des aiguilles de pin, sèche et positionnée pile dans le bon angle, se mit à brûler. L'odeur lui chatouilla les narines avant même qu'il voie la fumée.

Mais il ne lui fallut pas longtemps pour comprendre qu'il venait de provoquer un heureux accident : le feu.

Sam ouvrit les yeux dans le noir et vit le visage de son frère baigné de la lueur orangée des flammes. Il était en enfer.

– Non !…

Mais Riddle était euphorique.

– J'ai fait du feu. Avec le verre de la montre. Maintenant, on aura bien chaud. Et on pourra se faire la cuisine, aussi ! Sauf qu'on n'a rien à manger. Mais je peux nous trouver des trucs. C'est promis. Parce que maintenant, on a du feu.

Le lendemain, ils se contentèrent à nouveau des pousses de quenouilles blanches et croquantes et burent de l'eau glacée du torrent.

Mais quand Riddle, en quête de distraction et de consolation, ressortit les pièces détachées du stylo, les yeux de Sam tombèrent sur le ressort distordu. Et il réalisa que cela ferait un excellent hameçon.

Riddle comprenait le fonctionnement des choses. Il avait passé sa vie à dessiner des mécanismes. Il écouta donc son frère. Il arracha une fine branche de bouleau, en éplucha l'écorce pour obtenir de longs rubans, fixa la languette métallique du stylo au sommet et tressa les bandes d'écorce entre elles pour bien les renforcer.

Le long des berges, la terre était noire et riche. Riddle suivit les instructions de son frère et creusa le sol à la recherche de vers de terre violacés et bien gras. Il transperça l'un d'eux, qui remuait comme un beau diable, à l'aide du fil de fer qu'il fixa ensuite à la languette métallique du stylo.

Il y passa quasiment toute la journée mais, assis sur son rocher au bord de l'eau, Riddle finit par attraper une truite arc-en-ciel d'un kilo. Le poisson se tortillait sur la rive, furieux d'avoir avalé un ver de terre mort au secret diabolique.

Riddle souleva un caillou et assena un grand coup sec sur la tête du poisson.

Puis il examina la truite morte. Elle était très belle. Un frisson douloureux le parcourut jusqu'au moment où il réalisa que, pour la première fois depuis trois jours, son frère et lui s'endormiraient le ventre plein.

Il partit rejoindre Sam. Il dormait toujours, le bras bizarrement replié à cause de son épaule cassée.

Il avait laissé le feu s'éteindre.

Mais Riddle ne pouvait pas lui en vouloir.

Il était parti pendant des heures, et Sam pouvait à peine bouger. Il posa son poisson par terre et repartit un peu plus haut dans la forêt.

Il s'était rendu compte que les branches aux extrémités un peu poisseuses brûlaient mieux que les autres. Il se mit donc à examiner les troncs noueux des sapins jusqu'à trouver exactement ce qu'il cherchait: une grosse coulée de résine couleur ambre.

Debout sur un gros rocher, il recueillit l'équivalent d'une grosse boule de sève entre ses mains et retourna au bord du torrent. Choisissant une zone bien ensoleillée, près de l'endroit où il avait construit son enclos, il prit le verre de la montre et l'inclina à la lumière en direction de la résine.

Riddle avait le don de la concentration. Jusqu'à l'extrême. Depuis longtemps, il avait appris à trouver sa propre réalité. Il était comme ça. Et il était patient. Il avait attendu une maman pendant dix ans. Il l'attendait toujours. Il pouvait donc bien attendre la formation d'un point chaud de lumière réfractée.

Cela lui prit quatorze minutes.

La résine se mit à faire des bulles. Puis une volute de fumée s'éleva.

Riddle l'alimenta avec soin, comme s'il s'occupait d'un bébé animal, en ajoutant d'abord de minuscules morceaux de bois, puis des branches de plus en plus épaisses.

Une heure plus tard, il faisait griller sa truite arc-en-ciel sur un bon feu de camp.

26

Tout le monde adorait la nouvelle coupe d'Emily.

Ça n'avait pas été un acte de défiance, plutôt un geste de solidarité. Au final, ça l'avait totalement réinventée.

L'ancienne Emily avait disparu.

Et cette nouvelle Emily sentait sa déception s'accroître de jour en jour. Peu importe où Sam était parti, peu importe ce qui s'était passé, il aurait pu trouver le moyen de lui téléphoner. Même juste pour lui dire qu'il ne reviendrait jamais et que sa vie était trop compliquée pour l'expliquer.

Mais il ne s'était même pas donné cette peine.

Ne pas appeler était une forme de communication comme une autre. Emily commençait à se dire que ce silence était sa manière à lui d'annoncer qu'ils ne se reverraient plus. Parce que leur père était une sorte de délinquant et que Sam l'était peut-être lui aussi.

Emily était parvenue à la conclusion que chaque individu faisait des choix.

Sam avait fait le sien. S'il avait appelé pour lui demander de l'aide, elle aurait été là pour lui. Sa famille se serait mobilisée pour lui. Elle avait bien vu le visage de sa mère, ce soir-là. Son inquiétude pour Sam et son frère alors qu'ils n'étaient plus de petits enfants.

L'un d'eux était même un jeune homme.

Au choc de leur disparition succéda la culpabilité de ne pas avoir mieux compris d'où ils venaient. Cette souffrance-là se mua bientôt en ressentiment, puis en solitude. C'est la raison pour laquelle elle accepta l'invitation de Bobby Ellis à venir dîner avec ses parents au country club le dimanche suivant.

Elle s'y était déjà rendue une fois, pour profiter de la piscine à l'occasion de l'anniversaire d'Anneke Reeves. Elle n'avait jamais mis les pieds dans la salle à manger ni sur la terrasse qui surplombait le terrain de golf, où l'on vous servait des rafraîchissements et de petits amuse-gueules avant le repas.

Pour autant, elle n'avait jamais rêvé d'y retourner un jour.

Elle n'y avait même jamais pensé. Ses parents ne possédaient pas leur propre entreprise, pas plus qu'ils n'avaient de sociétés à leur nom.

Aussi, quand Bobby Ellis lui expliqua que le dernier dimanche de chaque mois avait lieu au country club un buffet de fruits de mer à volonté, que ses parents n'en manquaient pas un seul et qu'ils avaient le droit d'amener un invité, elle dit oui.

Mais pas question pour elle de considérer cela comme un rancard, une officialisation quelconque ou le signe qu'ils étaient bons amis, car ce n'était pas le cas.

C'est ce qu'elle se répéta en boucle.

Accepter une invitation au Viewpoint Country Club ne signifiait rien du tout, hormis le fait qu'elle devrait porter une robe avec des manches, non des bretelles, et des chaussures à bouts fermés.

Elle n'avait jamais entendu parler d'un tel code vestimentaire pour aller au restaurant.

Bobby Ellis lui expliqua qu'il devrait quant à lui porter une chemise fermée ainsi qu'une veste de costume, et aussi que les hommes n'avaient pas le droit de porter des chaussures sans chaussettes dans la salle à manger.

Emily trouvait cette dernière règle particulièrement absurde.

Lorsqu'il lui arrivait de porter ses baskets sans chaussettes pendant quelques heures, l'intérieur sentait aussi mauvais que les Converse de son frère. Les gens du country club ignoraient-ils ce détail ?

De toute manière, elle n'avait pas l'intention de porter ses baskets.

Bobby Ellis n'avait jamais trop aimé les fruits de mer.

Mais au buffet dominical du country club, les gens se jetaient littéralement sur les montagnes de crevettes roses et de pinces de crabe. Bobby, lui, trouvait ça peu hygiénique. Tous ces doigts boudinés tendus pour toucher et attraper la nourriture…

Il y avait là d'immenses plateaux de saumon fumé et d'huîtres fondantes. Des saladiers entiers de palourdes et de moules noir bleuté importées d'un autre continent.

Il y avait aussi du hareng, que Bobby avait toujours comparé à des tranches de filet de serpent servies dans une mare de sauce blanche malodorante. Et malgré les innombrables bannettes de petits pains à l'ail qui garnissaient chaque table, l'odeur du buffet lui évoquait celle d'une boutique de matériel pour la pêche.

Mais comme à son habitude en toutes circonstances ou presque, Bobby garda ses sentiments pour lui et se mit au diapason de l'humeur générale. Lorsqu'ils franchirent la porte en verre ornée du sigle VCC, il se tourna vers Emily pour lui murmurer sur le ton de la confidence :

– Ils servaient des queues d'écrevisse, avant, mais ils ont arrêté par mesure d'économie.

Emily ne se souvenait pas d'avoir jamais mangé des queues d'écrevisse. Elle avait bien goûté des bouchées de langoustine frite qu'elle avait mangées une fois, dans un fast-food de fruits de mer, mais ça avait un goût de crevette pané et ce n'était franchement pas terrible.

Barb, la mère de Bobby, poussa un soupir.

– J'adorais leurs queues d'écrevisse…

Cela sonnait comme un cri du cœur. Une expression de tristesse assombrit son visage lisse et uniforme sous la couche de fond de teint liquide qui le recouvrait. Bobby se sentit désolé pour sa mère, à la fois à cause des écrevisses et de son piètre talent pour se maquiller.

À l'intérieur, la famille Ellis (et leur invitée) fut dirigée vers une table située près des baies vitrées. Pendant la journée, expliqua Bobby, c'était la meilleure table à cause de sa vue imprenable sur le green n° 7.

Emily regarda dehors, mais ne vit que la nuit.

Un serveur vint prendre leurs commandes pour l'apéritif. Les parents de Bobby prirent chacun un Martini sec avec supplément d'olives, et l'adolescent un Coca Light. Emily opta pour une limonade.

Leurs boissons arrivèrent, servies dans des verres avec des touillettes en plastique frappées du sigle VCC en lettres d'or sur la pastille ronde au sommet. Bobby n'avait jamais remarqué la présence de ces touillettes, mais quand Emily fit un commentaire à leur sujet, il se demanda comment il avait pu ne pas les remarquer auparavant.

Il espérait que le fait d'avoir commandé un Coca Light ne faisait pas de lui une femmelette, mais il trouvait ça meilleur que le Coca normal. Maintenant que les apéritifs étaient servis, ses parents commencèrent à bombarder Emily de questions. Bobby se sentait crispé, mais il n'en laissa rien paraître et garda son expression affable.

Il savait que ses parents ne pouvaient pas s'en empêcher. L'un était avocat, l'autre détective. Poser des questions faisait partie de leur métier. Pour eux, cela remplaçait la conversation et l'échange de banalités.

Depuis qu'il était petit, Bobby avait appris à répondre aux gens ce qu'ils voulaient entendre. Du coup, cela les faisait taire. Mais Emily ne connaissait pas le truc, et chacune de ses réponses ne faisait qu'ouvrir la voie à de nouvelles questions.

Barb Ellis termina son second Martini avec supplément d'olives, et tout le monde se dirigea vers le buffet.

Bobby resta à table. Il avait commandé sur le menu normal un steak de bœuf haché avec sauce aux champignons.

Il fut le seul convive de toute l'assemblée à manger de la viande.

Emily était sidérée de voir tout ce que les gens prenaient.

Certains se retrouvaient avec une douzaine de crevettes géantes et de tous les autres crustacés disponibles sur leurs assiettes débordantes de nourriture. Et il y avait une telle file d'attente devant le plat de pinces de crabe qu'elle décida de laisser tomber.

Contrairement aux restaurants normaux, les gens semblaient tous se connaître. Ils bavardaient tout en nappant leurs assiettes de sauce cocktail ou en faisant la queue devant les pichets en argent contenant l'assaisonnement rose crémeux pour le crabe.

Tout le monde était très aimable, mais Emily trouvait qu'ils en faisaient tous un peu trop. Elle promena son regard entre les tables. De petites corolles en papier recouvraient les pieds des verres. Elle ne les avait pas remarquées auparavant. Était-ce pour éponger les gouttes ? Beau gâchis écologique, en tout cas.

Et puis, il y avait ces poches de tissu enroulées autour des citrons et nouées au moyen de rubans jaunes. Histoire de recueillir les pépins, peut-être ? Que d'efforts déployés pour des choses inutiles.

Mais elle se garderait bien de le faire remarquer à qui que ce soit.

Personne n'est jamais à l'abri d'une crevette pas fraîche.

C'est ce que lui dit sa mère. Même si cela ne mettait pas forcément en cause le buffet du Viewpoint Country Club.

Le dîner s'était bien déroulé pour Emily. Et pendant les deux heures qui suivirent son retour à la maison, elle ne sentit rien de particulier.

Mais juste au moment de se coucher, son estomac commença à se révolter. La jeune fille se mit à transpirer et, quelques minutes plus tard, elle se retrouva la tête penchée au-dessus des toilettes pendant trois quarts d'heure. Elle n'avait jamais été aussi malade aussi brusquement, du moins pas dans ses souvenirs.

Elle avait surtout le sentiment d'avoir trahi Sam en acceptant l'invitation de Bobby Ellis et d'en payer le prix.

27

Voilà maintenant cinq jours que Clarence vivait dans la four-gonnette.

Il avait vidé deux flacons de sirop pour la toux à la codéine. Fini les réserves de vodka. Mangé tous les crackers et même une vieille portion de fromage cachée par Riddle dans la boîte à gants. Il avait gobé un tube entier de cachets d'aspirine comme on mange un paquet de bonbons, et léché le contour de quatre cannettes de soda vides jusqu'à s'en ouvrir la langue.

Mais cette fois, il était bien obligé d'admettre deux choses.

Il avait une fourgonnette en panne. Et une jambe gravement blessée.

Il lui suffirait de redescendre la route pour trouver de l'aide.

Mais impossible pour lui d'emprunter cette voie.

Et sa jambe était méchamment infectée à l'endroit où l'os était exposé.

Même Clarence, qui n'y connaissait rien en médecine, sentait que la gangrène qui étendait son ombre noire de pus à travers tout son corps finirait par le tuer s'il ne se faisait pas soigner.

Puis il se souvint qu'il avait en sa possession, au fond de la camionnette, un téléphone portable volé à une femme. La ligne avait sans doute été coupée depuis belle lurette, mais n'avait-il pas entendu dire qu'on pouvait localiser un portable grâce aux signaux qu'il émettait ? S'il composait le numéro des secours, cela ne suffirait-il pas à indiquer la présence d'une personne en détresse ?

Les autorités, ces gens qu'il haïssait de tout son cœur et de toute son âme, ne seraient-elles pas obligées de venir vérifier sur place ?

N'était-ce pas inscrit dans la loi ?

Et c'est ainsi que, souffrant le martyre, il rampa centimètre par centimètre par-dessus la banquette poisseuse pour rejoindre l'arrière de la fourgonnette. Après avoir fouillé des cartons contenant des bijoux volés, des relevés de cartes de crédit chipés dans les boîtes aux lettres, de vieilles images de joueurs de base-ball et même une collection de pierres semi-précieuses, il finit par remettre la main sur le téléphone.

Il le brandit dans sa paume. Victoire.

Mais lorsqu'il composa le numéro des urgences, il ne se passa rien. La batterie était morte depuis longtemps.

Alors quelque chose se brisa dans la partie déjà brisée de son âme, et Clarence fondit en larmes.

Tout cela était injuste.

Trop injuste.

Jim Lofgren était un cycliste de l'extrême.

Pour lui, parcourir cent cinquante kilomètres en une journée faisait partie de la routine. Le virus l'avait pris juste après la fac, lorsqu'il avait décidé de se déplacer à vélo et s'était acheté un petit dix-vitesses pour traverser le campus de Berkeley. Le dix-vitesses s'était vite transformé en un modèle de qualité supérieure, qui avait lui-même cédé la place à un vélo de course et à une vie entière placée sous le signe du cyclisme.

Plus Jim passait de temps sur son vélo, plus il avait besoin de nouveaux défis. Il avait pédalé six heures non-stop par quarante-cinq degrés. Il avait roulé sous la pluie et même sous la neige, dans le désert et à la montagne.

L'une des raisons qui l'avaient poussé à quitter la Californie pour s'installer dans l'Utah était la possibilité d'y trouver des circuits plus difficiles.

Et ce jour-là, Jim chargea son VTT carbone à six mille dollars sur son véhicule hybride avant de mettre le cap sur la forêt nationale de Manti-La Sal.

C'était la fin du printemps, et la plupart des voies d'accès aux sommets montagneux étaient encore fermées. Mais Jim était un cycliste expert; et les experts savent bien que la mention « fermé au public » ne s'adresse pas à eux.

Jim quitta l'autoroute pour s'engager sur le chemin de service. Là-bas, au loin, le mont Peale dominait la vallée. Jim connaissait l'endroit où la route s'élargissait et où il pourrait discrètement garer sa voiture.

Lorsqu'il ajusta son casque et cala ses pieds dans les pédales, de petits nuages moutonneux parsemaient le ciel. Une brise légère faisait osciller la cime des arbres.

Un jour rêvé pour escalader une montagne.

Riddle et Sam campaient au bord de la rivière depuis près d'une semaine.

Et chaque instant pendant lequel il ne dormait pas, Riddle le consacrait à leur survie.

Il pêchait des poissons dont il vidait les entrailles à l'aide de son stylo avant de les faire griller sur le feu. Un feu qu'il fallait entretenir, avec l'aide de Sam, jour et nuit.

Pendant tout ce temps, ils avaient aussi mangé quatre grenouilles. Des dizaines et des dizaines de tiges de quenouilles. Des sauterelles grillées. Des choses dont ils ne connaissaient même pas le nom: des têtes de violon, des inflorescences de campanules, du cerfeuil musqué, du gingembre rouge et des pousses de fougère au goût de réglisse.

Riddle avait déterré des racines tubéreuses de plantes dans la terre molle des berges et les avait placées sur des braises chaudes, comme il avait vu Debbie Bell le faire avec les pommes de terre sur le barbecue.

Le jeune garçon rapportait tout ce qu'il trouvait à son frère, qui jugea toutefois préférable de ne pas toucher aux pleurotes veloutés comme des oreilles de bébé. Il rejeta également les morilles jaunes et noires ainsi que les bolets couleur camouflage trouvés par Riddle dans le tronc d'un peuplier mort.

Pour le consoler, Sam lui dit qu'il valait mieux avoir faim que de s'empoisonner, sans savoir qu'il avait déjà mangé la moitié des bolets.

Et quand l'adolescent découvrit que les noisettes croquantes étaient en réalité des scarabées, il décida également d'y mettre un terme.

Les journées étaient longues pour Sam, toujours allongé sur le dos.

Les nuits étaient longues pour Riddle, qui fixait les étoiles en espérant qu'il ne pleuvrait pas – ou pire – avant que quelqu'un les retrouve.

Sam avait cessé d'avoir peur que Clarence surgisse de nulle part son fusil à la main.

Il s'inquiétait désormais à la pensée qu'ils ne ressortiraient jamais de cette forêt.

Il avait espéré que la fumée de leur feu de camp finirait par attirer l'attention, mais les volutes blanches se volatilisaient presque aussitôt dans l'air froid et humide de la montagne.

Ils se trouvaient au fond d'une gorge étroite. À moins de provoquer un incendie, il y avait peu de chances pour qu'un signal visuel manifeste leur présence. Encore fallait-il que quelqu'un les recherche – ce qui n'était même pas sûr.

Il souffrait moins des côtes, mais son épaule était dans un état catastrophique. Il passait donc la majeure partie de son temps à dormir. Et même dans ses moments d'assoupissement, il était bluffé par son petit frère.

Jim Lofgren avait bien vu qu'on avait déplacé la chaîne tendue entre les deux piliers en ciment lorsqu'il avait commencé l'ascension de la route menant à la forêt.

Mais il ne s'était pas posé de questions. Et il n'avait aucun moyen de savoir que la chaîne avait été brisée, et non détachée par un garde forestier.

Jim grimpait le long de la route caillouteuse depuis près de quatre heures et demie lorsque, au détour d'un virage, il tomba sur une camionnette noire au milieu d'un torrent.

Le véhicule était immobilisé selon un angle bizarre, et Jim comprit tout de suite qu'il était coincé. L'eau avait naturellement trouvé le moyen de contourner les roues, et la poussière sur la carrosserie semblait indiquer que l'accident n'était pas très récent.

Jim s'arrêta et descendit de vélo. C'est alors qu'il vit le fusil abandonné par terre. Son pouls, qui commençait à ralentir depuis qu'il avait cessé de pédaler, s'emballa à nouveau. Était-ce une scène de crime?

– Hé ho! lança-t-il.

Pas de réponse. Jim posa son vélo contre la paroi de la montagne et, contournant prudemment le fusil, s'avança à pas lents vers la fourgonnette.

– Hé ho! Il y a quelqu'un?

Toujours rien.

Jim se tenait maintenant au bord du cours d'eau. Il lui faudrait mouiller ses pieds pour se rapprocher du véhicule. Ses chaussures, moulées spécialement pour sa forme de pieds, lui avaient coûté une petite fortune et Jim se demanda dans quel pétrin il était peut-être en train de se fourrer. Il n'était pas encore trop tard pour faire demi-tour.

L'eau glacée lui tourbillonnait autour des mollets tandis qu'il s'avançait vers la portière côté conducteur. Les vitres du véhicule étaient remontées, et le reflet du soleil empêchait de voir à l'intérieur.

Jim agrippa la poignée et la tourna vers le haut, priant à moitié pour que la porte soit verrouillée.

Raté.

La portière s'ouvrit, et une bouffée d'air rance le prit à la gorge. Jim n'avait jamais senti une odeur aussi épouvantable de toute sa vie. C'était un mélange de chair putréfiée, d'urine, de glaires et d'alcool qui lui fit instinctivement porter sa main à son visage pour se couvrir le nez et la bouche. Il tituba en arrière dans l'eau froide et faillit tomber à la renverse en apercevant le corps tordu de Clarence sur la banquette arrière. Une voix râpeuse lui lança :

– Ben merde, vous en avez mis du temps.

Riddle avait été très occupé à fouiller les rochers le long de la rive en quête de nourriture, et il avait mal aux pieds.

Son corps était couvert d'entailles et d'éraflures dont certaines, rouges et gonflées, étaient de véritables terrains propices aux infections mineures qui parsemaient sa peau brûlée par le soleil. Certaines de ses plaies le démangeaient. Riddle se frotta les yeux et regarda ses chaussures. Voilà au moins un problème qu'il était en mesure de résoudre.

Ses baskets étaient maculées de terre et de saletés. Il portait des chaussettes, qu'il prenait toujours le soin de mouiller à cause des cloques et des brûlures qu'il ne supportait plus.

C'était le milieu de l'après-midi. Le soleil juste au-dessus de sa tête, Riddle s'accorda un moment de détente. Il fallait qu'il enlève ses chaussures. Qu'il libère ses orteils meurtris.

Il n'eut aucun mal à ôter la première basket. Mais pour la seconde, il lui fallut dénouer son lacet trempé.

Or quand Riddle perdait patience, il n'avait plus la dextérité nécessaire pour défaire un lacet. Au lieu de respirer un grand coup pour se détendre, il se mit à tirer dessus de toutes ses forces, si bien que la languette et le reste de la chaussure se détachèrent brusquement de la semelle et lui échappèrent des mains pour atterrir dans le torrent.

Entraînée par le courant, la basket commença à dériver et Riddle s'élança à sa poursuite.

Son saut du haut de la montagne avait été un acte impulsif. Depuis, Riddle avait agi avec méthode, marchant d'un pas prudent et volontaire pour rassembler du bois et trouver de quoi manger.

Mais là, les yeux braqués sur sa chaussure flottante, le jeune garçon était affolé.

Il fit des choses qu'il n'aurait jamais faites s'il n'avait pas eu le regard fixé sur sa basket. Il escalada des rochers et s'engouffra à travers des buissons épineux, le souffle pantelant. Il trébucha à deux reprises. La première fois, il faillit tomber dans la rivière et, la seconde, se tordit si violemment la cheville qu'il dut poursuivre en boitant.

Après plus d'un kilomètre de cette course folle, juste au moment où il perdait espoir, alors que sa basket était partie si loin devant qu'il commençait à la perdre de vue, celle-ci fut aspirée par une berge sapée, et la poursuite fut terminée.

Il arrive que de forts courants entraînent l'érosion des berges en dessous du niveau du sol, creusant une sorte de niche à l'intérieur. Les rochers forment alors un piège naturel, et c'est ainsi que la basket flottante se retrouva immobilisée. Riddle avait les larmes aux yeux lorsqu'il atteignit enfin la berge. Mais son sentiment de victoire fut de courte durée. Sa cheville lui faisait atrocement mal, et sa course-poursuite l'avait épuisé.

Alors qu'il haletait pour retrouver son souffle, à demi penché en avant, son regard fut attiré par une tache rouge au milieu de la végétation folle qui poussait le long de la rive.

Sa curiosité fut plus forte que lui. Au bout d'une bonne vingtaine de minutes à peser le pour et le contre, Riddle remit sa basket trempée et décida d'aller voir de plus près.

C'était un kayak biplace.

Retourné à l'envers, coincé entre un rocher et la rive, il devait être là depuis un moment, à en juger par les algues vertes et luisantes qui recouvraient presque toute sa surface.

Riddle mit près d'une heure à dénouer l'amarre et à déterrer la coque. Mais enfin, il réussit à libérer l'embarcation. Le temps qu'il revienne au campement en tirant le kayak sur l'eau à contre-courant, le soleil avait disparu depuis longtemps et il faisait déjà nuit.

Malgré la douleur, Sam se redressa lorsqu'il entendit enfin son frère. Il s'était fait un sang d'encre. Riddle ne s'était jamais absenté aussi longtemps.

Une belle surprise l'attendait. Non seulement son petit frère était sain et sauf, mais il rapportait son plus gros trophée.

Riddle était épuisé, mais tout excité.

– J'ai trouvé…

Il crachotait, peinant à retrouver son souffle.

– J'ai trouvé… un…

Il sifflait, à présent. C'était trop pour lui. Il ouvrit la bouche et parvint à articuler :

– Un *bateau* !

Sam crut qu'il souffrait d'hallucinations lorsqu'il réalisa que Riddle traînait derrière lui un kayak.

Il n'avait plus qu'un seul bras valide – et le gauche, en prime, alors qu'il était droitier – pour aider son frère. Mais au final, au prix d'efforts incroyables, les deux garçons réussirent à tirer l'embarcation hors de l'eau pour la hisser sur la rive.

Et ces efforts furent doublement récompensés.

Car à l'intérieur de la coque fuselée, coincé tout à l'avant dans une mallette en plastique étanche, se trouvait un kit de premiers secours.

Il y avait là des pansements, une petite paire de ciseaux, de l'aspirine, de la crème solaire, du baume à lèvres, un pain de savon antibactérien, des pastilles d'iode, un petit rouleau de chatterton et une brochure sur les soins d'urgence.

Mais le plus beau des trésors restait à venir, caché au fond de la mallette. Mieux que le jackpot : deux barres Snickers emballées dans de l'aluminium. Le slogan *T'as faim ? Prends un Snickers !* imprimé sur l'emballage leur fit monter les larmes aux yeux.

Les deux garçons contemplèrent leur butin comme s'ils venaient de dévaliser une supérette – ce qui, compte tenu de leur mode de vie passé, avait toujours fait partie des hypothèses envisageables.

C'était encore mieux qu'un jour férié, un anniversaire ou n'importe quelle autre fête. C'était un cadeau. Une récompense. Un triomphe.

Et c'était à eux.

Jim Lofgren prenait toujours un téléphone portable sur lui quand il partait faire du vélo. Il avait aussi un sachet d'amandes grillées au chocolat, du gel énergisant, des bretzels au beurre de cacahuète, des sucres d'orge et des bâtonnets de bœuf séché. Pendant que Clarence décimait ses provisions, Jim composa le numéro d'urgence. Mais il n'y avait pas de réseau à cette altitude. Il lui faudrait redescendre la route jusqu'en bas pour trouver du secours.

Quel soulagement !

Ce type dans sa fourgonnette puante le mettait horriblement mal à l'aise. Il ne ressemblait pas juste à un cadavre ambulant ; il sortait tout droit d'un film d'horreur, genre Gardien de la Crypte. C'était la meilleure manière de le décrire. Jim savait que si cet homme n'avait pas été mort de faim, avec une jambe putréfiée prête à tomber en morceaux, il aurait pu être dangereux. Très dangereux.

Son comportement était anormal. Au lieu de se montrer reconnaissant, il était furieux. Il jurait, crachait et exigeait l'impossible.

Jim remplit l'une des bouteilles de vodka vides trouvées dans la fourgonnette avec de l'eau du torrent, et y jeta une pastille d'iode pour la purifier. À peine le Gardien de la Crypte en but-il une gorgée qu'il la lui recracha violemment au visage.

– Tu veux m'empoisonner ou quoi ? T'as pissé dedans, c'est ça ? Tu te fous de ma gueule ?

Jim tenta de lui expliquer le concept de stérilisation de l'eau, mais autant s'adresser à un mur. Il repartit donc sur son vélo, à présent affamé, et redescendit la route forestière.

Avant de partir, il avait promis à l'homme de revenir avec de l'aide mais, en l'entendant aboyer un nouveau flot d'obscénités, il prit une décision : il laisserait les professionnels se débrouiller avec lui. Il ne voulait plus jamais revoir ce type.

28

Malgré l'incident de la crevette, Emily se sentit plus proche de Bobby Ellis après la soirée au country club. Il ne s'était pas jeté sur le buffet. Il n'avait pas fait les gros yeux à ses parents pendant qu'ils la bombardaient de questions, ce qui était une réaction assez rare pour quelqu'un de son âge. Et à la fin de la soirée, il l'avait remerciée comme si elle lui avait fait don de son rein gauche.

Mais en même temps, cette situation la mettait très mal à l'aise.

Bobby Ellis s'insinuait peu à peu dans sa vie.

Si elle profitait d'une heure de pause pour sortir réviser près des tables de pique-nique, il venait lui tenir compagnie. Si elle restait discuter avec le prof à la fin du cours, il l'attendait devant son casier. Si elle allait manger une pizza avec ses copines chez Spumoni le midi, il débarquait dix minutes plus tard, comme par hasard.

À croire qu'il avait un GPS traquant ses déplacements vingt-quatre heures sur vingt-quatre. Peut-être était-ce le fruit de son imagination mais, par deux fois, tard le soir, en descendant boire un verre à la cuisine, elle avait cru voir passer son 4×4 dehors, dans la rue sombre.

Or ce n'était pas du tout le trajet pour rentrer chez lui.

Elle réfléchissait à la manière de lui dire qu'elle le trouvait un peu trop envahissant lorsqu'ils apprirent tous deux la nouvelle en même temps.

Et dès lors, tout fut différent.

L'inspecteur Sanderson raccrocha son téléphone et but une gorgée de café refroidi. Puis il relut les notes qu'il avait prises sur son carnet jaune pendant la conversation.

Un homme répondant au nom de John Smith venait d'être retrouvé dans la forêt du parc national de Manti-La Sal, dans l'Utah.

Il avait une fourgonnette semblable à celle de la photo prise par Bobby Ellis et incluse dans le rapport envoyé à tous les commissariats de la région.

Il s'agissait également de la même fourgonnette signalée par la police de Cedar City une semaine auparavant. Les plaques minéralogiques correspondaient à une voiture immatriculée dans le Nevada, mais le véhicule avait été formellement reconnu grâce à son contenu.

Ce John Smith possédait un faux permis de conduire et un fusil. Deux autres armes à feu illégales ainsi que des biens volés avaient également été retrouvés dans sa fourgonnette.

L'homme effectuait sa garde à vue sous surveillance rapprochée de la police du comté de l'Utah à l'Hôpital régional, où il se remettait de l'amputation de sa jambe droite.

Dès que sa santé le permettrait, il serait transféré à la prison d'Andryc en attendant son inculpation pour plusieurs délits criminels.

Le suspect n'évoqua ses enfants qu'au lendemain de son arrestation, après son opération. Après avoir été formellement identifié par une certaine Mrs. Dairy, une dame âgée, puis interrogé par la police de Cedar City, il demanda la présence d'un avocat. Puis il fit une déclaration officielle.

Il n'avait rien fait de mal.

Il y avait eu un accident.

Et ses deux fils étaient morts.

Bobby Ellis avait ramené Emily chez elle après son entraînement de foot. Elle ne souhaitait pas qu'il entre dans la maison, quand, au moment où il arrêta son 4×4 devant l'allée, elle aperçut la voiture de son père garée le long du trottoir.

C'était mauvais signe.

Tous les deux le sentirent.

Ils se hâtèrent vers la maison et trouvèrent leurs quatre parents réunis dans le salon. Il y avait des tasses de café vides sur la table, preuve qu'ils étaient tous là depuis un moment. Debbie Bell avait les yeux gonflés. Emily regarda sa mère. Avait-elle pleuré ?

Tout le monde se leva pour les accueillir, mais Tim Bell fut le premier à prendre la parole.

– La police nous a annoncé que le père de Sam et Riddle avait été retrouvé dans les montagnes d'un parc national de l'Utah. Il est actuellement à l'hôpital où…

Emily l'interrompit :

– Et Sam ? Sam et Riddle, où sont-ils ?

Ce fut sa mère qui lui répondit.

– Ils n'étaient pas avec lui.

Emily relâcha son souffle. Enfin une bonne nouvelle. Ils avaient échappé à ce monstre.

Mais aucun des adultes ne semblait considérer cela comme une nouvelle positive. Ils avaient tous la mine sombre. Le père d'Emily poursuivit :

– Les deux garçons étaient avec lui dans la fourgonnette quand il a quitté Cedar City. Apparemment, il les a enlevés. Leurs affaires étaient restées dans leur chambre de motel.

Bobby Ellis le dévisagea, stupéfié par son usage du verbe « enlever ». Pouvait-on enlever ses propres enfants, surtout quand l'un d'eux était un adolescent ? Pour lui, ce terme n'était pas correct.

Le regard d'Emily oscilla entre ses deux parents.

– Mais alors, qu'est-ce qu'il a dit ? Où sont-ils ? A-t-il expliqué ce qui leur était arrivé ?

Silence.

Barb Ellis ne regardait ni son fils ni Emily. Elle fixait le parquet. Son mari scrutait un livre posé sur la table basse. Tim Bell s'avança vers sa fille. Il voulut dire quelque chose, mais aucun son ne sortit de sa bouche.

Debbie Bell, qui avait l'habitude de faire face aux urgences tous les jours, s'adressa directement à sa fille. Elle prit un ton ferme, rassurant. Emily connaissait cette voix. C'était celle qui vous prenait en charge quand les choses allaient très, très mal.

– Nous n'avons aucune raison de croire ce qu'a dit cet homme. C'est un menteur, un voleur, et il est pour l'instant sous médication intensive…

Debbie fit une pause avant de poursuivre.

– Mais bref. Il a déclaré qu'il y avait eu un accident. Il a dit à la police que les deux garçons se tenaient au bord du précipice sur une route de montagne. Il y a eu un glissement de terrain. Riddle est tombé, Sam a voulu le retenir, et il a suivi le même chemin que son frère…

« Leur père a déclaré qu'il était descendu les chercher et qu'il s'était cassé la jambe. Les autorités ont envoyé des équipes pour les retrouver.

Debbie avait toujours la parfaite maîtrise d'elle-même lorsqu'elle conclut :

– Les faits remontent à la semaine dernière. La police a retrouvé un fusil avec deux balles manquantes. Il est possible que les garçons n'aient pas survécu.

Jusqu'à cet après-midi-là, Debbie ne pensait pas grand-chose de Bobby Ellis. Il paraissait aimable, mais dégageait quelque chose de faux qui la mettait mal à l'aise.

Idem pour ses parents.

Barb et Derrick Ellis avaient réussi dans la vie, ils en imposaient, mais ce n'était pas le genre de personnes à faire un jour partie de son cercle d'amis. Elle aurait été bien en peine de dire pourquoi. Juste une intuition, comme ça.

Mais lorsqu'ils annoncèrent la nouvelle à Emily, et qu'elle s'écroula sur le canapé pour fondre en larmes, celui qui parut le mieux à même de la consoler fut Bobby Ellis. Ses parents décidèrent de partir. Ils se sentaient gênés, de trop. Ils crurent que leur fils allait les suivre, mais il n'en fit rien.

Il resta assis sans un mot à côté d'Emily et sa seule présence lui apportait du réconfort.

Debbie réalisa que le trait de caractère qui l'avait toujours dérangée chez lui semblait maintenant une qualité. Son insensibilité apparente était un atout. Le fait est que la situation n'était plus la même. Sa fille avait besoin de quelqu'un.

Et Debbie Bell lui était reconnaissante d'être là.

Emily voulait se rendre dans l'Utah, mais ses parents n'étaient bien sûr pas d'accord. Elle ne croyait pas à la mort de Sam et de Riddle.

Sûrement pas.

C'était impossible. Elle les reverrait un jour. Elle les retrouverait. Ils reviendraient.

La police se trompait. C'est elle qui avait raison.

Il ne pouvait pas en être autrement.

Sam et elle seraient à nouveau réunis. Car que serait l'avenir s'ils n'étaient plus ensemble ? Elle s'était répété en boucle qu'il était parti, que tel était son choix et que tout était fini.

Mais elle n'y avait jamais cru.

Pas vraiment.

C'était juste un truc qu'elle s'était dit parce qu'elle savait que Sam finirait par revenir, pas avant plusieurs années, peut-être, mais un jour, oui.

Tout semblait si flou. Si différent.

Elle n'avait jamais remarqué les taches sur le canapé du salon. Avaient-elles toujours été là ?

Sa mère avait pris un coup de vieux. Surtout au niveau des yeux. Était-ce la fatigue, ou l'âge ?

Et son père. Ses cheveux grisonnaient, à présent. Quand était-ce arrivé ? Même Felix avait l'air épuisé.

Était-ce simplement la vie qui suivait son cours normal ?

Elle but un verre d'eau et eut une drôle de sensation en l'avalant. Ça ne ressemblait pas à de l'eau. Plutôt à du pudding. Elle buvait du pudding, mais du pudding transparent. Voilà pourquoi elle avait autant de mal à déglutir.

Et Bobby Ellis était assis à côté d'elle. Sans un mot. C'était le seul à ne pas vouloir lui parler ou la toucher. Tous les autres jacassaient non-stop. Ou bien ils essayaient de la cajoler.

Qu'est-ce qu'ils se racontaient ?

Ils semblaient chuchoter entre eux. Des voix étouffées lui parvenaient d'autres pièces. Son petit frère fut expédié chez le voisin alors qu'il n'avait aucune envie d'y aller.

Son père lui demanda si elle souhaitait appeler Nora. Ou Katie. Ou Anne. Ou Lucy. Ne devrait-elle pas appeler l'une de ses amies proches ? Peut-être Annette, Haley ou Remi ? Est-ce que ça ne l'aiderait pas un peu ?

Ils avaient tous envie de manger.

Mais elle n'avait pas faim. Pourquoi voulaient-ils absolument la nourrir ? Ils devaient avoir une idée derrière la tête.

Bobby Ellis n'avait pas faim. Il n'avait aucune idée derrière la tête.

Puis Debbie voulut lui donner un cachet. Pour l'aider à dormir. Voilà ce qu'ils voulaient. Qu'elle monte dans sa chambre, et qu'elle se repose.

Elle n'avait pas envie de se reposer.

Elle voulait partir à sa recherche.

Dehors, le vent soufflait. Les arbres s'agitaient dans tous les sens. Elle ne se souvenait pas d'avoir jamais vu pareil phénomène. Bougeaient-ils toujours ainsi ? Le vent ne soufflait-il pas dans une seule et même direction ? Les choses ne devraient-elles pas plutôt bouger toutes dans le même sens ?

Même la pelouse ondulait bizarrement. En regardant bien, on

voyait que les brins d'herbe tremblaient. Ils devaient sentir le souffle glacé du vent alors que le printemps touchait à sa fin et que l'été s'annonçait déjà, loin des frimas de l'hiver.

Car même avec un pull, impossible de se réchauffer.

Il y avait maintenant comme un frisson dans l'air.

Un frisson partout.

Bobby ne savait pas quoi faire.

Il n'avait jamais assisté à l'annonce d'une mauvaise nouvelle. Même quand sa grand-mère était morte, on le lui avait seulement dit après l'enterrement. On disait qu'il était trop petit pour comprendre, or il avait dix ans et comprenait parfaitement ce que mourir signifiait. Sans compter qu'il aimait beaucoup sa grand-mère. Elle lui donnait toujours des bonbons, des petits gâteaux, et lui racontait toujours plein de secrets. Il éprouvait encore une certaine amertume à l'idée de ne pas lui avoir fait ses adieux comme tout le monde.

Il n'avait donc aucune expérience en la matière.

Cette mauvaise nouvelle était la bonne nouvelle qu'il avait espérée. Mais maintenant qu'elle était tombée, il ressentait un vide terrible et regrettait d'avoir souhaité une telle chose.

Voilà pourquoi il ne disait rien.

Il se sentait coupable.

Il avait fait semblant d'apporter son aide. De vouloir retrouver ces deux garçons. Maintenant, il avait honte.

Il avait considéré Sam comme l'Ennemi. C'était méprisable. Si ça se trouve, tout était en partie sa faute. Comment savoir ?

Rien ne se déroulait comme prévu.

Emily déclara qu'elle avait besoin de faire un tour, et il lui proposa de venir avec elle tout en s'attendant à ce qu'elle refuse, comme d'habitude.

Mais pour une fois, elle dit oui et enfila un gros manteau comme si c'était l'hiver alors qu'il ne faisait même pas froid. Ses parents semblaient très contents qu'il accompagne leur fille.

Pour la première fois, il eut l'impression que Mrs. Bell ne le détestait pas.

Ils partirent le long du trottoir désert. Le soleil était à présent bas dans le ciel et la lumière du jour déclinait rapidement. Il ne savait pas quoi dire. Il ne trouvait pas les mots. Il préféra donc garder le silence.

Soudain, alors qu'ils étaient arrivés au bout de la rue, elle lui agrippa la main et il éclata brusquement en sanglots.

Il attendait cela depuis si longtemps. Qu'elle fasse un geste envers lui, qu'elle ait besoin de lui... L'émotion était trop forte pour qu'il puisse la contenir.

Les larmes roulèrent sur ses joues. Il s'efforça de se calmer, de contrôler sa respiration, mais c'était impossible.

Il se sentait ridicule. Comme un gros bébé.

Sauf qu'Emily ne le voyait pas de cette manière. Lorsqu'elle s'aperçut qu'il pleurait, elle le prit dans ses bras et le serra fort contre elle en mêlant ses larmes aux siennes.

Mais ils ne pleuraient pas pour les mêmes raisons.

29

Cette histoire de kayak était une mauvaise idée.

La baleine, comme ils l'avaient surnommé, était maintenant bien ancrée sur la terre ferme et leur servait d'abri nocturne. Mais Riddle voulait s'en servir pour descendre la rivière et aller chercher de l'aide. Il en parlait sans arrêt.

Sam réfléchit à la question tout en observant le mouvement incessant des arbres alors que lui bougeait à peine.

Première question : peut-on laisser deux personnes monter dans un bateau et foncer droit vers les rapides sans gilets de sauvetage ? Réponse évidente : sûrement pas.

Deuxième question : peut-on laisser deux personnes monter dans un bateau et foncer droit vers les rapides sans gilets de sauvetage alors que l'une d'elles a peur de l'eau et qu'aucune des deux ne sait nager ? Il avait essayé d'apprendre tout seul au Mexique. Ne retrouverait-il pas les bons réflexes ? Réponse évidente : sûrement pas.

Troisième question : peut-on laisser deux personnes monter dans une barque et foncer droit vers les rapides sans gilets de sauvetage alors que l'une d'elles a peur de l'eau, qu'aucune des deux ne sait nager et qu'elles n'ont même pas de rames pour manœuvrer le bateau ? Ils n'avaient que de simples bâtons. De très longues branches, pour être exact. Mais Riddle y croyait à fond. Oh, et n'oublions pas : l'une des deux personnes avait les côtes cassées et une fracture à l'épaule, aussi.

Ce n'était même pas la peine de répondre.

Sam annonça donc à son frère que c'était non.

Ils devraient rester là. Quelqu'un finirait par venir. Ce n'était qu'une question de temps. Une semaine, peut-être. En attendant, ils survivaient.

Et c'est alors qu'ils commirent une erreur.

Quand on dort quatre-vingt-quatorze jours d'affilée, on se réveille la faim au ventre. Avant de commencer sa longue nuit, on accumule des réserves de graisse au niveau du ventre (une vingtaine de kilos habituellement), et on se cherche un trou ou une petite cavité pour s'installer.

Mais cette longue nuit dure près de trois mois. Et à l'arrivée du printemps, votre faim est telle que vous iriez jusqu'à manger de la boue assaisonnée aux fourmis ou aux vers de terre. Il faut donc plusieurs mois pour s'habituer en termes de nourriture.

Aujourd'hui, il existe des routes et des lignes électriques menant vers tous ces endroits où vous n'avez pas le droit d'aller.

Les endroits où vivent les gens.

Mais malgré tout ce qu'ils ont construit, malgré tout l'espace qu'ils se sont approprié, nous résistons toujours dans trente-huit États. Dans les dix provinces canadiennes. Et même dans une large partie du Mexique.

Être un ours, c'est une vocation. Il ne s'agit pas juste d'aimer les baies et le poisson frais.

Chaque année, on nous tire dessus. Chaque année, on nous écrase en voiture, en camion et même en train. On nous empoisonne. On nous piège. On nous attaque de toutes les façons possibles.

Et chaque année, l'un de nous riposte. Et tout le monde y perd, car c'est une question de réputation. Pour se faire respecter, mieux vaut être dangereux que mortel.

Mais certaines habitudes sont trop difficiles à perdre.

Ils appellent ça « mettre en charpie ». Ce qu'on fait aux gens.

La plupart du temps, quand ça arrive, c'est qu'on a été surpris. Qu'on ne s'attendait pas à croiser quelqu'un. Ça nous fait peur, sincèrement. Et quand on pèse cent cinquante kilos, qu'on a trente-deux crocs aiguisés comme des lames de rasoir et mauvais caractère, la situation peut dégénérer facilement.

Parfois, quand les choses ont vraiment mal tourné, il arrive qu'on croque un morceau après avoir mis quelqu'un en charpie. Un bras ou une jambe. Seulement si l'occasion se présente. Quand personne ne se bat en retour, c'est une invitation à passer à table.

Mais je le répète, ce n'est pas une priorité.

On adore les friandises. C'est souvent ça le problème. On serait capable de parcourir quinze bornes pour un peu de miel.

Et on finirait par le trouver, parce que notre odorat est infaillible.

C'est comme ça qu'on se retrouve entre nous. Et c'est comme ça qu'on tombe sur ce qu'il y a de meilleur.

En tout cas, c'est comme ça qu'on a découvert les deux garçons.

Lorsqu'ils avaient fini de manger, Riddle ramassait les arêtes ou les restes de légumes, quand il y en avait, et les jetait dans la rivière. Il procédait ainsi à cause des petites mouches noires et des armées de fourmis qui surgissaient de nulle part à l'affût de la moindre miette.

Mais quand ils eurent terminé les barres chocolatées qu'ils avaient trouvées dans le kayak, Riddle conserva les emballages. C'était un lien avec le monde extérieur. Et ils sentaient bon, en plus.

Pour un ours brun tout juste sorti de sa période d'hibernation, l'odeur du chocolat qui imprégnait ces papiers d'emballage se sentait à plus de trois cents mètres, si le vent soufflait dans la bonne direction.

L'aube pointait. Le soleil n'éclairait pas encore le versant est de la montagne. Riddle s'était levé par deux fois au milieu de la nuit pour jeter du petit bois sur les braises. Il savait donc qu'il trouverait un feu encore allumé à son réveil.

Il sortit le vieil emballage de barre chocolatée de sa poche et le renifla. Cela le rassurait. Le matin, il régnait un calme total. Il n'y avait que le bruit de l'eau et l'air glacé du petit jour. Même la plupart des oiseaux dormaient encore.

Riddle resta allongé sur le dos une vingtaine de minutes à repenser à quel point il avait eu froid aux pieds pendant la nuit, lorsqu'il entendit un bruit qu'il assimila d'abord au crépitement du feu.

Mais ce bruit-là était différent.

À côté de lui, Sam dormait toujours. Riddle ne voulait pas le réveiller. Il retint son souffle et tendit l'oreille.

À nouveau des craquements. Des crissements. Ce n'était pas le feu, songea-t-il. Mais autre chose. Des bruits de pas, peut-être ?

Alors il entendit un souffle. Ce n'était pas le sien, parce qu'il ne respirait plus.

Riddle repoussa les aiguilles de pin, les fougères et les branches qui leur servaient de couvertures et, lentement, se redressa en position assise.

Il voyait à présent au-dessus du kayak, dont la coque en plastique tournée vers l'intérieur faisait comme un rempart entre lui et le reste du monde.

Et là, juste devant, à trois mètres, les yeux rivés sur lui, se trouvait un ours brun adulte.

Riddle resta pétrifié. L'animal aussi. Le jeune garçon ravala son souffle avec un petit couinement étranglé qui réveilla Sam, et ce dernier ouvrit les yeux.

L'ours se dressa alors sur ses pattes arrière. Il mesurait presque deux mètres de haut. La tête relevée, il reniflait l'odeur des deux garçons. Ses narines palpitaient.

Sam vit l'ours. Et l'ours le vit.

Allait-il les mettre en charpie? Leur percer le crâne à coups de crocs, leur perforer le cerveau et les tuer sur le coup?

Riddle était parfaitement immobile.

Il regardait fixement l'animal, sans bouger le moindre muscle. Ils restèrent ainsi face à face, l'ours dressé au-dessus d'eux, et les deux garçons pétrifiés d'horreur.

N'importe quel gamin serait tombé dans les pommes.

Mais pas Riddle.

Il avait peur. Et en même temps, il était émerveillé. L'ours était si proche qu'il sentait sa chaleur et son souffle rance.

L'animal ouvrit sa gueule en grand et se mit à souffler de l'air tout en claquant des mâchoires. C'était une technique d'intimidation. Ses crocs luisaient de salive.

Après plusieurs minutes de cette démonstration, l'ours se remit à quatre pattes et frappa violemment le sol, laissant une empreinte distincte dans la terre.

Puis, ayant ainsi délivré son message d'avertissement, il se retourna et disparut en courant parmi les broussailles.

Après cet épisode, Sam changea d'avis.

Il décida qu'il préférait mourir dans l'eau glacée plutôt que sous les griffes d'un ours. Il était prêt à monter à bord du kayak, car il lui était désormais impossible de fermer l'œil en sachant que l'animal rôdait peut-être dans les parages.

Il ignorait que Riddle avait gardé les emballages de Snickers dans sa poche. Et Riddle ignorait que c'était ce qui avait attiré l'ours. Tous deux ignoraient que l'animal ne s'intéressait pas à eux. La démonstration de force et le coup de l'empreinte sur le sol n'étaient que du bluff.

Mais ils s'imaginaient le pire.

Ils prirent donc une décision. Ils prendraient place à bord du kayak rouge.

Ils essaieraient de descendre la rivière.

Riddle prit le gros scotch trouvé dans la mallette d'urgence et l'utilisa pour fixer deux bâtons en travers du dos de Sam. La brochure sur les premiers soins précisait qu'une épaule fracturée devait être bien stabilisée. Le périple s'annonçait difficile. Quand Riddle eut terminé, Sam ressemblait à un épouvantail.

Les garçons firent des réserves de glands dans leurs poches en prévision des moments de faim. Riddle versa de l'eau sur le feu qu'il avait entretenu avec son frère au prix de tant d'efforts. Ils tartinèrent de crème solaire leurs visages déjà brûlés. Ils s'enduisirent les lèvres de baume, et Sam avala quatre aspirines pour atténuer la douleur dans son épaule. Puis, tout doucement, avec l'aide de son frère, il s'installa à bord du kayak.

Riddle avait pris des branches de peuplier en guise de rames, mais elles faisaient davantage office de freins inefficaces une fois plongées dans l'eau. Le jeune garçon grimpa à l'arrière, poussa le kayak jusque dans l'eau et ils entamèrent la descente de la rivière.

J'ai déjà vu des gens dans des bateaux, ils n'ont pas l'air d'avoir peur.
Mais peut-être qu'ils savent nager.
Nous, on ne sait pas.
Est-ce que les ours savent nager ?
Sam ne peut rien faire pour moi sur le bateau.
Sam a peur.
Moi aussi, j'ai peur.
C'est un voyage.
Un voyage dangereux.
Un voyage dangereux dans notre bateau rouge pour que quelqu'un nous retrouve.

Grâce à l'équipe cynophile de la police du comté de l'Utah, il fut confirmé que les deux garçons s'étaient bel et bien trouvés à l'endroit où était immobilisée la fourgonnette. Les chiens flairèrent leurs traces depuis le tronc couché en amont de la route jusqu'au bord du précipice.

Un être humain aurait eu bien du mal à déceler des indices pour comprendre ce qui s'était passé. Mais pour les deux chiennes de la brigade, ça ne faisait aucun doute : les garçons avaient disparu dans le vide.

À l'aide d'un GPS, les trois équipes de sauvetage cherchèrent un moyen de descendre le long de la paroi jusqu'à la rivière en contrebas.

Les hommes mirent une journée entière à parcourir la moitié de la descente. Équipés de cordages et de matériel d'escalade, les deux chiennes sanglées dans des harnais, ils scrutèrent les rochers tranchants, examinant la moindre saillie, la moindre indentation. Ce n'est que l'après-midi du deuxième jour qu'une odeur fut repérée.

L'une des chiennes repéra l'endroit où Sam avait atterri, et l'équipe demanda des renforts par talkie-walkie. Bientôt, ils identifièrent aussi la trace de Riddle. Ils savaient désormais que les deux garçons avaient fini leur chute au fond du ravin.

Les pièces du puzzle commençaient à se mettre en place.

Tout est une question de timing.

Sam et Riddle quittèrent leur campement au bord de la rivière quelques heures à peine avant l'arrivée de l'équipe de recherche.

Si Riddle n'avait pas cassé sa chaussure, s'il n'avait pas retrouvé le kayak parmi les broussailles, et si l'ours n'avait pas reniflé l'odeur des emballages de barres chocolatées, les deux frères auraient été assis près du feu, à attendre les secours.

Mais au lieu de ça, ils descendaient une rivière aux eaux glaciales.

Les équipes de recherche n'avaient aucun moyen de connaître l'existence du kayak.

Ils découvrirent des éléments prouvant que les garçons avaient, pour quelque temps, campé au bord de la rivière : la zone piétinée où ils avaient dormi, les braises du feu encore tièdes.

Non loin de là, ils trouvèrent également des empreintes et des griffures d'ours.

Les deux frères avaient-ils fui par la rivière à cause de la présence d'un ours ?

Les chiennes perdaient leur trace au-delà d'un rayon de trois kilomètres autour du campement.

S'ils étaient partis par la rivière, ils se seraient noyés. Peut-être l'un avait-il plongé pour sauver l'autre qui était tombé ? Une équipe de plongeurs de la police, avec combinaisons étanches et bouteilles d'oxygène, fut amenée sur les lieux afin de fouiller le fond de la rivière.

Sans succès.

Junie et Faith, les deux chiennes de la brigade, s'étaient assises en gémissant à l'endroit où le kayak avait été traîné et poussé dans l'eau. Leurs glapissements rendaient les hommes à cran. Mais les chiennes sentaient ce qu'ils ne voyaient pas. Et voici ce qu'elles essayaient de leur dire :

Ils avaient un bateau. Voilà ce qui s'est passé.

Mais personne ne les écoutait.

30

Le soir où ils apprirent la mauvaise nouvelle, Bobby Ellis et Emily s'endormirent sur le canapé du salon.

Emily s'était roulée en boule comme un chiot frigorifié. Bobby s'était étendu de tout son long comme quelqu'un ayant pris l'habitude de dormir dans un lit *king-size*.

Debbie leur mit des couvertures et appela les parents de Bobby pour expliquer qu'elle souhaitait les laisser se reposer. Barb Ellis répondit qu'elle comprenait. Mais en réalité, pas vraiment. Les Bell étaient bien gentils, mais leur famille faisait un peu trop bohème à ses yeux.

C'était le seul terme qu'elle avait trouvé pour les décrire. Il y avait trop de choses dans leur maison. Trop de tableaux aux murs, trop de babioles ethniques qui auraient mérité d'être revendues dans une brocante.

Et ces livres, partout. Il leur faudrait de nouvelles étagères. Ou mieux encore, s'inscrire à la bibliothèque municipale.

Barb avait fait installer de la moquette couleur taupe ultra-épaisse dans toutes les pièces de sa maison, et pas seulement parce qu'elle aimait ce style ; elle avait ainsi l'assurance que tout était propre. Ce qui expliquait en partie pourquoi elle n'avait jamais eu d'animaux domestiques sous son toit.

Bobby était allergique. Mais même sans cela, elle n'aurait jamais accepté d'animaux chez elle. Elle les préférait dans les zoos et dans les arbres, de loin, comme les écureuils qu'elle voyait se chamailler sur la pelouse du voisin.

Mais les Bell avaient un gros chien collant. Et deux chats hystériques, aussi. Sans oublier leurs plantes d'intérieur, détail dont Barb avait toujours eu horreur. Elle ne supportait pas l'idée d'avoir de la terre dans sa maison. C'était plein d'insectes. Sans compter qu'en arrosant les plantes on risquait de mouiller la moquette. C'était un fait avéré.

Barb aimait les fleurs coupées. Mais pas les bouquets composés. Elle aimait que tout soit de la même couleur. En blanc, par exemple. Cela satisfaisait son sens de l'ordre et de l'hygiène.

Elle aimait aussi les fleurs avec de très longues tiges, parce qu'on voyait tout de suite que vous ne les aviez pas cueillies vous-mêmes dans votre jardin.

Ces fleurs montraient qu'elles avaient été achetées, et que quelqu'un avait pris la peine de le faire. Quelqu'un accordant de l'importance au fait d'avoir des fleurs fraîches pour décorer sa maison.

Et c'était important.

Après cette fameuse soirée, Bobby devint l'ombre d'Emily. Ils ne se quittèrent plus d'une semelle.

Ils faisaient leurs devoirs ensemble, le plus souvent dans le salon des Bell, et généralement avec la télé allumée sur la chaîne sportive ESPN, parce que Bobby travaillait comme ça chez lui.

Au bout d'une semaine, il lui proposa de l'accompagner au bal de la promo des premières/terminales, et elle accepta.

Ce soir-là, avant de partir, il l'embrassa, assis sur une chaise de jardin derrière la maison. Il glissa même sa main sous son tee-shirt et se crut au paradis. Elle le remarqua à peine.

La meilleure façon d'oublier la douleur est de déplacer vos pensées ailleurs. De laisser votre esprit flotter au-dessus afin de prendre du recul sur vous-même.

Désormais, vous étiez votre propre double.

En toute circonstance.

Alors les deux Emily firent exactement ce qu'on attendait d'elles, car c'est le seul moyen pour qu'on vous laisse en paix.

Vous vous efforcez de sourire, cela sonne faux. Mais puisque vous n'êtes plus vraiment vous-même, ce n'est pas un problème. Le problème, c'est plutôt la trivialité générale de ce qui vous entoure. Les choses pour lesquelles les gens s'énervent ou s'angoissent alors que ça n'en vaut pas la peine.

Mais ça, les gens ne le voient pas.

Ainsi, pendant que le reste du monde se focalise sur des choses inutiles, vous connaissez le secret. Vous savez qu'il y a les choses importantes, et puis les autres.

Et ce qui est important pour vous, hormis vos parents, votre petit frère, votre chien, vos deux nouveaux chats, vos grands-parents et votre meilleure amie, c'est lui et son frère.

Mais Sam et Riddle sont partis. Pour toujours.

Alors tâchez de vous y faire.

Ou au moins, faites semblant pour les autres.

Clarence avait eu la jambe droite amputée au-dessus du genou.

Le lendemain de l'opération, il ressentit ce que la plupart des personnes amputées éprouvent jusqu'à la fin de leur vie : des douleurs fantômes. Il souffrait horriblement à l'endroit où son pied n'existait plus.

Comme si on lui enfonçait des clous dans les ongles.

Ce furent d'abord des démangeaisons terribles au beau milieu de la nuit.

Puis les choses empirèrent.

Le lendemain matin, les infirmières doublèrent ses doses d'analgésiques et appelèrent le médecin de garde. Les yeux vitreux mais fou de rage, Clarence exigea qu'on lui enlève le pied droit. Lorsqu'on essaya de lui expliquer que c'était déjà fait, il fit plus qu'insulter le personnel de l'hôpital. Il balança ses poings dans le vide, renversa sa table de chevet et son goutte-à-goutte.

L'après-midi, après avoir mordu une infirmière à l'avant-bras, il fut mis sous camisole. Le soir, le chef de service avait fait une demande pour qu'il soit transféré dans un autre établissement.

Une ambulance arriva le lendemain matin pour emmener le patient Clarence Border (nom d'usage : John Smith) à la clinique Brimway, un établissement public géré par les autorités.

L'après-midi, Howie P. McKinnon, vêtu d'un costume sombre, vint lui rendre visite. En le voyant entrer, Clarence le jaugea et marmonna :

– Je me fous pas mal de ce que vous vendez. J'achèterai rien. Dégagez.

Howie restait planté à deux ou trois mètres du lit en se demandant comment serrer la main à un homme en camisole.

Diplômé de la fac de droit depuis quatre ans, Howie avait mis deux années et raté trois fois de suite l'examen d'entrée avant de devenir membre du barreau. Sa jeune carrière d'avocat commis d'office ne l'avait amené qu'à défendre des cas de conduite en état d'ivresse – qu'il perdait d'ailleurs la plupart du temps, sa seule stratégie de défense pour ce type d'affaire étant d'affirmer que les alcotests en vigueur dans l'État n'étaient pas fiables.

Howie parvenait généralement à se mettre un ou deux jurés dans la poche grâce à sa plaidoirie façon théorie du complot, mais ses clients avaient toujours des allures d'alcooliques, si bien qu'il enchaînait les procès perdus avec une régularité remarquable.

Le jeune homme se racla la gorge et fit un pas timide vers le lit.

– Mr. B-Border, mon nom est Howie P. McKinnon et je suis v-v-v-v-otre avocat.

Clarence plissa les yeux.

– Mon nom est John Smith.

Howie consulta ses papiers et parvint à marmotter :

– Oui, Mr. S-S-Smith...

– Je veux porter plainte contre l'hôpital ! aboya soudain Clarence. Ces salauds m'ont coupé la jambe.

Howie acquiesça pendant que l'autre continuait à vociférer, l'écume aux lèvres.

– Et le pire, c'est qu'ils ont fait ça n'importe comment parce que je sens encore mon pied !

Howie reculait imperceptiblement vers la porte. Clarence pensa soudain à autre chose et baissa le ton de sa voix.

– J'ai besoin d'une clope.

– Il est int-t-t-terdit de fumer ici, balbutia l'avocat.

Clarence le toisa avec mépris.

– Vous croyez que je suis pas au courant ? Vous me prenez pour un imbécile ?

Howie garda le silence.

– La prochaine fois que vous venez, poursuivit Clarence, apportez-moi une cartouche de cigarettes ou c'est même pas la peine de vous pointer. Et demandez-moi un fauteuil roulant. Vous pourrez me trimballer dehors.

Howie fit oui de la tête. Ce Clarence Border/John Smith avait le don de se faire respecter. Clarence soutint son regard.

– Et dernière chose. Ils peuvent dire ce qu'ils veulent… eh bien, j'ai rien fait. Écris ça dans tes notes, monsieur le premier de la classe. C'était pas moi.

Et Howie sortit docilement un stylo.

Le compte rendu signé par le bureau du shérif listait la noyade parmi les causes de mort possibles. Une alerte fluviale fut placée dans deux comtés, et la plupart des télévisions de l'Utah diffusèrent un message d'urgence pour signaler la mort probable de deux jeunes garçons ayant survécu seuls dans la montagne pendant près de quinze jours.

Leurs corps n'avaient toujours pas été retrouvés.

L'inspecteur Sanderson prit l'appel du shérif de Cedar City, puis rédigea un e-mail qu'il n'envoya pas. Il décida de passer voir les Bell en rentrant chez lui et de leur annoncer lui-même la nouvelle. Il appréciait Tim Bell, et il savait que c'était un moment difficile pour toute la famille. Mais d'expérience, il savait qu'il fallait d'abord tourner la page avant de faire son deuil.

L'inspecteur parcourut ses dossiers. Voilà plus d'un mois que les garçons avaient disparu. À vrai dire, cette affaire s'était résolue en un laps de temps admirablement court. La plupart du temps, les disparitions de ce type demeuraient sans réponse. N'empêche, il se sentirait mieux une fois qu'on aurait retrouvé les corps des garçons.

L'inspecteur n'entra pas dans la maison des Bell. Il s'entretint avec Tim sur le perron. Les recherches officielles étaient terminées. Les policiers avaient passé la rivière et les abords du campement au peigne fin, sans succès.

Mais leurs conclusions étaient formelles. Les garçons avaient fui par le torrent. La température de l'eau, qui avoisinait les quatre degrés, les aurait plongés en hypothermie en moins d'une heure.

Personne ne survivait à cela.

31

Ça ne ressemblait à rien de ce qu'ils s'étaient imaginé.

Avec leurs seules branches en guise de rames, ils n'avaient pas vraiment le moyen de contrôler les mouvements de la barque. Leur embarcation était donc à la merci du torrent ; ses courants et ses obstacles transformèrent le kayak en un jouet en plastique.

Ils tournoyaient constamment dans tous les sens. Une minute, Riddle était assis à l'avant en train d'essayer de manœuvrer les grosses branches et, l'instant d'après, le kayak faisait une pirouette si bien que Sam se retrouvait face aux rapides.

Très vite, les branches furent aspirées par le courant et les deux garçons se retrouvèrent complètement livrés au bon vouloir de la nature. Pour Sam, avec son épaule brisée, c'était doublement l'enfer.

Le moindre mouvement lui provoquait de nouvelles décharges de douleur. Au bout d'une heure de ce qui aurait pu être une promenade à dos d'étalon sauvage avec une tronçonneuse en travers des côtes, il sentit quelque chose lâcher à l'intérieur de lui.

Ce fut comme une sorte de choc physique provoqué par la température glaciale de l'eau, le mouvement constant et les glapissements de Riddle. Quand la rivière se transforma en une série de rapides, son petit frère devint comme un chien battu et attaché. Incapable de fuir, et incapable de garder le silence.

Sa seule réaction, alors qu'il était confronté à ces montagnes russes dans l'eau glacée, était de gémir et de pleurer. Pendant que Sam serrait les dents, grimaçant de douleur, persuadé qu'à tout moment il allait perdre connaissance et tomber par-dessus bord, priant pour se noyer alors le plus vite et le moins douloureusement possible, Riddle haletait pour retrouver son souffle en une lutte féroce et audible.

Puis, après avoir été ballottés trois heures et demie au gré des rapides comme un bouchon dans un tambour de machine à laver, ils virent la configuration de la rivière changer ; le lit du torrent se rétrécit, et le courant diminua d'un seul coup.

C'était un miracle. Ils n'avaient pas chaviré.

Ils avaient parcouru quinze kilomètres. Et ils se trouvaient bien plus bas que leur point de départ. Les formations rocheuses qui longeaient les berges semblaient plus lisses. D'immenses murs de pierre couleur de rouille s'élevaient de part et d'autre de la rivière, qui s'écoulait maintenant avec lenteur et indolence. Le soleil qui se reflétait à la surface plane de l'eau commençait même à sécher leurs vêtements trempés.

Riddle cessa de hurler. Et Sam cessa de penser à la mort.

Tous deux furent émus par l'intensité du monde qui les entourait. Au-dessus de leurs têtes, un aigle les observait en traçant des cercles dans le ciel.

Riddle prononça enfin une phrase qui ne contenait pas les mots « au secours » :

– J'ai fait pipi dans mon pantalon.

Une heure plus tard, le canyon rocailleux avait cédé la place à un autre type de terrain et le tempérament de la rivière se modifiait à nouveau. Le courant reprit de la vitesse et le bruit de l'eau, renforcé par l'écho, produisait un grondement inédit. Le manège de l'horreur était de retour.

– Oh non, j'en peux plus ! hurla Riddle à son frère.

Sam comprit ce qu'il voulait dire. Il ressentait la même chose. Mais il lui répondit :

– On va trouver de l'aide !

Il tourna légèrement la tête vers son frère. Au même moment, le kayak pivota sur lui-même pour la énième fois et se retrouva devant derrière, mais de biais par rapport au sens du courant, si bien qu'il avançait moins vite.

Le grondement se faisait de plus en plus sonore. Sam se demandait si c'était dans sa tête quand Riddle déclara :

– J'entends des voitures.

Sam écouta. Était-ce possible ? Une autoroute ? Avaient-ils vraiment parcouru une telle distance ? C'était trop beau pour oser l'espérer.

Riddle se tenait parfaitement immobile, l'oreille aux aguets.

Malgré la douleur qui lui vrillait l'épaule, la nuque, le dos et les jambes, Sam se retourna pour mieux voir ce qui se passait autour de lui. Ils semblaient dans une zone totalement isolée.

Mais le bruit de l'autoroute s'était rapproché. Riddle commençait à s'agiter.

– Sam, j'entends les voitures ! Pour de vrai !

Il remuait tellement que le kayak se mit à osciller.

– Arrête de bouger ! s'écria Sam.

Riddle essaya de se calmer, mais il avait les yeux écarquillés. L'autoroute était de plus en plus près. Peut-être qu'ils allaient passer sous un pont. Ils pourraient alors agiter leurs bras. Les gens les verraient, non ? Comprendraient-ils qu'ils avaient besoin d'aide ?

La crème solaire que Riddle avait appliquée sur son visage depuis des heures commençait à lui dégouliner du front dans l'œil droit. Il se frotta la paupière, mais ce fut pire. Il ressentit soudain un picotement intense.

Plongeant sa main dans l'eau, il s'aspergea le visage. Le kayak tangua. Sam réagit au quart de tour.

– Riddle, je t'ai dit d'arrêter !

– Mais j'ai l'œil qui me pique à cause de la crème solaire !

– On s'en fout, de ton œil !

Il n'aurait pas dû dire ça. Pas de cette manière. Les mots étaient sortis tout seuls.

Ils étaient totalement à cran. Épuisés. Affamés. Incapables de prêter attention aux changements de la rivière et de réagir en conséquence, alors qu'ils auraient dû être vigilants. Ils étaient trop occupés à se disputer.

À peine sept secondes plus tard, l'autoroute fantôme se révéla en réalité une cascade, et les deux garçons et leur kayak basculèrent dans le vide.

Ce fut une chute de neuf mètres cinquante, comme de sauter du toit d'un immeuble de trois étages. Le kayak était toujours de biais lorsqu'ils basculèrent, et l'arrière de la coque érafla soudain un gros rocher comme une voiture frôlant un trottoir.

Ils hurlèrent – comme deux animaux paniqués, songea Sam au moment où le son sortit de leurs bouches.

Mais le courant les attirait, le rocher les retenait, et le kayak fit une pirouette. Les deux garçons furent catapultés en l'air avec leur embarcation et les tonnes d'eau de la rivière, achevant leur chute dans le tourbillon en contrebas. Le kayak, à présent vide, plongea sous l'eau écumante avant d'en ressortir quelques instants plus tard à la vitesse d'un boulet de canon.

Les deux garçons coulèrent comme des pierres, maintenus sous l'eau par le martèlement du mur d'eau qui s'abattait sur eux. Le poids qui pesait sur leurs corps était trop énorme. Mais soudain, le courant, tel un serpent à l'humeur changeante, les aspira dans une autre direction. Ils se retrouvèrent propulsés vers le haut et, une poignée de secondes plus tard, furent recrachés à la surface.

Le kayak écarlate connut un sort plus tragique, brisé en deux par un rocher tranchant comme s'il avait reçu un coup de hache.

Les deux moitiés de la coque se mirent à décrire des cercles. L'avant, gorgé d'eau, coula rapidement à pic tandis que l'arrière continua à suivre le courant en tournoyant furieusement sur lui-même avant de disparaître.

Pris dans les remous, les deux garçons réalisèrent bien assez vite que savoir nager n'avait aucune importance. En pareille situation, il n'y avait plus de bon ou de mauvais nageur. Seule comptait la main glacée du destin.

Et cette main glacée choisit alors de les séparer, les livrant chacun à son propre sort.

Les dernières paroles que Sam se rappelait avoir entendues de la bouche de son frère furent : « J'ai l'œil qui me pique. » Et la dernière chose qu'il avait dite à Riddle était : « On s'en fout, de ton œil. »

Il s'entendit le répéter encore et encore tandis que l'eau noire emplissait ses narines, chassant l'air de ses poumons.

On s'en fout, de ton œil.

Car là où il se trouvait, désormais, seuls les aveugles y voyaient quelque chose.

Tous les jours, des gens trouvent la mort dans des rivières.

Ils meurent malgré leurs gilets de sauvetage et leurs années d'expérience. Ils meurent au milieu de bateaux et de spectateurs, un kit de survie à portée de main. Ils meurent après avoir suivi à la lettre toutes les consignes pour ne pas avoir d'accident.

Et d'autres survivent alors qu'ils n'ont rien respecté du tout.

Sam et Riddle partirent dans des directions opposées, jetés chacun d'un côté différent de la rivière.

Riddle se retrouva sur la droite. À demi conscient, il flottait à la surface. Les poches d'air qui gonflaient son pull au niveau des épaules maintenaient son torse hors de l'eau. Plus petit, plus massif, il se déplaçait deux fois plus vite que son frère.

Sam se retrouva sur la gauche, ballotté comme un détritus. L'attelle de fortune que Riddle avait scotchée dans son dos pour stabiliser son épaule fut arrachée de son corps comme un morceau de papier.

Le courant les éloigna rapidement de la cascade tout en les séparant l'un de l'autre. Portés par le flot comme des poupées de chiffon, leurs corps commencèrent très vite à se refroidir. Leur pouls se mit à ralentir et, en l'espace de quelques instants, le moindre mouvement leur devint impossible.

Tout à l'intérieur se mettait en veille.

Car ce n'est pas le tout de vouloir nager, de tenter d'agiter les jambes. Votre corps ne répond plus à vos directives. Il a été jeté dans l'eau glaciale et toutes les transmissions vers les terminaisons nerveuses sont désormais coupées, interrompues, terminées.

Alors le crâne de Sam heurta quelque chose. De plein fouet. Un vieux tronc d'arbre était tombé dans la rivière pendant une crue subite où le niveau de l'eau était monté à toute vitesse, imbibant les berges. Les racines de l'arbre avaient cédé, et l'arbre s'était couché.

Le tronc gisait en travers de la rive, à moitié immergé. La main de Sam s'ouvrit comme par réflexe et se referma autour de l'une des branches. Et tout à coup, comme par magie, il trouva le moyen de se hisser sur la rive.

Quelques minutes plus tard, allongé dans la boue entre les rochers, Sam éprouva un soulagement comme il n'en avait jamais ressenti de toute sa vie. Enfin, c'était fini, ce mouvement incessant et insupportable, ce tourbillon glacé qui l'attirait dans les profondeurs du néant.

Il fit un vœu. S'il survivait à tout cela, il ne remettrait plus jamais les pieds dans un bateau. Pour le restant de ses jours.

Cette seule idée lui mit du baume au cœur. Alors son esprit, sa capacité à formuler des pensées conscientes, s'éteignit.

Fin de la partie.

Fermant les yeux, il s'abandonna à la lumière aveuglante et au vide de tout ce qu'il laissait derrière lui.

J'en peux plus. Il entendit résonner la voix de son frère.

Et il lui répondit :

– Moi non plus.

Porté par les poches d'air logées sous son pull, Riddle continuait d'avancer, les pieds en avant, comme un gros feutre ballotté par le courant. Son corps était paralysé par le choc, la peur et le manque d'oxygène.

Soudain, il fut pris dans un tourbillon. Le tissu de son pantalon s'enroula autour de ses jambes, coupant la circulation sanguine dans ses membres déjà engourdis.

Le seul mouvement dont il était encore capable fut d'ouvrir le bouton de sa braguette avec son pouce. Aussitôt, son vieux jean fut aspiré au loin, ainsi que ses chaussures. Mais cela aussi eut un autre effet. Riddle fut projeté dans une autre direction, droit vers la rive. Par miracle, quelques secondes plus tard, il se retrouva sur le sable.

À deux minutes près, c'est-à-dire cent vingt secondes, Riddle aurait trouvé la mort. Son pouls s'était ralenti. Sa température corporelle avait dégringolé, et il commençait à couler. Il était à deux minutes de la fin. Mais il s'en était sorti juste à temps.

En slip, pull et chaussettes, il se hissa sur les rochers, mit sa tête entre ses genoux et vomit des litres d'eau brunâtre.

Il avait le tournis.

Au bout d'un long, très long moment, il releva la tête et regarda fixement la rivière.

Où est Sam ?

Mon Sam.

Sam.

Où est mon frère ?

Il guetta le moindre mouvement à la surface, espérant le voir rejaillir soudain au milieu du courant plein d'écume.

Mais pas de Sam en vue.

Riddle attendit, encore et encore, tout en claquant des dents, les jambes flageolantes. C'était clair. Sam avait disparu. Riddle songea à replonger dans l'eau pour rejoindre son frère dans les ténèbres froides, mais il en fut incapable.

Non pas que la mort lui fasse peur. Non. Mais l'instinct de survie était trop fort.

Et Riddle l'avait en lui.

32

Emily se souvenait que Sam lui avait dit avoir appris à nager au Mexique.

Lorsqu'ils lui expliquèrent que personne ne pouvait survivre dans les eaux glacées de la forêt de Manti-La Sal, elle n'en crut pas un mot. Il était parti en avril. Dans une semaine, ce serait le mois de juin. Et les dernières nouvelles en provenance du bureau du shérif de l'Utah étaient censées lui permettre de tourner la page.

Du moins, c'est ce qu'ils s'échinaient à lui dire.

Mais elle ne voulait pas tourner la page. Ce n'était pas dans sa façon de faire. C'était inacceptable.

Les autorités avaient retrouvé leurs biens personnels dans la fourgonnette et dans leur chambre de motel. Emily souhaitait récupérer quelque chose leur ayant appartenu. Mais elle ne faisait pas partie de la famille, si bien que sa requête ne fut pas prise en considération.

L'inspecteur Sanderson contacta personnellement le bureau du shérif de Cedar City, histoire de voir s'il n'y avait pas moyen de contourner les canaux officiels.

Clarence avait d'abord été transféré de l'hôpital à la clinique, puis dans un centre de rééducation où il était censé apprendre à marcher avec sa prothèse avant d'aller en prison pour attendre son procès. Son avocat, Howie P. McKinnon, lui avait transmis la demande d'Emily concernant les annuaires téléphoniques de Riddle et le pull rouge de Sam.

Clarence avait répondu non.

Ou, plus exactement : « Jamais de la vie. »

Il avait ensuite déclaré aux autorités qu'il souhaitait que les affaires de ses fils soient jetées. Mais elles furent conservées sous scellés comme pièces à conviction en vue du procès.

Pendant que Clarence était en rééducation, de nouveaux éléments sur sa vie et ses deux fils, Sam et Rudolph Border, commencèrent à émerger. L'enlèvement des deux garçons par leur père dans le Montana il y avait dix ans était maintenant un fait avéré. Sanderson avait laborieusement épluché des centaines de photos d'enfants disparus dans dix États avant de reconnaître leurs visages. Et Clarence Border était désormais recherché pour des crimes divers à travers tout le pays. Pour Sanderson, il était peu probable qu'il remette un jour les pieds hors de prison.

Il envoya un e-mail à Tim Bell pour lui annoncer que la mère des enfants, Shelly Thayer Border, était morte sous les roues d'une voiture il y avait plusieurs années.

Tim lut le message de l'inspecteur par téléphone à sa femme. Le soir, bien après la tombée de la nuit, Debbie sortit s'asseoir dans le jardin. Elle posa sa tête sur la table et, une fois assurée que personne ne pouvait l'entendre, elle se mit à pleurer. Pas seulement pour ces deux garçons, mais pour celle qui les avait perdus en premier.

Les élèves du lycée Churchill avaient plus ou moins entendu la même version des faits.

Emily Bell sortait avec un mec dont le père était un criminel qui l'avait pris en otage, et ce mec était mort dans l'Utah en essayant de s'échapper.

Ça, c'était le résumé global, mais toutes sortes de détails furent ensuite ajoutés ou soustraits à l'histoire.

Bobby Ellis y jouait un rôle parce qu'il détenait des informations ayant permis l'arrestation du père fugitif.

Voilà pourquoi Emily et lui étaient si proches.

Et voilà pourquoi Emily ne voyait plus ses copines, préférant rester seule.

Les filles de l'équipe de foot avaient vu le mec en question. Elles se considéraient donc comme des expertes dans cette affaire, même si cela impliquait l'invention de certains détails.

Cate Rocce l'avait vu à la messe il y avait des mois de cela, et elle avait tout de suite eu envie de l'aider parce qu'elle sentait qu'un truc clochait chez lui. Elle prétendait maintenant lui avoir parlé ce jour-là, et l'avoir trouvé très cool. D'ailleurs, si elle n'avait pas été en couple avec Emerson Chapman, elle se serait intéressée à lui, c'est sûr.

Les profs du lycée Churchill avaient tous reçu un e-mail expliquant qu'un drame venait de frapper la communauté.

Par communauté, il fallait comprendre Emily Bell et Bobby Ellis. Mais la conseillère pédagogique, Mrs. Beister, se retrouva envahie d'élèves affluant à son bureau pour venir en parler, sans doute poussés par une curiosité malsaine ou pour sécher leur cours de gym.

La semaine suivante, Taylor Perry eut un accident de voiture en rentrant d'une soirée où l'on avait bu de la vodka mélangée à du Gatorade. Elle se fit confisquer son permis de conduire, fut envoyée en Arizona vivre avec son père, et tout le monde se mit à ne parler que de ça.

Et puis, après l'accident de Taylor, l'attention se focalisa sur le grand événement social de la fin de l'année : le bal de la promo des premières/terminales.

Emily n'avait nullement l'intention de se rendre à une soirée. N'importe laquelle. Et encore moins le bal de la promo.

Le matin, elle se fit violence pour sortir de son lit, enfiler des vêtements et se rendre en cours. La simple perspective de devoir porter une robe et de jouer les Cendrillon d'un soir lui était insupportable.

Mais Bobby Ellis avait insisté pour être son cavalier, affirmant que ce serait une bonne idée qu'ils y aillent ensemble pour toutes sortes de raisons qu'il lui expliqua les unes après les autres. Aucun de ses arguments n'avait de sens. Emily refusa pendant une semaine.

Puis il se cassa un bras, et beaucoup de choses changèrent.

Il l'aurait à l'usure ; il le sentait bien. Il la travaillait en silence. Sur ses instructions, Nora et Rory assurèrent leur rôle, et il réussit même à en parler à Mr. et Mrs. Bell, qui promirent d'en toucher un mot à leur fille dès qu'ils la sentiraient prête.

Bobby déposa Emily devant chez elle en disant qu'il avait du boulot à faire pour sa mère. Il crut lire une expression de soulagement sur son visage lorsqu'il prétendit ne pas avoir le temps d'entrer. Il espérait l'avoir seulement imaginé.

Emily referma la porte et réalisa qu'elle venait de survivre à une nouvelle journée. Désormais, elle comptait littéralement les minutes qui la séparaient du moment où elle pourrait rentrer chez elle, monter dans sa chambre et se retrouver enfin seule.

Elle prenait toujours les chats avec elle. Malgré leur tempérament farouche, leur simple présence la réconfortait. Comme Riddle, les chats n'aimaient pas les espaces clos, et ils se jetaient sur la porte dès qu'elle était fermée.

Mais Emily entendait à peine leurs miaulements.

Le bal de la promo avait lieu au Mountain Basin Inn. L'établissement aimait jouer la carte du luxe, mais ce n'était en réalité qu'un banal hôtel avec spa. Le père de Bobby Ellis s'y rendait avant chacune de ses plaidoiries au tribunal. Il se faisait faire un soin du visage complet et une épilation des sourcils. D'après lui, cela le mettait en forme.

C'est la raison pour laquelle Bobby Ellis prit rendez-vous avec Olga dans le cadre de ses préparatifs secrets en vue du bal.

La salle d'attente du spa diffusait une musique évoquant le son que produirait un enfant en tapant sur un carillon éolien avec une fourchette tordue. Il y avait des bougies parfumées posées sur la moindre surface plane alors que c'était le milieu de l'après-midi et que le soleil inondait la pièce. Leur odeur évoquait celle des faux sapins de Noël. Une seule, cela aurait été supportable, mais une douzaine! Bobby Ellis avait les yeux qui pleuraient. Toutes ses allergies le démangeaient.

Il s'était imaginé une grande fille mince à forte poitrine originaire d'une région rurale d'Europe de l'Est. Dans sa tête, Olga avait une vingtaine d'années et une luxuriante chevelure blonde retenue à la diable par une queue-de-cheval.

Mais l'Olga qui l'accueillit était plus proche des soixante-dix ans. Elle mesurait moins d'un mètre cinquante, et l'expression «forte poitrine» ne convenait pas tout à fait aux deux énormes tubes qui s'étalaient sur son corps boudiné depuis la pointe de ses aisselles jusqu'au nombril.

Olga toisa Bobby comme si elle avait jadis été catcheuse professionnelle dans la boue. L'adolescent déglutit péniblement et se mit à tousser avant de se lever pour la suivre dans les entrailles du spa.

Autre mauvaise nouvelle pour Bobby: Olga était du genre bavarde. Et avec son accent à couper au couteau, la moitié de ce qu'elle disait était incompréhensible. Une chose était claire, cependant. Elle l'appelait «Booby».

– Alors, Booby. Commençons par analyse et consultations.

Bobby se retrouva allongé sur une sorte de fauteuil inclinable, comme chez le dentiste. Olga alluma une lampe aussi aveuglante que le soleil et l'examina avec une loupe géante. Il ferma les yeux et sentit ses mâchoires se serrer.

– Booby, tu es jeune. Et les jeunes gens ont une belle peau. Mais nous devons prendre soin de notre peau, Booby…

Bobby garda le silence. De mieux en mieux. Une bavarde qui parlait à la première personne du pluriel.

– D'abord, Olga va masser Booby. Puis Olga va nettoyer Booby. Puis Olga va encore nettoyer Booby, mais cette fois avec des brosses. Puis Olga va procéder aux extractions. Puis désinfecter Booby. Puis faire le masque à Booby. Puis hydrater Booby.

L'adolescent resta bloqué sur le mot « extractions ». Qu'entendait-elle par là ? Rouvrant les yeux, il vit deux petits pics métalliques dans un récipient en verre posé sur le plan de travail.

Olga ôta sa loupe et vint se placer derrière lui. Bobby referma les yeux et l'esthéticienne commença à lui étaler fermement une espèce de sable sur la figure. En appuyant très fort. Il en garderait sûrement des ecchymoses.

Bobby s'efforça de ne pas bouger, mais Olga lui pétrissait les joues comme si c'était de la pâte à pain. Était-ce normal de souffrir autant ? Bobby lâcha un petit gémissement involontaire, et Olga pouffa de rire. Il rouvrit les yeux pour la foudroyer du regard.

Mais au lieu de voir son visage, il aperçut les deux énormes sacs de farine rattachés aux tubes de sa poitrine. Et pressés contre son crâne. Soudain, il se sentit à deux doigts d'une possible suffocation.

Cette fois, il ne pouvait plus respirer.

Quelqu'un avait monté le chauffage, et cette personne invisible aspirait à présent tout l'oxygène présent dans la pièce. Bobby se mit à transpirer et sentit son estomac se vriller. Il tenta de refermer les yeux mais sa vision se pixelisa, comme une chaîne de télé HD dont l'image se fige quand le signal se brouille.

La pièce se mit à tanguer autour de lui. Bobby voulut se redresser sur son fauteuil, mais il se heurta aux énormes sacs de farine d'Olga et, affolé, retomba en arrière. La pièce ne tanguait plus, elle tourbillonnait comme une attraction de fête foraine lancée à pleine vitesse. Il voulut l'arrêter. La seconde suivante, il bascula de son fauteuil.

En heurtant le sol en faux marbre, Bobby se cassa le bras.

Il y avait deux hôpitaux en ville. Avec sa chance, Bobby fut emmené en ambulance jusqu'au Sacré-Cœur où l'infirmière de garde aux urgences cet après-midi-là n'était autre que Debbie Bell.

33

Aux États-Unis, rares sont les éleveurs qui possèdent assez d'espace pour faire paître leurs troupeaux. Résultat, la majorité d'entre eux louent des terres au gouvernement.

Les derniers chiffres officiels estiment à un peu plus d'un million de kilomètres carrés l'espace public ainsi occupé par le bétail, dont une vaste majorité dans les parcs naturels. Une véritable guerre oppose les groupes écologistes, persuadés que le bétail détruit l'habitat naturel, aux éleveurs et aux fermiers dont la survie dépend de ce système.

Sam et Riddle n'étaient donc pas tout seuls au milieu d'une forêt nationale. Sans le savoir, ils partageaient les lieux avec un troupeau de vaches noires.

Sam ouvrit les yeux.

La chaleur du soleil avait partiellement séché ses vêtements. Lorsqu'il se redressa péniblement sur un coude, le devant de son pantalon était comme du carton.

Ses poches étaient remplies de sable et de limon. Sous ses ongles, des croissants de boue orange étaient restés coincés lorsqu'il s'était hissé sur la rive.

Son épaule lui faisait très mal, et sa peau et son cuir chevelu semblaient avoir été roués de coups par un tuyau anti-incendie.

Comme si son corps tout entier avait été frotté jusqu'au sang, puis plongé dans de la vase orange.

Sam cligna des yeux sous la lumière vive, et un doute l'envahit. Qui était-il ? Où était-il ? Et comment était-il arrivé jusqu'ici, sur cette rive boueuse ?

Il ferma les yeux et s'efforça de se concentrer.

Impossible.

Il ne trouvait aucune réponse. Il n'était personne, de nulle part, et il ne savait rien. Soudain, il entendit un bruit dans les buissons. Un bruit énorme.

Il rouvrit les yeux et distingua une forme noire. Un ours ? Un très gros ours, alors. N'avait-il pas déjà vu un ours quelque part ? Était-ce un souvenir lointain, ou récent ? Et où était-ce arrivé ?

Sam n'eut même pas le temps d'essayer de se relever. L'énorme masse noire surgit d'entre les broussailles pour se révéler… une vache. Une black angus de cinq cents kilos.

L'animal le dévisagea et, le trouvant visiblement sans intérêt, passa devant lui pour aller boire à la rivière.

Encore plus estomaqué, Sam s'agenouilla et, lentement, laborieusement, se traîna pour rejoindre le bord de l'eau.

Il n'alla pas très loin.

Juste derrière le tertre, à travers la rangée de peupliers qui oscillaient dans le vent, s'étendait une prairie d'herbe grasse parsemée de fleurs des champs.

Et dans cette prairie paissait un immense troupeau de bétail.

Un gardien de bétail employé par trois éleveurs différents était en charge du troupeau que venait de découvrir Sam.

On le surnommait Buzz Nast.

Buzz n'était pas fait pour le monde moderne. C'était un technophobe qui n'avait jamais vu d'ordinateur. Il refusait le téléphone portable. Et il ne prenait jamais de talkie-walkie lorsqu'il partait garder un troupeau pendant quatre-vingt-dix jours d'affilée dans la forêt nationale de Manti-La Sal. C'était un fêlé qui avait besoin de se lancer des défis, mais qui préférait la solitude.

Son seul contact humain avait lieu une fois par semaine, quand Julio Cortez empruntait le chemin forestier depuis l'autoroute avec sa camionnette, puis parcourait trois kilomètres à pied dans la forêt pour venir le ravitailler.

Surveiller trois cents têtes de bétail est un sacré boulot. Et Buzz y consacrait chaque minute de son temps, essentiellement sur son cheval.

Quand Buzz partit rattraper une black angus qui s'était éloignée pour boire à la rivière, il ne s'attendait pas du tout à tomber sur un adolescent désorienté de dix-sept ans avec une épaule fracturée.

Mais c'est pourtant ce qui lui arriva.

Riddle décida de longer la rivière. D'après lui, cela le mènerait forcément quelque part. La perte de son pantalon était problématique, mais celle de ses baskets l'était encore plus.

Ses chaussettes furent vite maculées de boue et de débris. Il envisagea de les ôter, mais il se ravisa. C'était mieux que rien pour protéger ses pauvres pieds endoloris.

Il s'arrêta plusieurs fois pour grignoter des plantes et des poignées d'herbe grasse qui poussaient sur la rive. Il aperçut un couple de loutres, et cela lui remonta un peu le moral. Mais au fil des minutes, puis des heures, la cruelle absence de son frère et la fatigue commencèrent à avoir raison de sa logique.

Je vais baisser la tête. Fermer les yeux. Et dormir.

Et je me réveillerai jamais, si ça se trouve.

Alors je serai dans un endroit où ça sera pas très grave si je retrouve pas Sam. C'est tout ce que je veux. Parce que moi j'en peux plus.

Je l'ai bien dit à Sam sur la rivière, pas vrai ?

Je lui ai dit…

J'en peux plus !

Riddle continua à marcher, mais en s'éloignant de la rive. Il en avait marre de réfléchir. Marre de faire des efforts.

Alors, juste au moment où il n'avait plus envie de quoi que ce soit, il vit de l'orange fluo.

L'orange fluo n'était pas une couleur présente dans la nature.

Mais c'était sa préférée. Cette fois, il avait un but. Il marcherait jusqu'à la tache orange, et il s'arrêterait là. Terminé.

Quelques minutes plus tard, il découvrit que la tache orange était en forme de scarabée et raccrochée au sol comme si elle faisait partie du décor.

Riddle l'examina comme s'il venait de tomber sur un vaisseau extraterrestre.

Quelle incroyable découverte !

En se rapprochant, il lut les mots «Coleman Exponent» sur le côté. Émerveillé par la présence de ces lettres imprimées, Riddle tendit la main pour les toucher, à moitié persuadé qu'elles n'étaient pas vraiment là.

Mais la tente Coleman Exponent était bel et bien réelle.

Avec mille précautions, Riddle ouvrit la fermeture éclair et jeta un coup d'œil à l'intérieur. Trois sacs de couchage moelleux gisaient en boule sur des matelas bleus posés de guingois. Il y avait également un petit réchaud à gaz et trois gros sacs à dos bien remplis. Derrière, des sachets en plastique transparent contenaient différents échantillons de pierres.

Riddle enleva ses chaussettes sales et entra sous la tente. Puis, soigneusement, il rabaissa la fermeture éclair derrière lui. L'intérieur était baigné d'une lumière orangée, et il y faisait au moins dix degrés de plus qu'à l'extérieur. Riddle eut l'impression d'avoir grimpé sur le soleil. Il s'agenouilla sur le revêtement en nylon et se glissa dans le premier sac de couchage venu.

Lorsqu'il s'allongea sur le dos, sa tête s'enfonça dans un oreiller gonflable. Il n'avait pas ressenti un tel confort, une telle douceur physique, depuis si longtemps qu'il ne s'en souvenait plus.

Alors il repensa à Sam.

Ses yeux s'emplirent de larmes et sa toute dernière pensée avant de tomber de sommeil fut pour Boucle d'Or.

Il se demanda à quoi ressembleraient les trois ours.

Buzz Nast vit tout de suite que ce grand adolescent maigre était dans un sale état. En plus d'être blessé, il avait froid et faim et semblait sous le choc. Le garçon semblait ne même pas savoir comment il s'appelait. Alors, péniblement, il se mit à pleurer.

C'était la première fois que Sam pleurait depuis très, très long-temps. Et il fut effrayé par la violence avec laquelle ses sentiments se libérèrent.

Buzz l'observait, impassible.

Le vieux gardien de troupeau décida de faire quelque chose qu'il n'avait jamais – au grand jamais – fait de sa vie. Il quitta son troupeau. Il hissa le garçon sur son cheval et le ramena jusqu'à son campement.

Une fois sur place, il lui fit réchauffer une boîte de chili aux haricots rouges puis lui donna des vêtements secs et trois cachets d'Advil avant de l'installer sous une couverture thermique pour qu'il puisse dormir.

Le gamin avait l'épaule bousillée. Ça sautait aux yeux. Mais Buzz n'était pas médecin, et il n'avait aucun moyen d'appeler les secours. Le môme avait surtout besoin de repos. D'après lui, sa fracture à l'épaule remontait à un sacré bout de temps. Mais il ne savait pas quand exactement ça s'était passé. Ni où. Pour être honnête, il n'était plus trop sûr de rien.

Après avoir installé le gamin, Buzz repartit en direction des peupliers pour rejoindre son troupeau qui, profitant de sa liberté soudaine, s'était éparpillé en une joyeuse pagaille bovine. Deux des bêtes ne furent jamais retrouvées.

Partout à travers l'Utah, les scientifiques semblaient faire des découvertes.

Presque toutes ces grandes découvertes avaient lieu sur des

terres appartenant à l'État. Et une grande majorité d'entre elles dans la forêt nationale de Manti-La Sal.

Crawford Luttrell, Dina Sokolow et Julian Mickelson étaient paléontologues. Ils avaient reçu des fonds privés de la part d'une chaîne de télévision pour effectuer des recherches dans une zone reculée du site de Manti-La Sal.

Si leurs découvertes se révélaient prometteuses, la chaîne enverrait un comédien pour rejoindre l'un d'eux et ses travaux feraient l'objet d'un documentaire. L'argent rapporté par ce documentaire lui permettrait de financer ses recherches pendant cinq ans. Et, qui sait, d'asseoir sa réputation professionnelle. C'était le rêve de tout scientifique.

Mais c'était un cauchemar, aussi.

Les trois paléontologues ne s'entendaient pas du tout. Chacun voulait être celui ou celle qui figurerait dans le documentaire si la chaîne donnait son feu vert.

Dina, l'unique femme du groupe, estimait qu'une porte-parole de sexe féminin serait plus efficace pour défendre la paléontologie.

Julian, le plus photogénique des trois, pensait que la caméra parlerait d'elle-même.

Quant à Crawford, le doyen du trio, il considérait que son expérience était le seul critère valable en matière de missions scientifiques.

Bref, après deux semaines sur le terrain et au terme d'une longue journée très tendue passée à travailler sur une formation rocheuse vieille de soixante-quinze millions d'années, les trois scientifiques s'apprêtaient à regagner leur campement.

Ils s'adressaient à peine la parole.

Tandis que le soleil déclinait à l'horizon, le programme de la soirée s'annonçait déjà.

La caméra vidéo hors de prix qu'ils utilisaient pour filmer leurs recherches serait temporairement éteinte pour la nuit. Le réchaud à gaz ressortirait de la tente, et l'on ajouterait de l'eau aux sachets de nourriture lyophilisée ou en conserve.

Après quoi les trois scientifiques feraient chacun le point sur leurs résultats de la journée en prenant soin de critiquer discrètement les autres, conscients que les gens de la télé ne s'intéresseraient pas seulement à leurs compte-rendus de recherches collectifs mais aussi à leurs journaux de bord et à leurs reportages vidéo personnels.

Récemment, Crawford s'était mis à filmer leur retour au campement. Il espérait surprendre ses deux collègues dans une posture peu flatteuse. Cela lui vaudrait peut-être quelques bons points supplémentaires. Qui sait.

Crawford était justement en train de filmer leur arrivée au camp de base quand l'œil de sa caméra balaya une paire de chaussettes sales à l'entrée de la tente. Il les souleva. D'où venaient-elles ?

Était-ce Julian qui les avait oubliées ?

Non, ça ne lui ressemblait pas. Comme tous les paléontologues, Julian était un maniaque de l'ordre. Sans un mot, Crawford jeta un regard interrogateur à Dina qui, perdue dans ses pensées, ouvrit distraitement la fermeture éclair sans se poser la moindre question sur l'origine de ces chaussettes.

Et Crawford eut la bonne idée de continuer à filmer quand la jeune femme pénétra sous la tente avant de se mettre à hurler comme quelqu'un qu'on égorge.

Son cri fut bientôt rejoint par un autre, tout aussi terrifié, en réponse au sien, et Dina ressortit en trombe.

Julian était pétrifié. Au bout d'un moment, un garçon de douze ans au visage hagard, brûlé par le soleil et vêtu de haillons, mais sans pantalon, émergea à son tour, les yeux écarquillés.

Et Crawford Luttrell immortalisa toute la scène en image haute définition.

34

Tant de choses dans la vie échappent à notre intuition.

Excepté Morgan Bumgartner (le gérant du Mountain Basin Inn), Olga, Debbie Bell et ses parents, personne ne savait que Bobby Ellis s'était cassé le bras en tombant d'un fauteuil d'esthéticienne Pibbs avec assise ajustable et dossier inclinable.

Les autres apprirent juste qu'il y avait eu un accident à l'hôtel. Deux versions circulaient. La première était que Bobby inspectait la salle de danse pour le comité d'organisation du bal de la promo (alors qu'il n'en faisait même pas partie).

La seconde était qu'il effectuait des recherches top secret pour sa mère qui, comme chacun savait, exerçait la profession de détective privée. La plupart des gens avaient le sentiment que la version n° 1 était un mensonge pour camoufler la vérité, à savoir la version n° 2.

Mais quelle que soit la réalité des faits, le gérant de l'hôtel s'inquiéta de l'éventualité d'un procès après sa rencontre avec Derrick Ellis. Pour faire preuve de bonne volonté, il abaissa le prix d'entrée au bal de la promo de 49,95 dollars à 19,95 dollars pour tous les élèves du lycée Churchill, même si l'hôtel y perdait sur le plan financier.

Cela signifiait que les fruits exotiques, les fromages importés et les crackers avec sauce d'accompagnement, la salade composée avec petits-fours salés et toasts beurrés, le thé glacé (ou la limonade) et le cheese-cake à la fraise étaient quasiment donnés.

À ce prix-là, c'était une telle affaire qu'une bonne dizaine d'adolescents pour qui l'entrée était trop chère purent enfin s'offrir des billets. Et Bobby Ellis, qui n'aimait guère que la viande, le pain et le fromage, devint soudain une espèce de héros. Ce qui, du coup, faisait de lui le grand favori pour décrocher le titre honorifique dont il n'avait jamais osé rêver : roi de la promo.

Debbie Bell apprit la véritable version de l'accident de la bouche d'Olga et rentra chez elle en se promettant de garder le secret.

Bobby Ellis avait glissé sur le sol de l'hôtel. Personne n'avait besoin d'en savoir davantage. Debbie trouvait décidément ce garçon bien étrange, mais tout le monde avait le droit à ses petits mystères. Bobby en avait peut-être un tout petit peu plus que les autres.

Et maintenant qu'il avait un bras dans le plâtre, raison de plus pour lui ficher la paix.

Emily était désolée pour Bobby. Le plâtre qui lui immobilisait le bras droit lui rendait le moindre mouvement très pénible.

Elle décida donc de reporter à plus tard sa grande conversation avec lui. Il fallait absolument qu'elle lui dise qu'elle avait besoin d'air et que les choses étaient allées trop loin entre eux.

Mais pour le moment, elle se contenta de faire la queue à la cafétéria du lycée pour lui porter son plateau pendant qu'il l'attendait, assis à une table, entouré d'une foule croissante d'admirateurs.

Pour Bobby Ellis, au début, ce bras cassé fut une véritable aubaine. Sans lui, il n'aurait peut-être jamais pu convaincre Emily de l'accompagner au bal de la promo. Mais maintenant qu'elle avait dit oui, il ne pouvait plus reculer. Tout le monde lui ouvrait les portes et lui transportait ses affaires. Même les profs qui ne l'appréciaient pas étaient désormais tout souriants avec lui.

Mais la cerise sur le gâteau, pour Bobby, fut l'obtention d'un badge de stationnement pour handicapés valable trente jours. Ce qui était un peu exagéré, bien sûr, car il pouvait parfaitement marcher.

En voyant le badge, Emily songea que c'était de l'abus. Mais elle n'était pas là quand Barb Ellis avait harcelé le médecin. C'était impressionnant. Elle avait affirmé que son fils était incapable de porter la moindre charge sur une trop grande distance. Le Dr Gaiser ne semblait pas convaincu, mais il signa les papiers quand même. Pour obtenir quelque chose, il faut le réclamer. Décidément, il n'y a que ça de vrai.

Bobby pouvait à présent se garer n'importe où, sans même payer le stationnement. Comme il avait du mal à se doucher, il allait se faire laver les cheveux chez Hair Asylum, le salon de coiffure des hommes d'affaires branchés. Son père y avait un compte client. Une femme prénommée Rosie lui massait le cuir chevelu pendant dix minutes avant chaque shampoing. Bobby savait d'avance que, lorsqu'on lui enlèverait son plâtre, Rosie allait beaucoup lui manquer.

Ce n'est qu'au quatrième jour qu'il sentit une odeur bizarre en provenance de son bras droit. Bobby avait toujours eu une transpiration abondante. Du moins était-ce son impression – comment savoir si les autres transpiraient plus que vous ou pas?

Mais pour lui, qui suait même l'hiver, pendant la nuit, sous un simple drap sans couverture, transpirer, c'était comme respirer. Ça se faisait naturellement, sans y penser. Et là, à quelques jours du bal de la promo, une puanteur immonde venait lui chatouiller les narines.

En provenance de son plâtre. La sueur l'avait imprégné comme du papier buvard.

Bobby demanda donc à sa mère d'appeler le Dr Gaiser, dont l'agenda était rempli pour la journée. Mais grâce à sa ténacité, Barb Ellis parvint à lui décrocher quand même un rendez-vous d'urgence.

Quand le médecin entra dans la salle de consultation, il semblait déjà agacé.

– Votre mère m'a dit que vous aviez un problème.

Bobby acquiesça, tout en se demandant pourquoi le médecin prenait cet air suffisant pour lui parler.

– De quoi s'agit-il ?

Bobby le regarda droit dans les yeux.

– Mon plâtre sent mauvais.

Le médecin s'avança pour l'examiner vaguement.

– Tous les plâtres finissent par devenir légèrement odorants, au bout d'un moment.

Bobby insista.

– Ce n'est pas juste légèrement odorant. C'est insupportable.

Le médecin parcourut son dossier.

– Vous avez rendez-vous dans quinze jours pour changer de plâtre.

Bobby eut l'air épouvanté. L'homme en blouse blanche se dirigeait déjà vers la porte.

L'adolescent mettait un point d'honneur à ne jamais élever la voix ni à montrer ce qu'il ressentait. Pour lui, c'était la clé du succès.

Sauf que, cette fois, les règles ordinaires n'avaient plus cours. Voilà qu'on lui tournait le dos. Sans écouter ce qu'il avait à dire.

– C'est le bal de la promo, ce week-end ! Je ne peux quand même pas y aller avec un bras qui pue !

Mais la porte de la pièce se referma d'un coup sec. Le Dr Gaiser ne lui adressa même pas un regard en partant.

À la fin de la journée, au volant de sa voiture, le praticien repensa à Bobby Ellis.

Il aurait très bien pu faire changer son plâtre. Son cabinet procédait couramment à ce genre d'intervention sans rendez-vous.

Mais il était encore exaspéré par l'attitude agressive de la mère. Et il s'en voulait encore de leur avoir accordé un badge de stationnement pour handicapés.

Du coup, il avait trouvé sa vengeance. Parce qu'il fallait bien reconnaître que le gamin avait raison.

Son plâtre dégageait une odeur épouvantable.

Emily se fichait pas mal de sa tenue pour le bal de la promo.

Elle n'arrivait déjà pas à croire qu'elle avait accepté de s'y rendre.

Elle aurait volontiers pris la première robe venue dans son armoire. Mais le comité d'organisation avait formellement stipulé que les robes devaient arriver à la cheville, or elle n'avait rien de tel dans ses affaires.

Bobby lui proposa de l'emmener faire du shopping, mais fut horrifié lorsqu'elle lui fit part de son projet de se rendre à la friperie St Michael. Son intention était d'acheter une robe de soirée au rayon du fond. Or pour Bobby, c'était le rayon des déguisements d'Halloween.

Son pull préféré, Emily l'avait acheté à la friperie St Michael. Mais pour beaucoup de gens, porter des vêtements d'occasion était tout simplement inconcevable. Et Bobby en faisait partie.

Emily se garda donc bien de le prévenir lorsqu'elle se rendit au marché aux puces qui se tenait chaque dimanche sur une petite place de la ville. Tout ce qu'on y trouvait avait une histoire; rien n'était préempaqueté ou mis sous plastique. La plupart de ces objets ou de ces vêtements étaient atypiques, abîmés ou franchement bizarres, et c'était exactement comme ça qu'elle se voyait.

En parcourant les allées, Emily réalisa que personne ne la connaissait. Personne ne lui reprochait le fait d'être taciturne, triste ou en colère. Personne ne savait qu'elle se sentait seule au milieu de la foule. C'était un soulagement.

Tout au fond de la deuxième section du marché, Emily tomba sur un stand de vieilles robes de soirée. Son regard fut attiré par un modèle qui, d'après la vendeuse, avait plus de soixante-dix ans. Le bustier était constitué d'une multitude de rubans noirs cousus les uns à côté des autres pour former un tissu irisé et délicatement rayé. Quelqu'un avait passé des heures et des heures à coudre ces rubans ensemble.

La robe avait un décolleté arrondi, une taille bien marquée et un vaste jupon gonflé par plusieurs couches de taffetas soyeux. On aurait dit une sculpture. Emily ne l'essaya même pas.

Cette robe lui plaisait parce qu'elle était faite de plusieurs éléments différents. Comme le cœur que Sam lui avait fabriqué avec les petits bâtons. Ces rubans avaient peut-être libéré l'esprit de celle qui les avait cousus.

Ils l'avaient peut-être aidée à remettre de l'ordre dans le monde qui l'entourait.

Voilà ce que représentaient ces rubans cousus ensemble, aux yeux d'Emily.

Et depuis Sam et Riddle, c'était quelque chose qu'elle comprenait.

Quelques jours plus tard, Emily essaya enfin sa robe vintage à vingt dollars composée de cinq cent douze rubans noirs. Elle était encore emballée dans son vieux sac en papier, cachée tout au fond de son armoire.

À l'instant où elle passa sa tête dans l'encolure, elle sut que la robe lui irait. Mais ce n'est en remontant la fermeture éclair sur le côté qu'elle comprit à quel point. À croire que cette robe avait été faite pour elle.

Emily se regarda dans le miroir en pied de la salle de bains. On aurait dit une star de cinéma de l'ancien temps. Audrey Hepburn habillée par Givenchy. Elle poussa un long soupir de frustration. Elle qui mettait un point d'honneur à ne pas faire d'efforts… voilà le résultat !

Elle n'était pas du genre à éplucher les magazines de mode ou à regarder chaque jour les looks de célébrités sur Internet. Pourtant, elle était capable de voir que cette robe était non seulement magnifique, mais aussi très tendance.

Ce qui semblait curieux, puisqu'elle était déjà censée être à la pointe de la mode il y avait soixante-dix ans.

Emily fit la moue. Ce n'était peut-être pas une bonne idée de porter cette robe. Pour elle, le concept de bal de la promo devait rester une corvée, un supplice à endurer.

En sortant de la salle de bains, elle tomba nez à nez avec sa mère, qui venait de monter l'escalier. Debbie fit un petit bond en arrière.

– Ça alors, Emily… tu es superbe !

La jeune fille haussa les épaules. Sa mère insista :

– C'est la robe que tu as achetée au marché aux puces ?

Emily, qui culpabilisait un peu, bizarrement, hocha la tête en marmonnant :

– Oui. Et sans même l'essayer.

Debbie effleura le tissu.

– Quelqu'un a cousu tous ces rubans ensemble…

– Oui. Il faut être un peu cinglé, non ?

Sa mère semblait émerveillée.

– En tout cas, il faut être concentré.

Soudain, Emily eut la vision d'une femme, dans une grande pièce, entourée d'une multitude de bobines de ruban noir.

– Peut-être était-ce tout ce qui lui restait.

Cette pensée réconforta Emily. Elle poursuivit :

– Cette femme avait peut-être besoin de se faire une robe et avait uniquement le choix entre les rubans noirs ou le tissu de revêtement des meubles du patio.

Debbie contempla sa fille. Emily avait l'esprit logique, mais aussi de l'imagination. Dans un flash, Debbie visualisa une robe en fils de plastique comme ceux qui garnissaient le fauteuil à bascule du perron.

– Quelle que soit son histoire, cette robe était faite pour toi. Même s'il lui a fallu des années pour se retrouver dans ton armoire. Vous formez un couple parfait, toutes les deux.

Ses derniers mots restèrent suspendus dans l'air. Debbie regretta de les avoir prononcés. Mais Emily se contenta de la regarder en disant :

– Si on forme un couple parfait, alors ça ne durera pas. Quelque chose va forcément tout gâcher.

Debbie vit les yeux de sa fille se remplir de larmes. L'adolescente pivota sur ses talons et repartit dans le couloir pour regagner sa chambre.

35

Les chasseurs de dinosaures étaient bien équipés.

Ils avaient un GPS et un téléphone portable qui marchait même au milieu de la forêt. Ils avaient de la nourriture, des vêtements de rechange, et c'étaient des scientifiques qui savaient comment réagir en cas d'urgence.

Alors que la nuit tombait, ils appelèrent les secours et prévinrent les forces de l'ordre qu'ils venaient de trouver un enfant. Ou plutôt, que cet enfant les avait trouvés. Ils n'étaient pas vraiment sûrs de son nom. Ni de son âge. Il semblait en état de choc et ne s'exprimait pas très bien.

Décision fut prise de passer la nuit sur place et de quitter le campement le lendemain matin. Une bonne nuit de sommeil ferait du bien à tout le monde.

Mais quand Riddle ne voulait pas communiquer, il n'y avait rien à faire. Il répondit donc à quelques questions, mais refusa de répondre aux plus importantes d'entre toutes : qui était-il, et que faisait-il ici au milieu de nulle part ?

C'est Crawford qui décida de continuer à filmer durant les vingt-quatre heures qui suivirent. La caméra tournait quand ils avaient découvert Riddle, et il ne l'avait pas arrêtée. Pour se justifier, il invoqua la nécessité de se protéger en cas de problèmes avec la police. Après tout, ils avaient trouvé un mineur à demi nu dans leur tente.

Julian Mickelson céda son sac de couchage à Riddle (puisqu'il se l'était déjà approprié). Dina lui donna un nouveau pantalon et une paire de chaussettes neuves, et Crawford lui fit don d'un tee-shirt et d'un pull.

Ils repositionnèrent les matelas et les alignèrent dans le sens opposé. Julian enfila une couche de vêtements supplémentaires et s'installa au milieu du groupe, sous une bâche en plastique. C'était le moins douillet des trois.

Riddle n'avait pas le souvenir d'avoir jamais dormi sans son frère. Rien qu'en pensant à lui, il redevint muet. Mais après s'être offert une triple ration de nouilles sautées au poulet à la sauce thaïe, il se mit à ronfler comme un bébé.

Ce fut le sommeil le plus profond et le plus paisible de toute sa vie. Il ne rêva pas et ne se retourna même pas pendant les six premières heures.

Enfin, quelqu'un l'avait trouvé.

Les paléontologues furent reçus au bureau du shérif du comté d'Emery trente-six heures après avoir fait la connaissance de Riddle.

Le sud de l'État avait essuyé de grosses tempêtes pendant la nuit, et le serveur informatique reliant tous les postes de police de l'Utah était HS.

Ainsi, quand le shérif Lamar Wennstrom finit par se rendre sur le terrain pour mener l'enquête, il n'avait pas encore parlé à ses collègues de Cedar City et n'avait pas fait le lien entre Riddle et le premier avis de recherche lancé dans l'Oregon.

Lamar ne fut pas très content quand l'un des trois scientifiques lui pointa sa caméra en pleine figure. On n'était pas dans un épisode de série policière. Il avait déjà eu affaire à des universitaires, et le mieux était encore de les ignorer.

Mais dans ce cas précis, cela lui était impossible.

Il y avait un mineur impliqué, ce qui signifiait que tout le monde devait rentrer au poste afin de remplir des papiers. Car d'après l'alinéa n° 8 du code législatif 102-53 de l'Utah :

En cas de découverte d'un mineur sans armes mais accompagné d'une personne autre que l'un de ses deux parents ou tuteurs légaux, il est indispensable de retarder au maximum le départ de la ou des personne(s) ayant retrouvé l'enfant jusqu'à ce que tous les éléments de l'affaire aient été bien éclaircis.

Plus facile à dire qu'à faire. Lamar manquait cruellement de personnel, au poste.

Le shérif termina son cheeseburger chili-bacon et s'essuya la bouche avec sa serviette en papier déjà sale. Cette affaire s'annonçait déjà comme un véritable sac de nœuds.

Le gamin était bizarre.

Comment savoir s'il ne l'était pas déjà avant de s'être glissé sans pantalon dans un sac de couchage qui n'était pas le sien ? Toujours est-il qu'il avait un comportement curieux.

Il ne répondait pas aux questions. Il respirait par une succession de petites bouffées d'air, comme s'il étouffait, et le seul moyen de l'arracher du couloir pour le faire entrer dans la salle d'interrogatoire fut de lui montrer un bol rempli de bonbons.

Le Dr Hardart était censée venir au poste examiner l'enfant, mais elle avait été appelée d'urgence à la suite d'un accident de la route sur la Red Bluff Highway. Quant au Dr Wallent, il était parti deux jours afin d'assurer une permanence dans la clinique pour femmes d'une réserve indienne.

Tout allait de travers.

Et Lamar était censé gérer cette crise alors que son frère, Clyde, avait plus ou moins accidentellement tiré à trois reprises sur leur cousin Pinky après une nuit endiablée de poker chez Boomer Heap. Par chance, il avait raté sa cible trois fois de suite.

Mais le drame familial devrait attendre.

Pour l'heure, il venait de passer un coup de fil à l'équipe de traumatologie des services médicaux de l'Utah. Ils avaient un grand expert sur le terrain. Peut-être réussirait-il à faire parler le gamin. Parce que pour l'instant, tout ce qu'ils avaient réussi à en tirer, c'était qu'il voulait des céréales avec du lait très froid.

Il dit aussi qu'il s'excusait d'avoir dormi dans le sac de couchage du monsieur.

Qu'il aimerait bien avoir un stylo-bille et un annuaire.

Qu'il avait vu un ours se dresser sur ses deux pattes arrière.

Qu'il avait mangé une salamandre au ventre orange et qu'après ça, il avait vomi.

Que le pantalon qu'on lui avait donné le grattait.

Qu'il était seul au monde.

Lamar avait mal à la tête. Après deux jours d'interrogatoire, le résultat était maigre.

Buzz Nast était ravitaillé en denrées une fois par semaine.

Il emmenait alors son troupeau vers la prairie basse, laquelle était protégée sur trois côtés par une pente escarpée, si bien qu'à son retour il n'avait aucun mal à rassembler le bétail.

Sam s'était reposé pendant trois jours et demi et avait mangé quasiment toutes ses réserves de nourriture. Il n'était pas très bavard, bien trop hagard pour avoir envie de parler.

Était-ce l'effet du choc de son crâne contre le rocher ? Ou l'eau glacée avait-elle gelé quelque élément vital de son cerveau ?

Il était complètement vide.

Tout ce qu'il savait au fond de lui, avec certitude, c'est qu'il avait fait quelque chose de mal. De très, très mal.

Il était tout à fait possible – voire très probable – qu'il ait tué quelqu'un. Voilà ce qu'il éprouvait. Un sentiment de perte. Un vide total, absolu.

C'était donc la preuve qu'il avait fait quelque chose de mal. Car sinon, pourquoi aurait-il atterri ici, au milieu de nulle part ?

Où étaient passés les gens qu'il aimait ? Mieux encore : *qui* étaient-ils ?

Il n'avait pas de réponse. Heureusement, Buzz Nast n'était pas du genre à vous assaillir de questions.

Pour lui, Sam était encore une jeune pousse, pas encore un homme mais plus vraiment un enfant. De toute évidence, le gamin avait traversé de sales épreuves. Il appelait parfois dans son sommeil, et ses jambes s'agitaient comme les pattes des chiens quand ils rêvent.

Le mardi, Buzz se mit en route plus tôt que d'habitude. Il savait que Maska, son cheval palomino dont la robe couleur de miel s'était délavée à force de courir dehors sous le soleil, devrait marcher plus lentement afin de supporter leur poids à tous les deux.

Julio Cortez n'aimait pas les surprises.

Et voir surgir Buzz Nast avec un adolescent blessé en fut une de taille. Julio était payé par les éleveurs de la région pour ravitailler les gardiens de bétail, et il avait l'habitude des requêtes un peu spéciales. Certains souffraient de morsures de serpent, d'empoisonnement au sumac, ou avaient des lettres d'amour à envoyer. Mais Julio n'avait jamais vu quelqu'un essayer de lui refiler un adolescent d'un mètre quatre-vingts.

Cela posait toutes sortes de problèmes.

Buzz voulait que Julio conduise Sam en ville pour laisser les autorités décider de son sort. Il avait un boulot à faire, un troupeau à surveiller.

Le gardien de bétail chargea donc ses conserves de chili con carne, ses sachets de bâtonnets de bœuf séché teriyaki et sa bouteille de whisky Tullamore Dew. Il enfourna son nouveau paquet de café dans la poche de son manteau avec un sachet de pommes séchées. Là-dessus, avec à peine un hochement de tête à l'attention de Sam, il repartit sur son cheval palomino.

Sam portait encore la veste en jean avec doublure molletonnée que Buzz lui avait donnée, ainsi que son vieux pull bleu et ses grosses chaussettes en laine. Il l'appela pour lui rendre ses vêtements, mais l'autre ne jeta même pas un regard par-dessus son épaule.

Buzz aurait voulu lui souhaiter bonne chance pour la suite.

Mais il avait du mal à dire ce genre de chose.

Julio se retrouvait donc avec un adolescent sur les bras. Debout dans la lumière crue du soleil, il l'examina des pieds à la tête.

– Tu te sens capable de marcher ?

Sam acquiesça.

– Parce que j'ai mon camion garé à trois kilomètres.

– Ça ira…

Julio était vraiment très mal à l'aise. Il pivota en direction du sentier et se mit en marche, tout en marmonnant entre ses dents :

– OK. Alors on va y aller mollo…

Au bout de cinq minutes, il comprit qu'il n'aurait pas besoin de le porter. Certes, il marchait d'un pas plus lent que d'habitude, mais ce grand garçon était suffisamment solide pour tenir sur ses deux jambes.

À mesure qu'ils descendaient le long du chemin rocailleux, Julio réfléchit à la suite des événements.

Il savait que la chose à faire était de l'emmener directement au bureau du shérif. Quelqu'un devait forcément être à sa recherche. En une phrase succincte, Buzz lui avait expliqué que le gamin avait plus ou moins perdu la mémoire.

Mais Julio n'avait aucune envie d'être interrogé par le shérif. Ce n'est pas qu'il ne voulait pas rendre service. Il s'était même déjà pris d'affection pour le petit. Mais il avait ses propres problèmes.

Julio vivait dans l'Utah depuis vingt-deux ans et, malgré le fait que son fils et sa fille soient tous les deux scolarisés au lycée, malgré le fait qu'il soit pompier volontaire et qu'il ait un frère soldat dans l'armée des États-Unis et mort à Bagdad, il vivait illégalement sur le sol américain.

La perspective d'être interrogé par des policiers qui lui demanderaient son permis de travail, vérifieraient son permis de conduire, son numéro de sécurité sociale et son adresse, ne lui plaisait pas du tout.

Julio savait ce qui risquait de lui arriver. Ce serait peut-être le début de la fin pour lui. Vingt-deux ans de vie, rayées en quelques instants. Il décida donc d'être franc avec Sam.

– Écoute, c'est compliqué pour moi. J'peux pas te déposer chez le shérif. Je peux t'emmener en ville, mais j'peux pas faire plus.

Sam ne dit rien. Julio interpréta à tort son silence comme un signe de désapprobation.

– T'inquiète pas. J'ai rien fait de mal. Mais c'est les services d'immigration. Tu vois ce que je veux dire ?

Sam n'y comprenait déjà rien au système, même lorsqu'il avait l'esprit suffisamment clair pour comprendre quelque chose. L'idée de s'adresser aux autorités pour obtenir de l'aide l'effrayait donc autant que Julio.

Buzz lui avait demandé où étaient ses parents. Il ne se souvenait pas de sa mère. Et lorsqu'il repensait à son père, son esprit commençait à lui jouer des tours. Il voyait un fusil braqué vers sa poitrine.

– Ça me va, dit-il. J'ai pas trop envie d'aller chez le shérif de toute manière.

Il prit le temps de choisir ses mots avant de poursuivre.

– J'ai envie de rentrer à…

Mais il était incapable de dire la suite. Julio marqua une pause avant de répondre :

– Dis, tu crois pas que tu devrais voir un médecin ?

Sam réfléchit.

– J'ai pas d'argent.

Il ferma les yeux. Il revoyait l'intérieur d'un hôpital. Une salle d'attente. Et une salle des urgences. Il se remémorait les murs peints en vert et du panneau interdisant l'utilisation des téléphones portables.

Téléphone portable. Il s'interrogea, tout à coup. En possédait-il un ? Il se souvenait d'un, en tout cas.

– Je voudrais prendre le car, déclara-t-il brusquement.

Julio continua à marcher. Le car ? Le môme avait-il quelque chose à cacher ? Quelque chose d'illégal ou de dangereux ? Il lui jeta un coup d'œil par-dessus son épaule. Et s'il avait participé à un trafic de drogue qui aurait mal tourné ? Julio tenta une autre approche.

– Écoute, je peux te ramener en ville et appeler tes parents. Ou tes amis. Ils pourraient peut-être t'aider à te rappeler certaines choses ?

Les questions recommencèrent à se bousculer dans la tête de Sam. Quels parents ? Quels amis ?

Il ne se connaissait ni les uns ni les autres. Il voulait juste monter dans un car. Si seulement il savait où aller…

– Non. Je vais prendre le car. J'ai déjà fait ça plein de fois.

Julio réfléchit. C'était peut-être la solution. Il n'aurait qu'à mettre le môme dans un car Greyhound et l'expédier loin d'ici, loin de cette petite ville et du déluge de questions que sa présence risquait de déclencher.

Il finit par acquiescer.

– OK… alors on va faire comme ça.

Satisfaits du plan qu'ils avaient échafaudé, ils continuèrent leur chemin le long du sentier qui les menait hors de la forêt.

À mesure qu'il marchait, Sam revivait par flashs des souvenirs auditifs qui se mélangeaient dans son esprit comme dans un mixeur aux lames cassées. Disputes de voisins dans des appartements minables et humides. Villages de mobile homes. Chambres étroites donnant sur des contre-allées et de petits commerces. Il entendait le passé. Musique dans les bars, tard le soir. Sirènes et autoroutes. Aboiement de chiens, casseroles qui s'entrechoquent. Voitures qui klaxonnent et avions volant trop bas.

Alors, soudain, il entendit un bruit de vagues. Et pour la première fois, ce son s'accompagna d'une image. Le Mexique. Il se souvenait d'y être allé. Ne s'était-il pas baigné dans un océan ? Il avait aimé cet endroit, en tout cas. La Basse-Californie. En voilà, une bonne idée. Aller là-bas et tout reprendre à zéro.

Mais il n'avait pas d'argent. Et il n'avait rien à vendre. L'homme qui marchait devant lui accepterait-il de lui payer un aller en car jusqu'au Mexique ?

Lorsqu'ils s'arrêtèrent pour boire de l'eau, quelques minutes plus tard, Julio sortit une barre chocolatée. Il la partagea en deux et tendit la moitié à Sam en disant :

– Où comptes-tu aller avec ce fameux car ?

Sam attendit avant de répondre.

– Je pensais au Mexique.

Julio lui coula un regard. Quelle ironie. Le gamin cherchait-il à le provoquer, par hasard ? Sam semblait trop honnête et trop hésitant pour cela.

– As-tu de l'argent ? lui demanda Julio.

Sam fit non de la tête. Julio pesa le pour et le contre, puis finit par déclarer :

– Je te payerai le voyage.

Sam le regarda, débordant de gratitude.

– Je vous rembourserai. C'est promis. Je vous enverrai l'argent. Je trouverai du boulot quand j'irai mieux, vous savez…

Mais Julio lui coupa la parole.

– On en rediscutera. Je vais d'abord t'emmener dans un dépôt de cars Greyhound. Il n'y en a pas dans cette ville, mais on finira bien par en trouver un sur la Route 128.

Julio avait fait le bon choix – pour ce grand ado gringalet comme pour lui-même. S'il pouvait se débarrasser du problème, alors tant mieux. Il était prêt à payer pour s'épargner des ennuis.

36

Sam se tenait devant le guichet des cars Greyhound à Price, dans l'Utah.

Il avait dans sa poche le billet de deux cents dollars que lui avait donné Julio Cortez ainsi qu'une barre chocolatée, une bouteille d'eau et une poignée de cachets d'aspirine. Son aller simple pour Las Vegas lui coûta quatre-vingt-deux dollars et soixante cents.

Le guichetier lui expliqua qu'à Las Vegas un car partait pour le Mexique toutes les quatre-vingt-dix minutes. Neuf par jour pour Tijuana, et huit en direction de Mexico.

Il lui restait deux heures à patienter avant le départ. Son ticket bien enfoncé dans la poche de la veste en jean de Buzz, Sam partit s'asseoir dans la salle d'attente à côté d'une vieille dame en survêtement. Elle lui expliqua qu'elle avait peur de l'avion et préférait prendre le car pour aller voir sa cousine à San Diego. Le voyage lui prendrait deux jours.

Sam hocha la tête et répondit qu'il n'avait jamais pris l'avion. Il se garda bien d'ajouter « pour autant que je me souvienne ». Car en réalité, qui sait ? Si ça se trouve, il était pilote de ligne. La vieille dame en conclut qu'il avait peur de l'avion, lui aussi.

En entendant ce beau jeune homme à l'air sauvage lui avouer qu'il n'avait jamais pris l'avion de sa vie, Irene Robichaux fut soulagée. La gare routière avait subi bien des transformations au fil des décennies, mais l'intérieur n'avait pas beaucoup changé depuis soixante ans, du temps où Irene rêvait de s'asseoir sur un banc avec un beau garçon comme Sam.

Lorsqu'il s'assoupit et que sa tête lourde retomba contre son épaule, Irene laissa faire. Il sentait bon l'odeur des pins, des feux de camp et de la vie en plein air.

Irene ferma les yeux et, pendant un long moment, se sentit comme à ses dix-sept ans. Sauf que, cette fois, elle était dehors tard le soir avec le plus beau garçon de la ville.

Riley Holland était le grand favori pour le titre de roi du bal de la promo.

Du moins était-ce vrai jusqu'à ce que les billets d'entrée soient bradés sous prétexte que Bobby Ellis s'était fait pousser dans un escalier du Mountain Basin Inn par un homme qui, avec son complice, était placé sous surveillance à cause de ses liens avec la pègre.

D'après la rumeur, le FBI aussi était impliqué car Bobby avait vu le visage du principal suspect. Maintenant, tout le monde savait que les deux criminels étaient étrangers. Bobby s'en était confié à Farley Golden, qui avait juré de garder le secret.

Riley Holland était un garçon drôle et intelligent. Mais, au-delà de ça, c'était surtout quelqu'un de bien. Il était attentionné – et pas seulement par intérêt. C'était dans sa nature, voilà tout.

Ainsi, quand Bobby Ellis devint à sa place le grand favori au titre de roi du bal de la promo, Riley fit semblant d'être déçu.

En réalité, c'est lui qui avait suggéré l'idée d'élire Bobby en remerciement pour son courage. Riley Holland était mortifié à l'idée de devenir roi du bal. Comme lorsqu'un groupe de filles chantait votre nom à l'unisson en plein match de foot. La honte.

Mais cela, Bobby Ellis l'ignorait.

Au lycée Churchill, le résultat des votes était annoncé la semaine juste avant le bal. Six ans auparavant, deux filles qui se disputaient le titre de reine s'étaient battues dans les toilettes et, depuis, l'administration du lycée avait décidé d'encadrer plus fermement la proclamation des résultats. Comme c'était le bal de la promo des premières et terminales, les élèves des deux niveaux pouvaient concourir. Mais la plupart du temps, c'étaient des terminales qui gagnaient.

Quand le résultat du scrutin fut annoncé dans le gymnase le mardi précédant le bal, Bobby Ellis marcha jusqu'au podium pour accepter sa fausse couronne et se faire photographier aux côtés de Summer Maclellan, qui était la reine du bal et la plus belle fille du lycée. Puis, le poing serré, il leva plusieurs fois de suite son bras valide en l'air.

Victoire.

Le public lui fit une ovation.

Assise tout en haut des gradins amovibles, Emily s'efforçait de prendre un air intéressé. Mais le spectacle était trop affligeant pour elle. Tournant la tête, elle regarda distraitement ailleurs.

À sa vive surprise, elle aperçut alors les parents de Bobby Ellis, assis dans un coin du gymnase. Son père était en train de filmer la scène à l'aide d'une minicaméra tenant au creux de sa paume.

Quant à sa mère, elle aussi levait le poing en l'air.

Riddle prit le carnet aux pages jaunes posé devant lui sur la table, ainsi qu'un stylo sur l'un des bureaux, et se mit à dessiner. L'envie de tracer des lignes pour s'évader le démangeait depuis trop longtemps. Rien ne pourrait le distraire de son projet visant à reproduire l'intérieur de la tente des chasseurs de dinosaures, et certainement pas les questions qu'on lui posait.

Je n'oublierai jamais quand j'ai découvert la tente.

On dormait dans des tentes, avant. Des fois, quand on dormait pas dans la camionnette. Je dormirai plus jamais dans la camionnette.

Jamais.

Et ça, c'est très, très bien.

Je vivrai plus jamais jamais avec cet homme. Je sais pas où il est, mais si je leur dis, si ça se trouve, ils vont essayer de le retrouver. Voilà pourquoi je leur dirai rien du tout.

Parce que maintenant, c'est moi qui décide.

Et je reverrai jamais Sam non plus. Mais ça sert à rien que je leur dise, vu qu'ils le connaissaient même pas. Donc Sam peut pas leur manquer. Alors qu'à moi il me manquera toujours.

Je leur dis ce que j'ai envie de leur dire.

Parce que maintenant, c'est moi qui décide.

Les yeux rivés sur la table, Riddle refusait obstinément de s'adresser à la chose en feutrine verte toute froissée avec ses deux yeux en forme d'œufs sur le plat. Il avait au moins huit ans de trop pour parler à une marionnette et même du temps où il était en âge de le faire, ça n'aurait pas marché.

Au bout de deux heures, le Dr Pincus, directeur de la branche locale des services de protection de l'enfance, déclara au shérif :

– Après examen approfondi, je pense pouvoir affirmer que cet enfant a subi un profond traumatisme.

Lamar attendit la suite, mais le médecin était déjà en train de signer un formulaire et semblait en avoir terminé.

Le toisant d'un air écœuré, il rétorqua :

– Vous plaisantez ! Il vous a fallu deux heures pour parvenir à cette conclusion ?

Dix minutes plus tard, le Dr Pincus était au volant de sa voiture en train d'écouter son émission de radio préférée.

Des dispositions furent prises afin que Riddle puisse continuer à dormir dans la section pour mineurs du poste de police. Quant aux trois scientifiques, ils étaient toujours sur la sellette. On leur avait demandé de rester sur place tant que Riddle n'aurait pas parlé. Et comme il n'y avait rien d'autre à faire, ils continuèrent à filmer.

La présence aux cours était obligatoire le vendredi, sans quoi vous étiez interdit de bal le lendemain soir. Emily se réveilla de bonne heure et passa vingt minutes à se demander si elle ne devrait pas prétexter qu'elle était malade.

Car le simple fait de penser à cette soirée la rendait malade. Cette soirée et tout le reste, d'ailleurs.

Tandis qu'elle envisageait le moyen de simuler une fièvre, elle réalisa soudain autre chose. Elle avait droit à un traitement de faveur, ces derniers temps. Si elle manquait les cours aujourd'hui, Bobby Ellis et ses parents appelleraient le lycée. Ils obtiendraient la permission qu'elle assiste quand même au bal. Elle le sentait venir à dix kilomètres.

Quelqu'un n'avait-il pas dit un jour qu'aimer, c'était faire attention à l'autre, ni plus ni moins ? Mais il y avait faire attention à l'autre. Et il y avait l'obsession. La possession.

Sam n'avait que faire des possessions. Ce concept n'avait tout simplement pas de place dans sa vie. Et en cela, il était très différent de tous les gens qu'Emily connaissait et qui se définissaient, du moins en partie, d'après les choses qu'ils possédaient.

Depuis son lit, elle voyait le cœur en bois que Sam lui avait offert et qu'elle avait accroché au mur. Les éléments qui le constituaient étaient assemblés de telle manière que, de loin, il semblait sculpté dans un unique morceau de bois noueux.

Emily ferma les yeux et se replongea quelques instants dans le souvenir de Sam jouant de la guitare. Soudain, elle revit sa silhouette s'éloignant dans la nuit, ce fameux dernier soir, Riddle marchant à son côté.

Elle savait que si Riddle était tombé à l'eau, Sam aurait plongé pour le sauver. Ça ne faisait aucun doute. Il était prêt à tout pour son petit frère.

Comment fait-on pour oublier quelqu'un qui a transformé votre regard sur le monde ? Emily n'en avait pas la moindre idée. Mais elle était au moins sûre d'une chose.

On ne le remplace pas au hasard par quelqu'un d'autre.

Après soixante-douze heures et une avalanche de questions de la part de tout un tas de gens, Riddle finit par déclarer que sa mère s'appelait Debbie Painsucré Bell et qu'elle travaillait dans un hôpital.

Mais il ne connaissait pas son numéro de téléphone.

Les recherches sur Internet au nom de Debbie Painsucré Bell ne donnèrent rien, mais les mots *Debbie Bell* et *hôpital* permirent de retrouver une infirmière employée à l'hôpital du Sacré-Cœur.

Vendredi, en milieu de matinée, Randall Monte, qui travaillait au service d'accueil des urgences, mit son interlocuteur en attente et partit chercher Debbie.

Elle était occupée avec un patient mais, en voyant le visage grave de Randall, elle comprit que c'était important. C'est seulement une fois dans le couloir, alors qu'il la conduisait jusqu'au téléphone, que Randall lui confia qu'un policier de l'Utah cherchait à la joindre.

Debbie sentit son pouls s'emballer. Et c'était une experte en rythme cardiaque et en montées d'adrénaline.

Appelaient-ils pour l'informer qu'ils avaient retrouvé les corps?

Elle rappuya sur le bouton de mise en attente pour prendre l'appel et, d'un ton qu'elle espérait calme et posé, déclara dans le combiné:

– Ici Debbie Bell, j'écoute?

À l'autre bout du fil, une voix lui répondit:

– Ici Henry Wertheimer, je vous appelle du bureau du shérif du comté d'Emery…

Debbie retint son souffle. L'homme s'était interrompu au beau milieu de sa phrase. Allez-y, dites-le. Les mauvaises nouvelles doivent aller vite. Ces gens n'étaient-ils pas formés spécialement pour les situations de crise et de traumatisme? L'homme finit par prendre sa respiration – ou par avaler une gorgée de café, qui sait – et poursuivit:

– … Et nous avons ici un garçon retrouvé dans la forêt nationale de Manti-La Sal qui affirme être votre fils…

La main de Debbie se mit à trembler. Elle parvint quand même à balbutier:

– Il est vivant?

– Oui, madame. Il est ici, et il est tout ce qu'il y a de vivant. Il vous réclame.

Debbie sentit ses jambes se dérober. Elle tendit le bras et s'appuya contre le mur. Un bruit confus se fit entendre comme si le téléphone changeait de main et, soudain, la voix de Riddle, grave et rauque comme un murmure enroué, retentit dans l'appareil:

– J'ai essayé de prendre soin de Sam. J'ai essayé…

Debbie comprit qu'il pleurait.

Elle aussi se mit à pleurer. En larmes, elle lui répondit:

– Je sais. J'arrive, mon trésor. Je pars tout de suite. Je viens te chercher. J'arrive, Riddle…

Elle avait un fils. Un garçon prénommé Jared. Mais quand l'homme au téléphone lui avait dit qu'on avait retrouvé un enfant dans la forêt de Manti-La Sal et qu'il affirmait être son fils, elle sut dans son âme que c'était la vérité.

Et elle comprit aussi que quelque part, au fond d'elle-même, elle n'avait jamais cessé de croire qu'elle le reverrait un jour.

37

Debbie Bell appela d'abord son mari. Ensemble, ils décidèrent de la marche à suivre – notamment, ne rien dire à Emily tant que tout ne serait pas entièrement réglé. Elle devait assister au bal de la promo avec Bobby Ellis le lendemain soir, et il n'y avait aucune raison de bouleverser ses projets. La réapparition de Riddle était un miracle, mais cela ne ferait que retourner le couteau dans la plaie. Car Sam, lui, avait bel et bien disparu.

Être infirmière en chef du service d'urgences d'un grand hôpital implique de bien connaître le règlement. Mais cela signifie aussi maîtriser parfaitement le langage bureaucratique.

Le deuxième appel de Debbie fut pour l'inspecteur Sanderson. Elle savait que les autorités de l'Utah ne lui confieraient jamais la garde de Riddle sans toute une série de paperasses. Sanderson avait du mal à croire que ses collègues de l'Utah aient mis tout ce temps avant d'identifier le gamin. Mais c'était un cas typique: ils recherchaient deux enfants. Et là, ils n'en avaient trouvé qu'un seul, accompagné de trois adultes qui se trouvaient désormais au cœur de l'enquête.

L'inspecteur rappela à Debbie qu'on avait retrouvé l'inhalateur de Riddle au Liberty Motel. Un inhalateur qu'elle avait fait prescrire par l'hôpital à son nom. C'était donc la preuve qu'elle avait administré des soins médicaux à l'enfant. Cela jouerait forcément en sa faveur.

Une fois ses permanences des trois prochains jours réparties entre ses collègues, Debbie contacta le Dr Howard, qui prescrivit deux nouveaux inhalateurs de Proventil. Alors elle se souvint d'un autre détail attestant un lien formel entre elle et le petit.

Debbie avait rempli des formulaires préliminaires pour tenter de faire scolariser Sam et son frère. Les papiers étaient incomplets, mais ils avaient été envoyés et validés à la fin du mois d'avril. Debbie n'aurait qu'à écrire un courrier à la responsable du conseil d'éducation pour qu'elle confirme.

Les Bell devraient déposer un dossier auprès du tribunal pour mineurs afin de demander la tutelle légale de l'enfant mais, compte tenu des événements, Debbie était persuadée qu'ils n'auraient aucun mal à obtenir au moins la garde provisoire.

Debbie fit donc des photocopies de leurs déclarations de revenus (pour bien montrer qu'ils avaient les moyens de s'occuper de Riddle). Elle photographia les dessins qu'il avait faits pendant qu'il était chez eux. Elle joignit la dernière lettre de recommandation rédigée par son chef de service à l'hôpital. Puis elle prit sa voiture pour rentrer chez elle, où Tim l'attendait.

À toute vitesse, elle jeta quelques vêtements de rechange dans un sac, prit un thermos de café, un sandwich à la viande de dinde, un filet d'oranges et une tranche de cake à la banane avec glaçage emballé dans de la cellophane et rangé dans une boîte Tupperware.

Le cake n'était pas pour elle.

Debbie Bell embrassa son mari et lui dit qu'elle l'aimait. Puis elle repartit au volant de sa voiture, les nerfs à vif comme elle l'avait rarement été de toute sa vie.

Elle espérait seulement ne pas se prendre d'amende pour excès de vitesse au cours des huit heures de voyage qui l'attendaient.

Boosté par le coup de téléphone de Debbie Bell, l'inspecteur Sanderson passa le reste de la matinée devant son ordinateur. Il s'occupait des formalités nécessaires afin qu'elle puisse repasser sans encombre la frontière entre les deux États avec le petit.

Sans son aide, le gamin serait placé en famille d'accueil jusqu'à ce que les assistants sociaux de l'Utah finissent par statuer sur son sort.

Mais pour l'inspecteur Sanderson, cette histoire était un miracle. Et il savait où était la place de cet enfant.

Juan Ramos, le vieux conducteur du car, se pencha vers le micro près du volant et annonça :

– Las Vegas, en espagnol « les prairies ». Oui, c'est difficile à croire, mais cet endroit était autrefois un écrin de nature verdoyante. Amusez-vous bien, messieurs dames. Et attention à la marche en descendant !

Sam avait souvent traversé cette ville avec son père et son frère. Mais maintenant qu'il se tenait sur le macadam brûlant du parking de la gare routière, le décor lui semblait à peine familier. Il savait pourtant qu'il était déjà venu ici.

Clarence Border détestait Las Vegas.

L'un de ses nombreux paradoxes était qu'il méprisait les criminels et haïssait les joueurs. Il préférait de loin les gens raisonnables et dignes de confiance. Les braves citoyens qui ne verrouillaient jamais leur porte de derrière ou n'envisageaient pas une seule seconde que quelqu'un puisse entrer chez eux par la fenêtre de leur salle de bains. Voilà le type de gens qu'il appréciait.

Mais en dix ans passés à sillonner le pays dans tous les sens, Clarence n'avait passé en tout qu'une douzaine de nuits dans la capitale du jeu. Sam et Riddle s'étaient perdus en plein centre-ville, une fois. Le petit était tombé dans une fontaine. Et quelques types louches avaient fait des propositions au joli garçon qu'était alors Sam, mais il était trop jeune pour comprendre ce qu'ils voulaient.

En inspirant l'air chaud et sec, Sam crut reconnaître l'odeur de la ville. Et ses bruits. Il savait qu'il était déjà venu ici.

Il n'avait juste aucune idée de quand, et avec qui.

Dans la gare routière, à côté du stand de sandwichs et de café, se trouvait un petit magasin de tee-shirts souvenirs. Sam lut les slogans imprimés dessus : *Lost Vegas*, *Sin City*, *Capitale des Secondes Chances*. Il était en quête d'indices, et le moindre petit détail l'aidait à reconstituer son passé.

La vendeuse lui adressa un large sourire et lui demanda si un tee-shirt lui faisait envie. Sam fit non de la tête et sortit du bâtiment, sous une chaleur de trente-huit degrés. Il avait encore cinquante et une minutes à perdre avant le départ du prochain car pour le Mexique.

Sur sa gauche se trouvait le Golden Gate Casino. L'enseigne était d'un orange aveuglant, même en plein jour. Trois immenses palmiers flanquaient l'entrée, tels des agents de sécurité fatigués. Un musicien itinérant, fraîchement arrivé en ville, ouvrit la housse de sa guitare et la posa dans un coin d'ombre sur le trottoir brûlant, devant le casino.

Sam vit l'homme sortir sa guitare et fouiller dans sa poche pour en extraire quelques dollars et quelques cents, qu'il jeta dans la housse. Il prit ensuite un tabouret pliant dans son sac à dos et s'assit dessus.

Sam l'observait, fasciné.

Au bout de quelques instants, l'homme se mit à gratter sa guitare en chantant. Voilà quelque chose que Sam comprenait parfaitement. Totalement.

Deux chansons plus tard, il s'avança d'un pas hésitant. Le musicien leva la tête, heureux qu'on s'intéresse à lui. Sam enfonça sa main dans sa poche et en ressortit un billet de dix dollars qu'il déposa dans la housse. L'homme sourit, révélant deux rangées de petites dents jaunies par le tabac.

– Merci, mon pote. Ça fait plaisir.

Sam resta devant lui et, d'une voix pleine d'appréhension, lui demanda :

– Est-ce que…

Mais il ne put terminer sa phrase.

L'homme attendit, puis répliqua :

– Ouais ? Je t'écoute ?

La chaleur était écrasante, et Sam avait l'impression de respirer de plus en plus difficilement.

– Je crois que je joue de la guitare, mais je n'en suis pas très sûr…

L'homme rit.

– Ça m'arrive tout le temps.

Mais en voyant Sam, il vit qu'il était sérieux. Il se leva, ôta la bandoulière de sa guitare et la lui tendit.

– Vas-y. Joue quelques notes. Tu viens d'en acheter le droit.

Son épaule lui faisait toujours mal, mais Sam pencha la tête pour faire passer la bandoulière dans son dos. La main gauche sur le manche, il ferma les yeux.

Alors, délicatement, presque timidement, il posa ses doigts sur les cordes.

Des années auparavant, Sam avait appris à chanter en imitant le son d'une trompette. Et ce jour-là, à sa grande surprise, il se mit à jouer en reproduisant ce son, un peu comme s'il devenait deux instruments à la fois.

Et il le fit avec une fluidité et une confiance telles que les passants, pressés d'entrer dans le casino pour échapper à la canicule, ralentirent le pas devant lui. Pour sûr, le gamin savait manier une guitare.

Lorsqu'il s'arrêta, quelques personnes lui jetèrent de l'argent. Sam voulut rendre la guitare à son propriétaire, mais celui-ci refusa d'un geste.

– Pas question. Continue à jouer. On partagera le magot.

La musique, langage à part entière, commençait à clarifier les choses pour Sam. Il se souvenait de Las Vegas, maintenant. Il était venu ici avec son frère.

Les larmes lui montèrent instantanément aux yeux, et il dut s'appuyer contre l'un des palmiers de peur de perdre l'équilibre. Le musicien posa sa main sur son bras.

– Joue. Tu te sentiras mieux. Vas-y… Vide tes tripes, petit.

Sam s'exécuta. Le soulagement le gagnait à mesure que ses doigts glissaient le long du manche. Il jouait, comme il l'avait fait par le passé, pour mieux s'évader de la réalité. Il ne faisait pas seulement de la musique. Il devenait la musique. Et en jouant, il se souvint de ce qui comptait le plus dans sa vie.

Son frère. Riddle. Riddle. Son petit frère.

Quand il s'arrêta enfin, des heures plus tard, la housse de la guitare était remplie d'argent. Le soleil avait disparu et les néons vifs du centre-ville repoussaient le crépuscule.

– Je m'appelle Hal. Et toi ?

Sam se tourna vers le musicien. Il ouvrit la bouche et ces mots en sortirent :

– Mon nom est Sam. Sam Smith.

Hal hocha la tête.

– T'as un sacré doigté à la guitare, Sam Smith. Et tu viens d'où ?

Sam se surprit lui-même en répondant :

– De nulle part. De partout. On bouge pas mal.

– Tu viens d'une famille de musiciens, pas vrai ?

Sam baissa les yeux vers la guitare et observa ses doigts. Une famille. C'était tout ce dont il rêvait. Pour lui et Riddle. Venait-il d'une famille de musiciens ?

Sa vie n'avait-elle pas basculé en entendant quelqu'un chanter ?

Emily revint du lycée à pied. Ça ne lui était pas arrivé depuis des siècles. En franchissant la porte de la cuisine, elle découvrit son père en train de faire à dîner. Il était rentré de bonne heure. Tim Bell adorait faire de la cuisine épicée. Il s'était donc attelé à la préparation d'une énorme marmite de chili con carne et se justifia en disant qu'il voulait qu'il y ait des restes car ce genre de plat était toujours meilleur le lendemain.

Debbie n'était pas là.

Détail fort inhabituel.

Elle avait semble-t-il pris la route à cause d'une histoire familiale, un problème à régler. Son père demeura vague. Il ne précisa même pas quel membre de la famille était concerné. Ni dans quelle ville.

En temps normal, Emily aurait bombardé son père de questions pour lui tirer les vers du nez. Mais elle se contenta de lui demander :

– Et elle revient quand ?

Tim Bell eut un haussement d'épaules. Mais un haussement d'épaules joyeux.

– On ne sait pas. Mais on espère demain. Je sais qu'elle tenait à vous voir, toi et Bobby, avant votre départ pour le bal.

Emily retint une grimace et acquiesça sans un mot.

Jared, qui était assis près de la fenêtre en train de sculpter un bonhomme dans une savonnette à l'aide d'un ouvre-bouteilles, regarda fixement sa sœur.

– Vous allez vous marier, avec Bobby ?

– Ça va pas la tête ? se récria Emily. Mais t'es dingue !

Alarmé, Tim releva le nez de sa râpe à fromage. Jared laissa tomber sa sculpture et se mordit la lèvre. Emily parvint à balbutier :

– Désolée. Je ne voulais pas te hurler dessus.

Les joues rouges, elle quitta la pièce. Elle était mortifiée. Mais comment faire quand la personne que vous aviez le plus envie de fuir n'était autre que vous-même ?

Sam jouait pendant que Hal alpaguait les passants pour les convaincre d'écouter le petit génie de la guitare. Les enseignes des casinos illuminaient le ciel nocturne de Las Vegas. Au bout d'un moment, Sam en eut assez.

Hal voulut partager l'argent avec lui, mais il refusa. Il avait déjà été récompensé en jouant de la musique pendant des heures.

Il avait perdu Riddle, mais il se souvenait désormais d'une famille. Les Bell, c'était leur nom. Ils avaient une fille prénommée Emily. Et ce seul détail suffisait à calmer son mal de tête.

Jouer de la guitare l'avait transporté. Et cette fois, il s'était replongé jusqu'aux racines de son identité. Le souvenir de Clarence était remonté à la surface ; Sam n'était plus très sûr. Peut-être avait-il tué son père. Mais il savait aussi que son père avait essayé de le tuer. Plusieurs fois.

Et il savait aussi qu'il avait perdu Riddle. Voilà le traumatisme qu'il avait tenté d'occulter. Son petit frère. Jamais il ne s'en remettrait.

Retourner chez les Bell était la seule chose qui comptait pour lui, désormais. En traversant la rue encombrée de voitures pour regagner la gare routière, il sentit son épaule littéralement pulser de douleur. Il lui faudrait négocier afin d'échanger son billet pour le Mexique contre un aller simple pour le nord-ouest de la côte pacifique. Mais il avait Hal à ses côtés.

Et Hal n'avait pas son pareil pour embobiner les gens derrière les guichets.

Il était six heures du matin quand Debbie Bell atteignit enfin la petite ville poussiéreuse de l'Utah.

Elle se rendit au Motel 6, prit une chambre, appela Tim pour lui dire qu'elle était bien arrivée et s'endormit huit minutes plus tard.

L'alarme était réglée pour sonner dans trois heures, afin qu'elle puisse aller récupérer son petit.

38

Il était roi du bal de la promo. Il sortait avec Emily – plus ou moins. En tout cas, elle était sa cavalière pour la soirée, ce qui semblait déjà énorme. Et il avait un plan.

D'abord, il s'installerait au soleil pour parfaire son bronzage. Puis il irait au country club faire un peu de muscu. Après quoi il mangerait l'un de leurs fameux doubles cheeseburgers au bacon. Et il ferait un tour chez le coiffeur.

Ensuite, il irait acheter une fleur pour le corsage d'Emily. Il rentrerait se reposer. Et à dix-sept heures tapantes, il commencerait à se préparer.

Bobby se leva de son lit et lança d'une voix forte :

– Vive le roi du bal de la promo !

Emily n'arrivait jamais à dormir tard le matin. Au fil des ans, c'était devenu un problème. Mais les choses avaient changé. Elle pouvait maintenant fermer les yeux, se rouler en chien de fusil et se réveiller des heures plus tard, quand le soleil de la mi-journée se répandait sur son oreiller.

Mais pas aujourd'hui.

Elle regarda son réveil. Sept heures du matin. Un samedi. Incroyable mais vrai. L'ancienne Emily était de retour.

Soudain, elle réalisa que c'était faux. L'ancienne Emily avait bel et bien disparu. Et il était impossible de la faire revenir. Mais la nouvelle Emily ferait face à la situation. C'est ce que Sam aurait fait. Il ne s'était jamais plaint de la difficulté de sa vie. Il avait fait ce choix.

Sauf qu'aujourd'hui, c'était le bal de la promo. Et donc, potentiellement, le pire jour de son existence. Mais à bien y réfléchir, elle avait déjà vécu le pire jour de son existence. Plusieurs fois, même.

À cet instant, Emily décida de passer un samedi comme les autres. Elle n'irait ni chez la manucure ni au salon de bronzage comme la moitié des filles de sa classe. Elle n'irait pas chez l'esthéticienne. Elle n'irait ni s'acheter de nouvelles chaussures, ni emprunter une paire de boucles d'oreilles fantaisie, ni s'acheter de mini-sous-vêtements en dentelle.

Elle ne se nourrirait pas exclusivement de céleri et de yaourt pour avoir le ventre plat, et elle ne craquerait pas à la dernière minute en s'achetant des patchs blanchissants pour que ses dents soient immaculées comme la neige.

Elle décida de démarrer la journée par une longue balade avec Felix. Ensuite, elle ferait peut-être des pancakes pour son petit frère histoire de se faire pardonner sa méchanceté de la veille. Elle enverrait un texto à sa mère pour prendre de ses nouvelles – où qu'elle soit, car elle ne savait toujours rien.

Elle terminerait le livre qu'elle était en train de lire. Et si son père travaillait l'une de ses compositions, elle descendrait peut-être même l'écouter dans son studio.

À la fin de la journée, elle prendrait une douche et se laverait les cheveux. Elle les sécherait au sèche-cheveux, même si ce n'était pas très écologique, puis elle enfilerait sa robe vintage et tâcherait de survivre à cette soirée.

Et quand tout serait terminé, quand cette journée serait enfin derrière elle, elle se ferait la promesse solennelle de ne plus jamais y repenser.

C'était le milieu de la matinée. Le fond de l'air était vif mais le soleil brillait et Bobby prit place sur une chaise longue dans le jardin de derrière. Il chaussa ses lunettes noires et ferma les yeux. Détendu, il laissa ses pensées vagabonder.

Quand il regarda sa montre, une heure et vingt-cinq minutes venaient de s'écouler. Il avait dû s'endormir. Il aurait dû avaler un café ou un cookie. Bobby se leva et regagna la maison. Il était en retard sur son planning, et cela le rendait furieux. Sans compter que sa figure le brûlait.

Devant le miroir du couloir, il ôta ses lunettes. Sa peau était rouge écrevisse. Il se pencha pour s'examiner de plus près. Ses lunettes avaient laissé une marque blanche autour de ses yeux, on aurait dit un raton laveur. Ou plutôt, un raton laveur en négatif. Comme s'il portait un masque blanc pour les yeux.

C'était une catastrophe.

Il n'avait pas réalisé que le soleil était aussi fort et qu'il ne portait pas de… comment disait-on, déjà… du fond de teint?

Mais il savait au moins une chose: il ne ressemblait plus à rien.

Bobby Ellis conduisait trop vite avec le volume de son autoradio trop fort. Il ne lui restait plus que deux possibilités. Garder ses lunettes noires pendant la soirée. Ou résoudre le problème. Soudain, une voix venue de nulle part lui ordonna:

– Veuillez garer votre véhicule sur le côté droit.

– Hein? Quoi? s'exclama Bobby tout haut.

Levant les yeux vers le rétroviseur, il aperçut une voiture de police. Devant lui, un policier à moto était en train de dresser un P-V à une femme rousse au volant d'une grosse camionnette.

De toute évidence, il y avait un piège pour tester la vitesse des conducteurs.

Bobby immobilisa son 4×4 le long du trottoir. Quelques instants plus tard, un autre policier se présentait à sa vitre.

– Papiers du véhicule et carte grise, je vous prie.

Bobby regarda l'agent droit dans les yeux.

– Je suis Bobby Ellis. Le fils de Derrick Ellis. Ma mère est Barb Ellis. Vous connaissez mes parents ?

Il espérait avoir trouvé le ton juste. Il ne voulait pas donner l'impression de menacer cet officier de police ; il tenait simplement à ce que les choses soient dites. Le flic devait quand même être mis au courant de la situation, pas vrai ?

Grosse erreur.

Le policier abaissa ses lunettes noires pour mieux dévisager l'adolescent au visage rouge tomate.

– Et que viennent faire vos parents là-dedans ?

Bobby ne savait plus trop quoi dire. Du coup, il préféra garder le silence. Le policier se pencha un peu plus vers lui.

– Avez-vous bu de l'alcool ou fumé des substances illicites ?

Bobby sentit son corps se crisper de la tête aux pieds.

– Non ! lâcha-t-il d'un ton indigné.

Le policier n'apprécia pas vraiment l'intensité de sa réponse.

– Veuillez sortir du véhicule.

L'officier termina le P-V de la rousse au volant de la camionnette et partit assister son collègue, qui se tenait sur le trottoir avec Bobby Ellis. La conductrice, visiblement très perturbée, redémarra en marche arrière et, le pied à fond sur l'accélérateur, fonça droit dans le 4 × 4 de Bobby Ellis.

C'est ainsi qu'eut lieu l'accident.

Mais au lieu de passer l'éponge, le policier donna quand même à Bobby une amende pour excès de vitesse et demanda à la femme de lui transmettre les coordonnées de son assurance pendant que son collègue et lui repartaient arrêter d'autres véhicules.

Il fallut une demi-heure, au lieu des cinq minutes qui auraient suffi en temps normal, pour remplir les papiers car la rousse pleurait à chaudes larmes.

Le 4 × 4 était encore en état de prendre la route, mais c'était une véritable épave. Bobby n'avait pas mangé depuis la veille au soir et son coup de soleil le brûlait de plus en plus.

L'après-midi était en train de filer. Il était temps de prendre des décisions, de réparer les dégâts.

À commencer par son visage écarlate.

Debbie Bell patientait dans la salle d'attente minuscule du bureau du shérif. Elle n'avait pas encore vu Riddle, et cela faisait déjà trois heures qu'elle était là. Elle avait répondu à des dizaines et des dizaines de questions. Elle avait rempli des tonnes de formulaires et signé des déclarations attestant qu'elle connaissait bien l'enfant.

Soudain, on frappa à la porte. C'était à nouveau le shérif Lamar Wennstrom. Mais cette fois, derrière lui, affublé d'un pull trop grand, de chaussures pas à sa taille et d'un pantalon emprunté aux services sociaux, se tenait Riddle.

Le garçon bouscula le shérif pour passer et, s'il restait encore le moindre doute dans l'esprit de ce dernier quant à l'identité de cette femme, ou à la pertinence de lui confier la garde du gamin, ce doute s'évapora en un quart de seconde.

Riddle se jeta littéralement dans les bras de Debbie, qui le serra fort. Elle n'était pas très grande, mais le garçon semblait tout petit contre elle. La main posée sur ses cheveux, elle lui pressait la tête contre sa poitrine en répétant :

– C'est fini. Tout va bien. Ne t'inquiète pas.

Lamar, qui après trente et un ans dans la police ne se laissait plus émouvoir par grand-chose en ce bas monde, dut détourner le regard. Il avait les larmes aux yeux et la gorge si nouée qu'il avait du mal à respirer.

Il signerait tous les papiers nécessaires. Il n'avait même plus besoin du feu vert des services sociaux.

Le voyage en voiture aurait duré quinze heures. Mais se rendre en car Greyhound depuis Las Vegas jusque chez les Bell prendrait vingt-deux heures, à cause des multiples arrêts prévus le long du trajet. Résultat, Sam n'arriverait pas à destination avant vingt et une heures le samedi soir. À côté de lui était assise une femme d'âge mûr prénommée Cece, sa troisième voisine depuis le début du voyage. Elle avait assez de provisions pour nourrir une famille de quatre personnes. La cinquième fois qu'elle lui proposa l'un de ses sandwichs dinde-fromage, il finit par céder. Maintenant que la glace était brisée, ils dévorèrent à eux deux un plein sac à dos de nourriture, dont une boîte en fer-blanc contenant des cookies aux pépites de chocolat et un sachet de popcorn au caramel.

Cece ne songea même pas à lui poser des questions. Elle avait fait de lui son prisonnier et, tant qu'elle nourrissait, elle était libre de lui raconter son divorce, de se plaindre de la partialité du juge et des nombreux malentendus provoqués par l'incident au cours duquel elle avait roulé sur le pied de son ex-mari devant la boutique du glacier.

Quand Cece descendit du car, cinq heures plus tard, elle épousseta son chemisier à smocks pour en ôter ce qui ressemblait au contenu entier d'un paquet de graines pour oiseaux. Sous son talon, elle enfonça des miettes dans la moquette tout en donnant à Sam le numéro de téléphone de sa fille. Prénommée Cameo, elle avait d'après sa mère un avenir prometteur dans l'aromathérapie. Sam promit de lui téléphoner s'il se retrouvait un jour dans la ville de Calabasas.

Le car Greyhound reprit l'autoroute avec seulement une douzaine de passagers à son bord. Gênés par l'inconfort des sièges et l'éclairage trop vif, la plupart d'entre eux piquaient du nez sans vraiment s'endormir.

Mais pour quelqu'un ayant passé des semaines entières à dormir sur un tapis de cailloux et d'aiguilles de pin, c'était le paradis sur terre.

39

Une femme au teint couleur carotte et vêtue d'un mini-tee-shirt vert conduisit Bobby au fond du salon de bronzage.

Inquiétée par la vision de son plâtre, elle l'avait enveloppé dans un sac-poubelle avant d'estimer qu'il n'y avait plus aucun problème. La pauvre n'avait pas l'air très futée.

Installé sur un petit fauteuil collant, Bobby Ellis visionna d'abord un petit film de quatre minutes détaillant la procédure du bronzage par brumisation.

La vidéo mettait en scène deux personnes. Un homme et une femme, tous deux en maillot de bain. Bobby prit la télécommande et appuya sur le bouton d'avance rapide. Il n'avait pas besoin d'un stage de formation, quand même !

Quelques instants plus tard, seul dans la cabine n° 7, Bobby sentit un vent de panique l'envahir face à son premier dilemme. Devait-il se déshabiller entièrement ? Il n'avait pas de maillot de bain. Contrairement aux deux comédiens dans la vidéo. C'était le seul détail qu'il avait retenu. Que faire ? Il décida de rester en caleçon.

Décision suivante : sur le banc face à lui était posé un bonnet en papier. Était-il censé le mettre ? Impossible de s'en souvenir. Dans le doute, il l'enfila quand même sur sa tête. Il n'allait quand même pas se faire bronzer les cheveux – hein ? Bon, et ses oreilles ?

Fallait-il les rentrer sous le bonnet, ou les laisser dépasser à l'extérieur ? Il commençait à transpirer.

Oreilles à l'extérieur.

Puis il se rappela qu'il allait porter une couronne.

Oreilles à l'intérieur.

Oh, et puis tant pis pour la couronne. Ses lobes dépassaient du fin élastique à la base du bonnet. Cette saleté ne tenait pas bien en place sur sa tête.

Oreilles à l'extérieur.

Sur le banc en plastique, il y avait également une serviette marron avec une paire de surchaussures bleues. Là encore, pour quoi faire ? Et la serviette était-elle marron à cause des taches de produit bronzant des clients précédents ? Quelle pensée répugnante !

Bobby enfila les surchaussures. Puis il ouvrit la porte de la cabine de brumisation où l'attendait ce qui ressemblait à un siège de toilettes chimiques. Face à lui, sur le mur en plastique, apparaissait un bouton vert de la taille d'un biscuit Oreo. Était-il censé appuyer dessus ? Et ensuite ? La cabine n'était pas très bien éclairée. Il aurait vraiment dû regarder la vidéo.

Bobby se pencha et pressa le gros bouton vert. Un bruit de compresseur d'air retentit quelque part et la cabine tout entière, siège compris, se mit à trembler.

Alors une véritable explosion de liquide jaillit en face de lui. Trois sprays muraux se mirent à cracher une sorte de brume liquide, froide et malodorante, en remontant et en descendant le long de son corps.

Bobby ferma les paupières, mais c'était trop tard. Ses yeux le piquaient. Stop ! Arrêtez ce truc !

Enfin, au bout d'un moment qui lui parut long comme un tremblement de terre, les jets s'arrêtèrent en sifflant. Bobby relâcha son souffle. Il ne se souvenait plus de l'étape suivante. En voulant respirer, il réalisa qu'il aspirait de la lotion bronzante. Est-ce que ses poumons seraient bronzés, eux aussi ? Et sa gorge ?

La procédure était-elle terminée, ou était-il censé se retourner ? Il ne savait plus très bien. Peut-être y avait-il des jets sur l'autre mur ?

Tout à coup, il se fit à nouveau bombarder. Sauf qu'il ne s'était pas mis dans l'autre sens. La face avant de son corps se retrouva donc aspergée par cette brume infâme pour la seconde fois.

C'en était trop.

Les yeux fermés, Bobby chercha à tâtons la poignée de la porte et se cogna la main contre le mur en plastique. La paroi était glissante, et son poignet se vrilla sur lui-même au moment où il perdit l'équilibre.

Il se cogna en arrière contre le mur tandis que les valves continuaient à crachiner en chuintant. Contraint d'ouvrir les yeux, il fouilla du regard à travers le voile brumeux et agrippa la poignée de la porte pour se remettre debout. Mais la porte s'ouvrit brusquement et Bobby bascula vers l'avant, heurtant au passage le rebord de la cabine.

C'était comme si une lame de couteau venait de s'enfoncer dans son genou.

La bonne nouvelle, c'est que Debbie Bell n'était pas de permanence aux urgences ce jour-là. La mauvaise, c'est que Bobby eut huit points de suture juste au-dessous du genou, là où le rebord fendillé de la cabine avait pénétré sa chair jusqu'à l'os.

L'autre mauvaise nouvelle était que Lena Buelow, Ilisa King et Naomi Fairbairn, toutes trois élèves du lycée Churchill, avaient également pris rendez-vous pour une séance de bronzage par brumisation et qu'elles virent Bobby repartir du salon en ambulance.

Comme le rebord de la cabine contenait du métal, le médecin de garde lui fit un rappel de tétanos, injection qui s'avéra fort douloureuse. Par prudence, il lui prescrivit également toute une liste d'antibiotiques avec interdiction formelle de boire de l'alcool, sans quoi les médicaments seraient inefficaces.

Bobby sentit la colère monter à mesure qu'il écoutait parler le médecin. C'était le soir du bal de la promo, quand même !

Il était seize heures lorsqu'il put enfin sortir de l'hôpital, et il n'avait toujours rien avalé depuis la veille. Sa tête commençait à tourner et il entendait son cœur battre à tout rompre, comme si quelqu'un jouait du marteau-piqueur sur ses tempes. Il n'avait pas appelé ses parents. Ils seraient sous le choc à la nouvelle de son accident, mais ils lui feraient sans doute une scène à cause de son 4×4 défoncé à l'avant. Et il n'avait pas la force de les affronter pour l'instant.

Bobby se rendit donc chez Arby.

Il fallait absolument qu'il mange quelque chose, et vite. Mais il n'y avait pas de place pour se garer. Il gara donc son 4×4 chéri et défiguré sur la zone rouge juste devant l'entrée du fast-food, et coinça dans le rétroviseur son badge de stationnement handicapé. Heureusement qu'il l'avait, celui-là.

Hélas, Bobby ne vit pas le badge se détacher à la seconde où il claqua la porte. La carte plastifiée s'abattit comme une feuille morte imbibée d'eau de pluie sur la moquette de l'habitacle et disparut sous le siège avant.

À l'intérieur, Bobby commanda deux sandwichs à la viande de bœuf. C'est seulement lorsqu'il s'apprêta à mordre dans son second sandwich qu'il aperçut son reflet dans l'un des miroirs de sécurité du fast-food.

Son visage semblait avoir trempé dans de la mélasse. Quatre minutes plus tard, alors qu'il était aux toilettes, son 4×4 se faisait embarquer par la fourrière municipale le long de Franklin Boulevard.

Pendant toute la seconde moitié du voyage, le car fut presque vide. Sam put donc s'installer à l'arrière et s'étendre sur les quatre fauteuils du fond.

Juste avant de s'endormir, il repensa au son de la sonnette d'entrée des Bell.

Une femme assise deux rangs devant lui avait apporté sa propre couverture, qu'elle avait gardée par inadvertance après un voyage en avion. Enfin, c'était sa version.

Cette femme avait repéré Sam en montant dans le car. Six heures plus tard, elle pensait encore à lui quand le Greyhound s'arrêta dans la petite ville assoupie qui était son terminus. Le soleil venait tout juste de pointer à l'horizon, et elle étendit sa couverture bleu roi sur l'adolescent avant de descendre du car. Il semblait avoir besoin d'un peu de confort.

Sam s'étira, mais ne se réveilla pas.

Le puissant ronronnement du moteur, associé au ballottement du car sur sa voie d'autoroute, eut tôt fait de le bercer pour le plonger dans un doux sommeil.

Pendant toute la semaine, Bobby avait expliqué à Emily que le seul endroit digne de ce nom pour acheter des boutonnières était un fleuriste appelé Le Pouce Vert.

Elle avait donc mis un point d'honneur à ne pas y aller.

Comment une seule adresse pouvait-elle avoir le monopole des fleurs de qualité ? En plus, tout était hors de prix, là-bas. Elle avait vérifié sur leur site Internet.

Une femme prénommée Carla vivait à quatre maisons de chez elle, dans une vieille ferme remontant à l'époque où le quartier tout entier n'était qu'un immense champ de haricots. Elle travaillait jadis pour un fleuriste sur Briot Street, et Emily allait parfois nourrir ses chats lorsqu'elle partait faire du ski. Les fleurs de son jardin étaient magnifiques. Emily n'en avait jamais vu de pareilles.

Elle lui demanda conseil pour la boutonnière du smoking de Bobby, et Carla lui proposa de passer la voir dans l'après-midi.

Emily se rendit donc chez elle. Ensemble, elles passèrent en revue le labyrinthe de parterres de fleurs du jardin de Carla, et Emily choisit un bouton de rose orangé aux pétales teintés de rouge.

De retour à l'intérieur, Carla lui montra comment tresser un fil métallique avec la tige pour la solidifier et l'attacher avec du scotch vert. Elle passa ensuite une épingle de nourrice dotée d'une perle noire à travers la fleur, et voilà : terminé.

Emily lui promit de nourrir ses chats gratuitement la prochaine fois, mais Carla refusa. Elle tenait à la payer comme d'habitude.

Sur le chemin du retour, Emily songea que cette rose était sans doute la chose la plus magnifique qu'elle ait jamais vue. Bobby serait sûrement contrarié d'apprendre qu'elle provenait du jardin d'une voisine.

Mais le meilleur dans l'histoire, c'est qu'elle l'avait fabriquée elle-même – et que les pétales étaient d'un orange éclatant.

Bobby était orange.

Il se regardait dans le miroir des toilettes de chez Arby. Peut-être était-ce dû à l'éclairage au néon, mais il ressemblait à un plot de signalisation. Ou plutôt à une orange écrasée. Voire à Nemo. À une patate douce. À une mangue. À un uniforme de prisonnier.

Bobby se passa de l'eau sur le visage, mais un trop long laps de temps s'était écoulé depuis qu'il s'était fait asperger de dieu sait quel colorant cancérigène par ces valves chuintantes. Cette saloperie était impossible à enlever !

Lorsqu'il commença à se frotter les joues, un autre problème survint : sous la couche de produit bronzant, il avait un coup de soleil. Et cela lui faisait maintenant un mal de chien.

Bobby reposa son bras sur le bord du lavabo avant de réaliser que son plâtre prenait l'eau. Horrifié par la découverte de son visage orange, il avait complètement oublié qu'il avait le bras cassé. Il se dirigea vers le distributeur de serviettes en papier et sentit une douleur atroce au niveau du genou : ses points de suture tout frais faisaient leur boulot pour maintenir les bords de la plaie l'un contre l'autre.

Cette fois, la coupe était pleine.

Bobby fit volte-face et donna un violent coup de pied dans le mur qui, sous ses yeux ébahis, ne résista pas au choc. Sa chaussure s'enfonça dans la fine paroi en plâtre ramollie par des années d'éclaboussures d'urine. Bobby avait maintenant le pied droit enfoncé dans le mur, juste à côté de la cuvette des W.-C. Heureusement, c'était sa meilleure jambe. Quand il décoinça son pied, des éclats de plâtre jaillirent aux quatre coins de la pièce.

Il ne nettoya pas derrière lui.

40

Quand Emily rentra chez elle, son père était en train de sortir un matelas du garage. Et il avait l'air heureux. Emily le suivit à l'intérieur de la maison, déplaçant les meubles au fur et à mesure pour lui faciliter le passage.

Qu'est-ce qui se passe ? lui demanda-t-elle.

– C'est pour la pièce qui donne sur la cuisine.

Personne n'avait jamais su comment appeler cette pièce. Emily ouvrit la porte pour son père.

– On a des invités ?

Tim hocha la tête.

– Ta mère est sur le chemin du retour, et elle amène quelqu'un avec elle.

Intéressant. Emily ne savait toujours pas où était allée sa mère.

– Qui ça ?

Son père ne répondit pas.

La fameuse pièce donnant sur la cuisine avait jadis servi de chambre à coucher. Elle avait ensuite été transformée en bureau pour Debbie. Elle abritait maintenant un tapis de course et servait de pièce de rangement. Et voilà que Tim lui attribuait une nouvelle fonction.

– J'imagine qu'il va falloir démonter le tapis de course et le sortir de là.

Emily dévisagea son père. Démonter le tapis de course ? C'était se donner bien du mal pour un invité, quand bien même il resterait une semaine. Son père posa le matelas contre le mur et repartit vers le garage.

– J'ai besoin de mes outils.

– Attends ! s'écria Emily. On reçoit qui, déjà ?

Son père lui lança par-dessus son épaule :

– De la famille.

Emily le regarda s'éloigner. Oh non. C'était sûrement tante Jean.

Tout le monde l'adorait et la détestait en même temps. Tante Jean était drôle et intelligente, mais c'était aussi un vrai moulin à paroles. Quand elle se mettait à parler, il était littéralement impossible d'en placer une. Et chaque fois que quelqu'un se plaignait d'elle, on invoquait toujours la même excuse : « C'est la famille, on n'y peut rien. »

Emily n'avait-elle pas entendu ses parents dire que tante Jean avait un problème cardiaque ? Ou financier, peut-être ? Depuis un mois, elle ne prêtait pas vraiment attention à ce qui se passait autour d'elle. Et elle s'en voulait.

Elle se promit de redoubler d'efforts avec sa tante.

Emily mit la boutonnière de Bobby au réfrigérateur et monta se doucher en se demandant combien de temps tante Jean allait rester chez eux. Avant de partir, elle veillerait à accrocher une banderole *Bienvenue* dans la petite chambre. C'était important de bien accueillir ses invités.

En sortant de la douche, Emily songea qu'elle avait passé une bonne journée. La première depuis très longtemps.

Et l'une des raisons à cela, réalisa-t-elle, était l'absence des sempiternels coups de fil et SMS de Bobby Ellis.

Pour la première fois depuis le mois d'avril, elle pouvait enfin respirer sans sentir son souffle à quelques centimètres d'elle. Elle tenait à ce que le roi du bal passe une bonne soirée, mais elle lui ferait bien comprendre que leur relation n'irait jamais au-delà d'une simple amitié.

Beaucoup de filles adoraient Bobby Ellis. Pourquoi avait-il jeté son dévolu sur elle ? Elle n'était pas prête à s'engager. Avec qui que ce soit.

Et quand viendrait le moment de lui expliquer tout ça, elle n'aurait aucun mal à s'exprimer avec franchise.

Debbie et Riddle rattrapaient le temps perdu. La circulation était fluide sur l'autoroute, et Debbie estimait qu'ils seraient arrivés à la maison pour vingt-deux heures. Riddle n'avait pas fermé les yeux une seule fois. Il regardait défiler le paysage par le pare-brise, son nouvel inhalateur flambant neuf bien serré au creux de sa paume, trop inquiet à l'idée de s'endormir et de se réveiller sur un tas de rochers quelque part dans l'Utah en réalisant que tout cela n'avait été qu'un rêve.

Au bout de trois heures, ils s'étaient arrêtés sur une aire d'autoroute pour partager une grande pizza aux poivrons avec une limonade. Ce n'était pas le genre de nourriture que Debbie appréciait en temps normal, mais ils se régalèrent et n'en laissèrent pas une miette. À la fin du repas, Riddle plia soigneusement le set de table en papier orné d'une carte d'Italie et le mit dans sa poche en souvenir avec deux sachets de sucre en poudre.

De retour dans la voiture, Debbie lui tendit sa part de cake à la banane avec glaçage qu'elle avait apporté de chez elle la veille. Riddle déplia le set de table sur ses genoux pour manger son gâteau.

Quand elle alluma la radio, il se mit aussitôt à fredonner. Debbie n'en crut pas ses oreilles : il connaissait la chanson par cœur. Elle monta le volume et ils se mirent à chanter ensemble :

I'll reach out my hand to you,
I'll have faith in all you do,
Just call my name and I'll be there

I'll be there to comfort you
Build my world of dreams around you
I'm so glad that I found you
I'll be there with a love that's strong
I'll be your strength, I'll keep holding on.

Plus le morceau avançait, plus ils chantaient à tue-tête. Riddle y mettait tout son souffle, mais il aimait trop cela. Il n'avait jamais chanté devant personne excepté son frère, mais sa voix était claire et assurée.

Le morceau terminé, il prit deux bouffées de son inhalateur et réalisa qu'il respirait sans difficulté. Il se tourna vers Debbie et exhala.

Oui. Pour la première fois depuis bien longtemps, il respirait.

Le car Greyhound était équipé d'une sono que le chauffeur était libre d'allumer ou non. À notre époque, la plupart des gens écoutaient leur propre musique, mais le car était presque vide et le conducteur n'avait pas le droit de conduire avec un casque sur la tête. Il alluma donc la radio sur une station dédiée entièrement à la Motown[1]. C'était son truc.

I'll be there arriva bientôt sur les ondes et tous les passagers, de la fillette de onze ans voyageant avec sa tante au vieux monsieur de quatre-vingt-neuf ans assis à l'avant avec ses mots croisés, se surprirent à chanter silencieusement les paroles.

Étendu sur la banquette du fond, Sam ouvrit les yeux. Pour lui, il était clair que cette chanson lui était personnellement adressée :

Let me fill your heart with joy and laughter
Togetherness, well that's what I'm after
Whenever you need me, I'll be there.

---

1. Motown Records : label de musique noire créé en 1959 aux États-Unis et ayant fait connaître des artistes mondialement célèbres comme Michael Jackson et les Jackson 5, Diana Ross et Stevie Wonder (*NdT*).

Mrs. Ellis appela Rory pour lui expliquer que Bobby et Emily seraient trop en retard pour la séance photos, et qu'ils les rejoindraient directement à la soirée. Tant pis pour le trajet en limousine de location avec les autres couples.

Bobby passa cinq longues minutes à enfiler son pantalon de smoking. Plier la jambe lui faisait atrocement mal et, à ce stade, son corps tout entier lui faisait l'effet d'être en verre. Ses points de suture étaient à son genou gauche, mais il se plaignait à présent de douleurs dans le pied droit. Il mettrait encore une semaine avant de découvrir qu'il s'était cassé un orteil en shootant dans le mur des toilettes chez Arby.

Lorsqu'il sortit enfin de chez lui, il avait quarante-cinq minutes de retard pour passer prendre Emily. Il ne lui avait pas acheté de fleur. Et il sentait encore la lotion bronzante, relents de féculents agrémentés d'un zeste de senteur concombre-melon.

Mais le roi du bal était fin prêt.

Emily écoutait de la musique tout en faisant du rangement pour passer le temps. Depuis peu, sa chambre était devenue un vrai capharnaüm. Des piles de livres, de papiers et de vêtements s'amoncelaient un peu partout.

Elle avait été très surprise par l'appel de Mr. Ellis lui expliquant qu'on avait volé le 4 × 4 de Bobby. Le pauvre, il adorait sa voiture. Emily espérait que le coupable serait vite appréhendé.

À dix-huit heures quarante-cinq, elle descendit au rez-de-chaussée. Même Jared qui, du haut de ses dix ans, semblait plutôt indifférent au monde qui l'entourait, lâcha :

— Tu ressembles à une princesse…

Sans vouloir être méchante, Emily ne put s'empêcher de répondre :

— Je porte une robe noire. Une princesse ne ferait jamais ça.

Jared réfléchit, puis rétorqua :

— Les princesses ne vont jamais aux enterrements, alors ?

Emily gloussa. Leur père apparut et se figea net en la voyant.

– Ouah !

– Elle va à un enterrement royal, expliqua Jared.

Tim fronça les narines.

– Qu'est-ce que tu racontes ?

Emily rit aux éclats, et son père réalisa qu'il ne l'avait pas vue si heureuse depuis très longtemps.

– Je croyais que Bobby était le roi, insista Jared.

– Oui, mais ils ne vont pas à un enterrement, rectifia Tim.

Jared haussa les épaules. Emily, hilare, passa un bras autour des épaules de son frère.

– D'une certaine manière…

Tim Bell les prit en photo en songeant que, bientôt, il y aurait trois enfants sur ses photos de famille. La vie était vraiment pleine de surprises. Sa femme avait toujours rêvé d'avoir d'autres enfants, mais ce souhait ne s'était jamais réalisé.

Un peu jaloux, Jared suggéra à son père d'oublier le chili con carne et d'aller plutôt dîner chinois. Au même moment, on sonna à la porte et Tim Bell accepta la proposition de Jared.

Debbie et Riddle ne seraient pas là avant vingt-deux heures. Autant s'offrir une bonne soirée entre père et fils avant les gros changements à venir.

41

Les parents de Bobby durent l'emmener au Mountain Basin Inn. Comme un gamin de sixième. Mais la limousine était déjà partie, et il n'avait pas le choix s'il voulait arriver à temps. Si vous n'étiez pas dans la salle à dix-neuf heures, on ne vous laissait plus entrer.

Bobby n'ayant pas pu aller chercher la fleur commandée par sa mère, il insista pour qu'Emily porte la boutonnière qu'elle lui avait confectionnée. Il se garda bien d'ajouter que la couleur orange lui donnait la nausée.

Plus tôt dans la soirée, son père avait appelé la police pour signaler le vol de son 4×4 et découvert que le véhicule avait été enlevé par la fourrière. Mais Bobby préféra maintenir la première version le temps de la soirée, et ses parents lui promirent de jouer le jeu.

Bobby trouvait la tenue d'Emily très jolie, mais pas vraiment sexy. Dommage. Elle avait une allure sophistiquée, presque européenne, et sa robe n'avait ni bretelles ni tissu transparent. Quelle déception! On aurait dit une gravure de mode façon magazine de luxe. Elle l'avait un peu piégé, sur ce coup-là.

Autant être honnête avec lui-même. S'il avait eu le choix entre avoir l'air sexy ou une cavalière sexy, il aurait opté pour la première proposition. C'était la stricte vérité. C'était lui, le roi de la soirée. Elle n'était qu'un de ses sujets… disons une simple élève – il ne savait pas comment désigner les autres participants au bal. D'ailleurs, elle ne s'était jamais intéressée à tout ça.

À la seconde où elle monta dans la voiture, malgré sa jolie robe, Bobby comprit qu'elle était ailleurs. Et il la préférait quand elle avait besoin de lui. Il regarda dehors par la vitre en se demandant comment lui dire une chose pareille.

À leur arrivée au Mountain Basin Inn, Bobby prit une grande inspiration et, au moment de sortir de la voiture, se dit que cette journée de cauchemar était enfin terminée. Maintenant, place à la fête. Quand, soudain, il entendit quelqu'un l'appeler :

– Booby?

La voix se rapprochait.

– Booby, ça va mieux?

Emily tourna la tête. Bobby n'avait plus le choix. Jetant un coup d'œil par-dessus son épaule, il aperçut Olga, vêtue de son uniforme du spa.

– Comment va ton bras, Booby?

– Ça va, marmonna-t-il.

Mais Olga était une esthéticienne diplômée. Dans deux pays. En voyant son visage, elle écarquilla les yeux.

– Oh, Marie mère de Dieu, qu'est-ce qui arriver à ta figure?

Bobby garda le silence. Et Emily se demanda deux choses : d'où connaissait-il cette femme, et pourquoi se montrait-il si désagréable avec elle?

– Viens voir moi demain, poursuivit Olga. Tu as droit à séance gratuite depuis dernière fois avec accident.

Olga se pencha vers Emily pour lui prendre le bras.

– Je n'avais jamais vu client comme lui, tomber de mon fauteuil. Jamais.

Une fois à l'intérieur, arrivés au bout du couloir menant à la salle de bal, Bobby confia à Emily qu'il n'avait jamais vu cette femme de sa vie. De toute évidence, elle le confondait avec quelqu'un d'autre.

À l'expression d'Emily, il était clair qu'elle n'en croyait pas un mot.

Le dîner fut une nouvelle épreuve pour Bobby.

À leur table, le serveur renversa un plat de lasagnes dans le dos de Courtney Kung, qui portait une robe de soie blanche. Elle éclata en sanglots. Emily tenta de l'aider à frotter les taches de sauce dans les toilettes, mais le tissu devint transparent. Courtney résolut le problème en s'enveloppant dans un châle en dentelle, mais elle pleurait encore lorsqu'elle regagna la table avec Emily et Bobby fut très agacé de voir l'ambiance gâchée à cause de ses larmes.

De leur côté, Rory et Nora se disputaient à voix basse, mais Rory finit par mettre un terme à tout cela en proposant un toast.

Tout le monde leva son verre, et Rory déclara :

– Je bois à l'after-party… et au Motel 6 !

Emily savait qu'il y avait une after-party après le bal. C'était la tradition.

Mais d'où sortait cette histoire de Motel 6 ?

Elle se tourna vers Bobby. La table n'était pas encore totalement débarrassée, mais les plus intrépides avaient déjà investi la piste de danse. Bobby les observait comme s'il était membre du jury d'un concours. Emily se pencha vers lui pour lui demander :

– Il va se passer quoi, au Motel 6 ?

Bobby décida de jouer franc-jeu.

– Nous avons tous réservé des chambres. J'en ai pris une pour nous deux.

La musique était forte, mais Emily entendit quand même distinctement sa réponse.

– Hein ? Mais pourquoi ?

S'efforçant de rester maître de lui-même, malgré tous ses problèmes, Bobby expliqua :

– J'ai appelé ton père pendant que tu étais sous la douche. Je lui ai dit qu'on allait tous prendre le petit déj chez Ryan's après la soirée et qu'on ne reviendrait pas avant le matin. Mais c'étaient des conneries. C'est notre soirée, Emily.

Elle le dévisagea.

– Qu'est-ce que tu racontes ?

Elle était sincèrement stupéfaite. Il ne pouvait pas quand même penser à… ce à quoi elle le soupçonnait de penser. Il ne pouvait pas être à ce point déconnecté de la réalité !

À moins que…

Bobby avait posé sa main sur son bras. Et le serrait. Trop fort. C'était presque une agression. Il savait qu'il franchissait la limite, mais il n'en pouvait plus de sa figure orange, de sa voiture défoncée, de son bras cassé, de ses points de suture au genou et même de cette douleur lancinante à son orteil. Il était furieux à cause de tout ce qui était allé de travers et avait gâché ce qui aurait dû être la meilleure journée de sa vie.

La présidente du bureau des élèves, Marylou Azoff, monta sur le podium et prit le micro pour demander au roi et à la reine de la rejoindre, et Bobby relâcha le bras d'Emily.

Il ne la regarda même pas en se levant.

Il savait qu'il n'aurait pas dû la serrer comme ça, d'autant que sa peau marquait très facilement. Mais elle n'avait qu'à manger plus de bananes ou Dieu sait quoi. Si ça se trouve, elle avait un problème de santé.

Bobby leva son poing valide en l'air et, tournant le dos à Emily, s'exclama :

– *Yeah, baby !*

Les gens éclatèrent de rire, et quelqu'un lui jeta un morceau de citron.

Harry Meledandri, le petit génie de la technologie qui se tenait debout dans l'ombre contre le mur du fond, appuya alors sur un bouton, et une douzaine de faisceaux lumineux rouges et bleus balayèrent la salle, comme dans une vraie boîte de nuit.

La plupart des membres de l'assistance applaudirent. Sur la piste de danse, deux machines à fumée se mirent à cracher du dioxyde de carbone plus lourd que l'air, créant un épais tapis de brume au ras du sol. Le photographe officiel se précipita pour immortaliser le roi et la reine, et Bobby enchaîna une série de poses plus ridicules les unes que les autres.

Cachée par les lumières aveuglantes, la fumée et le délire général, Emily sortit un stylo du petit sac à main noir qu'elle avait suspendu au dossier de sa chaise. Elle prit le menu imprimé posé à la place de chaque convive, et que certaines filles gardaient en souvenir de la soirée, pour écrire au verso :

Bobby,
Je dois rentrer chez moi.
Passe une bonne soirée.
Emily

Personne ne la vit se lever et sortir de la salle de bal du Mountain Basin Inn.

Le soleil avait disparu, mais une ultime lueur orangée teintait encore l'horizon avant que la nuit s'installe pour de bon. Si elle avait porté des chaussures plus confortables, Emily serait tout simplement rentrée à pied. Mais il y avait un arrêt de bus juste devant l'hôtel, et un gros bus bleu et blanc venait de refermer sa porte à la seconde où elle sortit sur le trottoir.

Elle avait le choix. Courir, ou attendre le prochain. Elle jeta un coup d'œil à l'hôtel par-dessus son épaule. Attendre était problématique : et si Bobby venait à sa recherche ?

C'est ainsi qu'elle décida d'enlever ses chaussures et de piquer un sprint en direction du bus, qui commençait déjà à s'éloigner. Elle tapa à la vitre et le conducteur, surpris par la vision de cette adolescente de dix-sept ans en robe de soirée noire, freina aussitôt.

L'intérieur du bus était très lumineux, et la douzaine de passagers présents à bord l'observèrent d'un air intrigué. Elle était rouge d'avoir couru et ses cheveux, retenus par une barrette, retombaient en mèches folles autour de son visage. Ses chaussures à la main, elle fouilla dans son sac pour y chercher de la monnaie. Elle ne ressemblait pas vraiment à une mariée en cavale, plutôt à quelqu'un échappé d'un enterrement. Dommage que son petit frère ne soit pas là pour voir ça.

En se dirigeant vers le fond du bus, Emily songea que tout le monde avait une histoire à raconter.

Et ce soir, elle faisait juste partie de ces gens dont l'histoire était plus originale que les autres.

Ils étaient allés dîner chez Chang, où ils avaient commandé leur plat favori : crevettes au sésame et poulet au citron. Le message à l'intérieur du biscuit dessert de Jared disait : *Attendez-vous à une grosse surprise*. Et celui de Tim : *Un voyage de mille kilomètres commence toujours par un premier pas*.

De retour à la maison, Tim autorisa son fils à veiller alors que l'heure du coucher était déjà passée.

C'était samedi soir, et il savait que Debbie et Riddle n'allaient plus tarder. Mieux valait expliquer les choses à Jared dès maintenant plutôt que de lui faire la surprise le lendemain matin.

Quant à Emily, c'était une autre affaire.

Normalement, la jeune fille avait couvre-feu à minuit, avec permission exceptionnelle jusqu'à une heure du matin. Mais ce soir, c'était le bal de la promo, sans oublier l'after-party et le petit déjeuner. Bobby Ellis lui avait promis au téléphone de veiller sur sa fille, et aussi qu'il y aurait une limousine de location avec chauffeur pour plus de sécurité.

Tim Bell n'avait donc aucune idée de l'heure à laquelle il reverrait Emily.

Il n'avait pas l'habitude de s'intéresser aux détails de ce genre. C'était la spécialité de Debbie. Mais avec trois enfants, il serait sans doute obligé de s'en mêler un peu plus. Les gamins, c'est comme les animaux d'élevage. Il faut toujours garder un œil sur eux. Et maintenant, la ferme venait de s'agrandir. Jared avait toujours rêvé d'avoir un frère. Son vœu allait enfin s'exaucer.

Il ne pensait peut-être pas à un grand frère, cela dit. Mais allez savoir.

Si ça se trouve, c'était exactement ce qu'il voulait.

Debbie se gara dans l'allée en songeant à quel point la vie pouvait être chamboulée du jour au lendemain. Le secret était vraiment de prendre les choses comme elles venaient. Riddle ne sortit pas tout de suite de la voiture. Il resta assis, immobile, le regard tourné vers la maison.

Pendant le voyage, Debbie lui avait tranquillement expliqué qu'il vivrait avec eux, désormais. Que leur maison serait la sienne. Mais à présent, elle se demandait si elle avait bien fait. Peut-être aurait-il mieux valu lui laisser prendre ses marques au fur et à mesure.

En même temps, ce n'est pas comme si elle disposait d'un manuel pratique à consulter pour ce genre de situation.

En voyant arriver la voiture de sa femme, Tim s'était tourné vers Jared, qui lisait, assis par terre, un livre sur les grenouilles. Son grand projet était d'en attraper quelques-unes dans la mare stagnante derrière le terrain de golf pour les rapporter à la maison, où il commencerait un élevage afin de se lancer dans la vente de têtards.

– Ta mère est de retour, déclara Tim.

Jared leva le nez de son livre en souriant.

– Cool, dit-il avant de se replonger dans ses têtards.

Felix, lui, commençait sérieusement à s'agiter. Debbie étant son être humain préféré au monde, c'était à prévoir. Mais il y avait autre chose dans sa frénésie soudaine, même pour un chien particulièrement exubérant.

Soudain, les chats se manifestèrent eux aussi. Ils avaient bien grossi, depuis le temps, et ne ressemblaient plus du tout à de simples squelettes ambulants recouverts de poils. Mais ils étaient toujours inséparables. Et ils bondirent sur le dossier du canapé pour mieux voir ce qu'il se passait dehors.

Tim les observa. Ne disait-on pas des animaux domestiques qu'ils pouvaient prévoir les tremblements de terre ? Ça n'était pas si absurde, tout compte fait. Il regarda par la fenêtre. Debbie et Riddle n'étaient pas encore sortis de la voiture. Peut-être y avait-il un problème.

Tim décida soudain de parler à son fils.

– Jared, ta mère a un invité avec elle…

Le garçon interrompit sa lecture pour se tourner vers le chien.

– Felix est devenu fou, ou quoi ?

Tim poursuivit :

– Tu te souviens de Riddle…

Cette fois, Jared s'intéressait à lui.

– Oui. Il ne savait pas nager. Ça m'a donné envie de devenir maître nageur, plus tard.

– Eh bien, reprit Tim, il s'avère que Riddle ne s'est pas noyé dans la rivière comme on nous l'a annoncé.

Jared referma son livre.

– On ne m'a rien annoncé, à moi. Tu veux dire qu'il n'est pas mort ?

– Il a survécu. Et on l'a retrouvé dans l'Utah.

Jared ouvrit de grands yeux.

– *Sérieux ?* Emily est au courant ? Maman est au courant ? Est-ce qu'il va bien ?

Avant que Tim ait eu le temps de répondre, la porte d'entrée s'ouvrit et Debbie pénétra dans la maison avec Riddle.

42

Emily appuya sa tête contre la vitre teintée. Qui rentrait en bus le soir du bal de la promo ? Pire, qui se faisait plaquer le soir du bal de la promo ? Elle eut soudain de la peine pour Bobby. Peut-être aurait-elle dû rester pour lui dire en face qu'elle partait. Mais elle n'avait pas envie de provoquer une scène. C'était mieux ainsi, non ?

Tout à coup, elle aperçut la devanture du Motel 6. Un néon rouge annonçait « Complet ». Au-dessous, en lettres jaunes luisantes, on pouvait lire : *Nous laisserons la lumière allumée pour vous.*

Emily ferma les yeux. Décidément, elle avait bien fait.

Le bus bifurqua sur Scofield Avenue et commença à traverser le vieux quartier du centre-ville. Il n'y avait quasiment pas de voitures, et le conducteur franchit allègrement une douzaine de feux verts d'affilée avant de s'arrêter à l'arrêt suivant.

Une vieille dame assise près d'elle se leva pour descendre. Jetant un coup d'œil à travers le pare-brise, Emily aperçut une silhouette debout sur le trottoir, prête à monter à bord.

Mais avec la vitre teintée et la nuit qui tombait, elle distinguait mal cette personne.

Brève analyse de la situation. Feu de cheminée : mauvaise idée. Chats : excellent. Chien : excellent aussi. Absence d'Emily : très négatif. Lait froid : excellent. Lit au rez-de-chaussée : mauvaise idée. Lit dans la chambre de Jared : pourquoi pas. Restes de chili con carne : à déterminer.

En l'espace de cinq minutes, ils comprirent que le feu lui rappelait ses jours passés dans la forêt et que cela lui rappelait Sam, ce qui n'était pas une bonne idée. L'absence d'Emily le contrariait beaucoup, aussi. Il avait très envie de la voir.

Riddle prit les chats dans ses bras tout en voulant caresser le chien, ce qui n'était pas non plus une bonne idée. Mais la présence des animaux était la bienvenue. Cela faisait une distraction pour tout le monde.

Riddle n'aimait pas le lit dans la petite pièce du rez-de-chaussée, car tous les autres dormaient à l'étage. Un point positif. Il ne voulait pas dormir seul.

Et s'ils allaient camper tous ensemble dans le jardin ?

Debout à l'avant du bus, Sam achetait son billet.

Assise à l'arrière, Emily ne vit pas son visage, seulement sa silhouette. Mais cela lui suffit pour savoir.

C'était lui.

C'était Sam.

Elle était donc en train de rêver.

Ou alors, quelqu'un avait mis quelque chose dans son verre de limonade à la soirée. Bobby Ellis. Ou Rory.

Parce qu'elle était en pleine hallucination.

N'est-ce pas ?

Que faisait Sam, qui était mort, dans un bus municipal ?

Avait-il un sosie ?

N'était-ce pas ce que les gens disaient ? Que chacun de nous, quelque part dans le monde, avait un jumeau, physiquement parlant ? Car celui qui se tenait à l'avant du bus lui ressemblait comme deux gouttes d'eau. Même taille, même posture, mêmes cheveux en bataille, mais en plus maigre. Plus anguleux que ne l'était Sam. Et puis, il se mouvait différemment, aussi. Il semblait plus raide. Comme s'il était blessé. Et Sam n'avait pas de veste en jean, mais ce pantalon ressemblait à celui qu'il portait avant.

Alors le garçon tourna la tête, et elle vit enfin son visage.

Oui.

C'était.

Lui.

Et il la vit, lui aussi. Son regard se figea. Yeux écarquillés.

Emily ouvrit la bouche, mais ne parvint à articuler qu'une chose :

– Je…

Pas un mot de plus. Seulement « Je ». Leurs regards entremêlés. Alors il s'avança. Elle se leva pour venir à sa rencontre et lui dit :

– Sam.

Et lui :

– Emily.

Il ne s'attendait pas à la voir dans le bus.

Il ne s'attendait pas à la voir vêtue d'une robe magnifique, pieds nus, agrippant ses petites sandales d'une main tremblante.

Il ne s'attendait pas à cette vision-là.

Il s'apprêtait à la retrouver chez elle, dans sa famille, ce qui l'effrayait déjà assez comme ça, comme une épreuve insurmontable. Mais voilà.

Devant une douzaine de personnes, sous les néons fluorescents d'un bus municipal, elle était là.

Elle le serra fort contre elle. Même si ce n'était qu'un rêve, jamais, jamais plus elle ne le laisserait repartir.

Le bus ne passait pas devant chez les Bell.

Riddle le savait mieux que personne, pour la bonne raison qu'il avait mémorisé les trajets de toutes les lignes de bus de la ville et qu'il l'avait lui-même pris et qu'il y repensait souvent même lorsqu'il n'était pas dedans. Il avait tracé des diagrammes de la ville et de ses lignes de bus, arrêts compris.

Mais en regardant par la fenêtre, à travers les rideaux blancs vaporeux, Riddle venait d'apercevoir un bus. Un bus qui s'était arrêté juste devant la maison des Bell.

Il se tourna vers les autres.

– Un bus vient de passer, déclara-t-il.

Tout le monde regarda dehors et constata qu'il avait raison.

Il y avait un bus arrêté le long du trottoir. Ses portes étaient ouvertes, et deux personnes étaient en train d'en descendre.

Jared, qui se fichait pas mal des bus, se replongea dans l'examen des mains de Riddle, couvertes d'égratignures.

Tim Bell se pencha pour ramasser son livre sur les grenouilles avant que quelqu'un marche dessus.

Épuisée par la route et le manque de sommeil, Debbie en profita pour s'étendre sur le canapé et fermer les yeux.

C'est à ce moment que Riddle poussa un cri.

Sam entendit le hurlement étouffé de son frère dans la maison et crut qu'une lame de rasoir lui tranchait la gorge. Il avait déjà entendu ce cri.

La porte d'entrée s'ouvrit et Riddle descendit l'allée du garage en courant.

Droit vers son frère.

Sam sentit ses genoux fléchir et il fut alors possible, à cet instant précis où il réalisait qu'il avait un petit frère et que ce petit frère était vivant, que toutes les choses terribles qui lui étaient arrivées dans la vie se volatilisent d'un seul coup.

Car à présent, il savait que la joie effaçait la douleur.

Personne ne trouva le sommeil, cette nuit-là.

Ni Sam et Riddle Border.

Ni Emily Bell.

Ni Jared, qui n'avait jamais veillé au-delà de minuit et demi de toute son existence.

Ni Tim Bell et sa femme.

Ni Bobby Ellis.

Ni Nora ou Rory.

Ni Olga, l'esthéticienne du Mountain Basin Inn, mais c'est parce que le concierge de l'hôtel lui avait servi par erreur un vrai café au lieu de son déca habituel.

Ni même l'inspecteur Sanderson, qui avait reçu un coup de fil des Bell lui annonçant le retour de Sam et passé le reste de la nuit à regarder de vieux films policiers dans son lit en regrettant de ne pas être né à une époque où l'on portait encore des borsalinos.

Sam et Riddle restèrent pressés l'un contre l'autre pendant une éternité et, incapables de se contenir, finirent par éclater tous les deux en sanglots.

Emily se mit à pleurer aussi. Le reste de la famille ne tarda pas à l'imiter, excepté Jared qui, pour une raison inconnue, était totalement hilare. Felix aboya pendant dix bonnes minutes.

Une fois tout ce petit monde calmé, chacun se mit à raconter ce qui s'était passé. Puis, malgré l'heure tardive, Debbie insista pour emmener Sam aux urgences du Sacré-Cœur afin d'y subir un check-up.

Sur place, il fut confirmé que l'adolescent avait une fracture à l'épaule. La radio permit de découvrir que, malgré les événements des dernières semaines, les os étaient déjà en train de se ressouder. Seul un orthopédiste serait en mesure de déterminer la pertinence d'une intervention chirurgicale.

Ils se serrèrent tous dans une seule voiture, car ils tenaient absolument à rester ensemble, et retraversèrent la ville à quatre heures du matin pour regagner la maison, lorsqu'ils passèrent devant une limousine remplie d'élèves de première et de terminale du lycée Churchill venant de quitter l'after-party du bal de la promo.

Assis parmi eux, Bobby Ellis se demandait encore pourquoi la malchance s'était à ce point acharnée sur lui.

Sur la banquette arrière de la voiture de ses parents, Emily avait troqué sa robe de soirée contre un jean et un sweat à capuche de son équipe de foot. Elle n'était jamais montée dans une limousine et ne réalisa même pas que Bobby Ellis se trouvait peut-être à bord de celle qui était en train de les dépasser.

Une heure plus tard, quand le soleil se leva, le ciel était d'un orange flamboyant et personne n'avait le souvenir de l'avoir déjà vu aussi beau.

43

Hiro Yamada, le propriétaire de la boutique Medford Coins, conservait depuis dix ans le penny de collection que lui avait vendu Clarence Border.

La deuxième semaine de juin, une photo de Clarence était apparue sur Internet, accompagnée d'un portrait détaillé du monstre ayant ignoblement kidnappé ses propres enfants et passé dix ans en cavale. Hiro le reconnut aussitôt.

Il contacta la police et fut mis en relation avec l'inspecteur Sanderson, qui coordonnait tous les aspects légaux du dossier au nom des deux mineurs. Un juge du tribunal pour enfants de l'Utah avait accordé la garde temporaire à Debbie et Tim Bell.

Sam et Riddle ne se rappelaient pas avoir mis les pieds dans la boutique de Hiro.

Mais Sam se souvenait que sa mère avait une collection de vieilles pièces, et qu'elle la gardait dans un porte-monnaie en carton bleu. Ce dernier détail suffit à identifier formellement l'objet.

Le penny, dont l'authenticité fut certifiée par Hiro Yamada, fut mis aux enchères et vendu dix jours plus tard pour la somme record de quarante-huit mille deux cent deux dollars à San Francisco.

L'inspecteur Sanderson raccrocha son téléphone après avoir été informé de la nouvelle et, toute la journée, répéta malgré lui :

– Pas mal pour un penny.

Sam et Riddle voulurent partager l'argent avec Mr. Yamada, mais ce dernier refusa tout net. Ses grands-parents avaient perdu leur petite entreprise de paysagistes lors de l'internement forcé des Américano-Japonais durant la Seconde Guerre mondiale. Le père de Hiro était né derrière les barbelés du camp de Tule Lake. Hiro considérait qu'un bien devait toujours être rendu à son propriétaire légitime.

Quand les médias s'emparèrent de l'histoire, la réputation de sa boutique dépassa largement les frontières de l'État et Hiro devint un spécialiste national des pièces de un penny à têtes d'Indiens, traquant les collections les plus importantes et intervenant en tant que commissionnaire à la vente dans le cadre de transactions prestigieuses.

Riddle ne fit qu'entendre le nom de Hiro ; il ne le vit jamais imprimé. Lorsqu'il s'assit avec Debbie pour lui écrire une lettre de remerciement, il l'adressa à « Héros ».

Personne ne jugea utile de le corriger.

Sam envoya un chèque au numéro de boîte postale que lui avait indiqué Julio Cortez. Le montant s'élevait au double de la somme qu'il lui avait donnée.

Julio décida de donner l'excédent à Buzz Nast, qui se racheta un nouveau blouson en jean et une chemise une fois rentré de ses trois mois passés à garder le bétail. La vendeuse qui l'aida à trouver la bonne taille de blouson l'invita à boire un café après le travail. Elle se prénommait Marla.

Au lieu de prendre ce café, Buzz et Marla passèrent la soirée dans un bar appelé le Golden Horseshoe.

Dix-huit jours plus tard, ils roulèrent toute la nuit pour aller se marier à Las Vegas. Marla rêvait de se lancer dans un élevage de bétail de petite taille. Buzz était tout à fait partant.

À la fin de l'été, les chasseurs de dinosaures – Crawford Luttrell, Dina Sokolow et Julian Mickelson – rendirent à Discovery Channel quatre-vingt-dix heures d'enregistrement vidéo détaillant leur mission de six mois. Ils espéraient que la chaîne apprécierait leurs travaux et continuerait à financer leurs projets de recherche.

Hélas, ce ne fut pas le cas.

Le patron de la chaîne, Bernie Smeltzer, visionna une version provisoire du pilote de l'émission et jugea le résultat poussif et ennuyeux. Il ne donna pas suite au programme, et accorda deux semaines d'indemnités de licenciement à tous les techniciens qui y avaient participé.

Trois jours plus tard, une stagiaire nommée Sarah Allen, qui travaillait en salle de montage, s'intéressa à la scène de la découverte de Riddle. En passant dans le couloir, le directeur de la programmation, Wei Chen, entendit une clameur.

Il visionna les images, et c'est ainsi que *Les Chercheurs* virent le jour. L'émission, présentée par les trois scientifiques, se penchait sur des découvertes exceptionnelles de toutes sortes. Le deuxième épisode montrait une femme qui, ayant perdu son auriculaire lors d'un accident de bateau, affirmait que c'était le doigt trouvé deux semaines plus tard dans un sandwich au poisson vendu dans un fast-food. Les scientifiques chapeautaient l'équipe chargée d'effectuer les tests ADN pour vérifier la thèse de la malheureuse.

Debbie et Tim laissèrent Riddle décider s'il souhaitait ou non participer à l'émission. Il refusa de tourner la moindre scène supplémentaire, mais accorda aux scientifiques la permission d'utiliser les images déjà existantes.

Il demanda ensuite aux Bell de faire don de l'argent gagné grâce au programme de paléontologie de l'université de l'Utah. Lui-même espérait un jour étudier les dinosaures à un très haut niveau. Il avait attrapé le virus.

À Cedar City, Gertrude Wetterling se retrouva un soir coincée devant la porte de chez elle en rentrant d'un tournoi de bridge. Elle ne maîtrisait pas encore tout à fait le nouveau système d'alarme qu'elle avait fait installer depuis le vol de ses bijoux.

La vieille dame tenta d'entrer dans sa propre maison par effraction en escaladant la treille à rosiers jusqu'au premier étage. La treille était plus décorative que solide, et Gertrude chuta en se cassant le poignet.

Sa fille Els, qui vivait à San Diego, vit cet accident comme un signe, si peu de temps après le cambriolage. Deux mois plus tard, Gertrude Wetterling vivait dans une maison de retraite avec vue sur l'océan à La Jolla, en Californie. Sa voisine de chambre avait été cantatrice en Italie, et elles écoutaient des opéras ensemble pendant deux heures chaque après-midi. Pour Gertrude, c'était le paradis.

Après le départ de cette dernière, Mrs. Dairy se mit à porter la broche sapin de Noël pour se rendre à la messe le dimanche.

Elle expliqua aux autres paroissiens avoir trouvé la réplique exacte de la broche de Gertrude chez un antiquaire sur Skylar Avenue. Tout le monde admira son bijou en souriant.

Crystal, la jeune coiffeuse de Superior Cuts, présenta les photos «avant» et «après» de Sam et d'Emily au Grand Concours de coiffure d'Amérique du Nord. Elle remporta le deuxième prix, qui consistait en un voyage tous frais payés à Miami pour assister à la convention annuelle de la profession.

Là-bas, Crystal fit la connaissance de Wade Vilhemsen, qui possédait dix salons dans le sud-ouest du pays et l'embaucha comme directrice générale.

Bobby Ellis sortit avec Marylou Azoff pendant le bal de la promo, après le départ d'Emily. Il savait que Marylou avait toujours eu un petit faible pour lui.

Mais Mrs. Azoff reçut une promotion pour partir travailler à Denver, et toute la famille dut déménager au mois de juin. Bobby dit à Marylou que cela ne changerait rien entre eux, mais elle ne croyait pas aux relations à distance.

Après son départ, Bobby annonça qu'il voulait désormais se faire appeler Robb. Avec deux b.

Il avait établi un plan sur six mois en quatorze étapes pour se forger une nouvelle identité.

Debbie et Tim avaient des décisions à prendre.

Au début, ils pensèrent simplement proposer à Sam et Riddle de venir vivre chez eux. Mais leur fille sortait avec Sam. Cela compliquait un peu les choses.

Et puis le penny fut vendu aux enchères, et les garçons se retrouvèrent soudain avec un peu d'argent de côté. Ils décidèrent d'acheter un petit appartement pas cher près de la fac. Sam allait sur ses dix-huit ans, et Tim était en train de lui décrocher une bourse afin qu'il puisse étudier au département de musique de l'université.

Les deux frères ne voulaient pas être séparés. Pour le moment, cette solution arrangeait tout le monde. Riddle se rendait à pied chez les Bell chaque matin dès son réveil, c'est-à-dire de bonne heure. Felix dormait dans l'appartement des garçons si bien qu'ils faisaient le trajet ensemble tous les matins en piétinant les pelouses des voisins. Riddle n'aimait pas les trottoirs.

Les deux chats restèrent avec Emily.

Une nuit, quelques semaines plus tard, dans un autre État, Clarence Border était étendu sur la couchette de sa cellule étouffante et sentit sa jambe amputée le faire atrocement souffrir. Parce que le pied qui n'était plus là continuait à bouger.

Au même moment, à des centaines de kilomètres de là, Sam se trouvait dans l'appartement dont il était propriétaire avec son petit frère. Il fixait le plafond en plâtre en espérant trouver le sommeil. Il craignait encore d'ouvrir les yeux au lever du jour pour s'apercevoir que ces six derniers mois n'avaient été qu'un rêve. Et que la réalité d'avant était toujours là.

Puis, dans son esprit, il revit sa première rencontre avec Emily. Il y avait de la musique. Elle lui chantait maladroitement *I'll be there*.

Pour lui et son frère, désormais, il savait que les paroles de cette chanson avaient un sens.

Il suffisait de faire un effort d'imagination.

Et d'écouter.

L'auteur

Holly Goldberg Sloan est née à Ann Arbor, dans le Michigan, et a vécu en Californie, aux Pays-Bas, à Istanbul, à Washington et dans l'Oregon. Elle a vendu son premier scénario à la Paramount à l'âge de dix-sept ans et n'a depuis cessé d'écrire tout en travaillant dans la publicité puis pour le cinéma. Elle a notamment écrit plusieurs scénarios pour Disney. Mère de deux enfants, Holly Goldberg Sloan habite aujourd'hui à Santa Monica, en Californie, avec son mari, l'écrivain Gary Rosen. *Cavale* est son premier roman

Le papier de cet ouvrage est composé de fibres naturelles, renouvelables, recyclables et fabriquées à partir de bois provenant de forêts plantées et cultivées exclusivement pour la fabrication de la pâte à papier.

Maquette : Maryline Gatepaille

ISBN : 978-2-07-064432-2
Loi n° 49-956 du 16 juillet 1949
sur les publications destinées à la jeunesse
Numéro d'édition : 237437
Dépôt légal : mars 2012
Numéro d'impression : 109682
Imprimé en France par CPI Firmin-Didot